엄마처럼 살고 싶다는 딸의 고백

내 딸들, 자존감 부자로 키웠다

엄마처럼 살고 싶다는 딸의 고백

내 딸들, 자존감 부자로 키웠다

정애숙 지음

프로방스

우렁이는 자기 몸 안에 알을 낳고, 부화하면 새끼들은 제 어미의 살을 파먹으며 성장합니다. 반면에 가물치는 수천 개의 알을 낳은 후 바로 눈이 멀게 되고, 그 후 먹이를 찾을 수 없게 됩니다. 이때 알에서 부화되어 나온 수천 마리의 새끼들은 놀라운 행동을 합니다. 어미 가물치가 굶어 죽지 않도록 한 마리씩 어미의 입으로 들어가 배를 채워주며, 어미의 생명을 연장시켜 주는 것이지요.

끝판왕의 모성애와 효심에 울컥해집니다. 하지만 우렁이 같은 자식에 대한 희생과 가물치 같은 부모님에 대한 효도를 요구하는 시대는 갔습니다. 이제 물만 셀프가 아닙니다. 효도도, 희생도 바라는 것이 아니라 셀프 시대입니다. 엄마가 스스로 자신을 위해서 사는 모습을 보여 주게 되면 내 딸도 보여 줍니다.

딸을 둔 이 세상 모든 엄마들에게, 내 딸의 진정한 성공과 숨어있는 탁월함을 찾아주고 싶은 엄마들에게 이 책을 권합니다. 최고의 딸을 낳은 엄마보다, 딸이 최고로 클 수 있는 전략을 가진 엄마가 이깁니다. 금수저를 쥐여 주지 못해 안타까워하는 엄마들에게 드립니다. 이 책을 만나면 거창하게 무엇인가를 해 주지 않아도 된다는 것을 알게 됩니다. 이미 나는 충분히 잘하고 있고, 좋은 엄마라는 것도 확인됩니다. 일상생활에서 내 딸에게 이미 숨어있는 잠재력을 남김없이 깨우고 싶은 엄마라면 누구나 읽어야 합니다. 엄마라는 이름 그 자체만으로도 이미 내 딸에게 큰 힘이 되고 있다는 것을 전적으로 믿으셔야 합니다.

이제 딸들에게는 날개를 활짝 펴고 얼마든지 비상할 수 있는 세상이 되었습니다. 엄마의 엄마들은 딸로 태어나 여자로 성장해서, 사회가 이미 정해준 대로 살아야 했습니다. 이미 부모와 사회가 딸들의 진로를 결정해 주었습니다. 동화 속의 공주라고 해도 별반 다르지 않았습니다. 공주들의 탈출구는 오로지 왕자를 만나는 길 밖에는 없었습니다. 여자는 공부보다도, 직업보다도 시집만 잘 가면 되는 시대는 갔습니다.

알파 걸, 딸 바보, 이런 말들이 한창 유행일 때가 있었습니다. 하지만 이 말들도 이미 오래전에 지나간 말들입니다. 인공지능 시대를 살고 있습니다. 이미 딸들의 세상입니다. 내 딸들이 말하는 대로, 원하는 대로, 마음먹은 대로 되는 세상이라는 것을 알고 살아가야 합니다.

이 책에서는 딸을 키운 엄마로서 내 딸의 무한 잠재력을 믿어줍니다. 언제 어디서 누구를 만나 무엇을 하더라도 믿어줍니다. 엄친 딸을 원한다면 엄마가 먼저 엄친 맘으로 살면 됩니다. 거친 바람과 파도가 일어도 거침없이 삶을 나아가는 내 딸로 키우고 싶은 엄마들께 먼저 딸을 키워본 선배로서 경험담을 담담히 전하고 있습니다.

엄마와 딸 사이에 반드시 해야 하는 말이 있습니다 "엄마는 널 믿어!"입니다. '이거 해라, 저거 해라'라는 말을 안 하고도 잘

내 딸들, 자존감 부자로 키웠다

키우고, 잘 클 수 있습니다. 내 딸은 엄마에게 의미 있는 타인이고, 엄마도 내 딸에게 의미 있는 타인입니다. 부부가 동등한 관계가 되어야 하듯이 자식과도 동등한 우정으로 만날 수 있습니다.

딸을 엄마의 기준에 맞추면 어항 속에 금붕어처럼 됩니다. 엄마를 딸의 기준에 맞춰야 합니다. 엄마의 권위는 중요합니다. 이 책에서는 엄마의 권위를 잃지 않으면서도 딸에게 끌려다니지 않습니다. 맛있는 빵을 구울 때도 알맞은 온도와 기다리는 시간이 중요하듯이 기다릴 줄 알게 됩니다.

화분에 꽃을 보면 엄마와 딸 같습니다. 빨간 꽃과 초록 잎사귀는 더 예쁘게 피어 있으라고 지적하거나 채찍질하지 않습니다. 꽃과 잎사귀는 서로를 존중하며 함께 조화를 이루기에 아름답습니다. 이 세상은 내 딸을 끊임없이 가르치려고 합니다. 엄마만은 가르치기보다는 응원해 주고 믿어주어야 합니다. 엄마부터 타인과 비교하면 안 됩니다. 엄마가 스스로 VIP 인생이라고 믿어야, 내 딸도 VIP 인생이라고 믿습니다. 내 딸을 잘 살게 하려고 온갖 애를 쓰느라 힘 빼지 말고 엄마인 나부터 VIP인 듯 믿고 살아가면 됩니다. 도전하라는 응원의 말과 하이파이브를 하는 것도 좋지만, 더 좋은 것은 도전하며 열심히 살아내는 엄마의 모습을 보여주는 것입니다. 내 딸이 강력한 영향력을 지닌 인물을 본받게 하고 싶다면 훌륭한 위인전을 읽히면 됩니다. 수많은 위인 중에 내 딸 가장 가까이 있는 살아있는 위인이 바로 엄마라는 것에 자부심을 가져야 합니다. 세상은 설득력 있는 사람들이 움직입니다. 엄마의 따뜻한 설득력을 경험한 내 딸은 이 세상을 움직입니다. 자기 삶을 움직입니다. 이건 금수저 열 벌을 가진 것보다 더 강력합니다.

이 책에는 일상에서 벌어지는 엄마와 딸의 대화가 있습니다. 특별할 것 없는 아주 흔한 일상입니다. 엄마와의 대화를 통해서 그 일상은 내 딸에게 아주 강력하고 특별한 추억이 됩니다. 인생의 질은 소통의 질이라고 합니다. 엄마와의 잘 된 소통으로 소소한 일상에 모두 의미가 부여됩니다. 그걸 엄마는 할 수 있습니다. 이것은 금수저 아니라 다이아몬드 수저를 가지고 있다 해도 저절로 되는 것이 아닙니다. 엄마의 강력하고도 긍정적인 힘을 보여 주면 됩니다. 탁월한 사람은 어떠한 상황에서도 자신을 위해 긍정적으로 작용하게 할 수 있습니다. 이 책을 읽고 나면 무조건 다른 엄마로 탈바꿈할 거라고 말하는 게 아닙니다. '엄마로서 지금까지 잘하고 있었구나. 조금만 방향을 틀어도 더 잘하게 되겠구나.'라고 느끼게 됩니다.

과녁을 향해 달리고 있는 화살이 있습니다. 엄마라면 달리는 화살의 뒤에서 밀어주는 힘이어야 합니다. 갑자기 불어오는 바람으로 화살의 방향이 바뀔 수 있는 그 상황에서도 뒤에서 중심 잡고 밀어주는 힘, 바로 이것이 엄마의 힘입니다. 엄마는 화살이 달리는 동안 바람이 불지 못하게 하는 사람이 아닙니다. 바람이

불어 방향이 틀어질 수 있는 상황에서 뒤에서 흔들리지 않게 하는 것입니다.

오늘 비가 와서 짜증 내는 딸로 키우지 맙시다. 내 우산이 너무 낡아서 창피하다고 말하는 딸로 키우지 맙시다. 엄마가 우산을 챙겨주지 않아서 비를 맞고 왔다고 투덜거리는 딸은 더더욱 안 됩니다. 우산이 없는 것이 엄마 책임이라고 하는 딸이 있다면 그건 딸의 잘못이 아닙니다. 엄마의 잘못이라고 말하고 싶습니다. 엄마는 내 딸이 살아가는 인생에 비를 오지 못하게 하는 사람이 아닙니다. 비가 오고 바람이 부는 것은 엄마의 영역이 아닙니다. 엄마는 비가 오면 때로는 우산을 같이 쓰고 걸을 수는 있습니다. 어떤 날은 우산이 없는 내 딸과 같이 비를 맞아주는 겁니다. 엄마가 우산을 챙겨주지 않아서 비를 맞고 왔다고 투덜거리는 딸을 달래주는 것이 아닙니다. 비를 맞고 온 내 딸에게 비를 닦아낼 수 있는 손수건을 건네주는 것입니다. 비를 흠뻑 맞은 옷은 마를 시간이 필요하다는 것을 아는 것입니다. 일 년에 한 번은 장마처럼 실컷 울어도 안전하다고 말해주는 것이 엄마입니다. 상처에 새살을 돋게 하는 약만 발라주는 것이 아니라 마음에 약을 발라주는 엄마가 더 필요합니다.

내 딸이 자기 인생은 자기 스스로 개척해 나가는 것이 당연하다는 것을 알게 해주는 것이 엄마의 역할입니다. 아무것도 해주지 않은 엄마 덕분에 내가 잘 컸다는 딸의 목소리를 듣고 싶은 엄마들에게 조금이나마 도움이 될 수 있기를 바랍니다.

차 례

제1장

워킹맘은 죽어야 쉰다

제2장

딸의 독립이 필요해

제3장

당당한 딸로 키우는 엄마의 비밀병기

제4장

내 딸을 살리는 엄마표 성교육

제5장

엄마와 딸은 함께 성장한다

제1장

워킹맘은

죽어야 쉰다

첫 번째 딸, 공주로 만들다

첫딸을 낳던 날은 지금도 기억이 생생하다. 임신을 하고 설렘 반, 두려움 반이었다. 출산이 가까워오자 배가 아파오기 시작하면서 설렘과 두려움은 온데간데없었다. 친정엄마와 함께 병원에 갔다. 20시간 진통을 겪고 나서 다음 날 아침 여섯 시에 딸을 낳았다. 진통이 오다가도 언제 그랬냐는 듯이 아무렇지도 않았다. 하늘이 노랗게 보이게 된다는 말이 생각났다. 수십 개의 바늘로 찌르는 고통이었다. 찢어질 듯 산통이 올 때는 숨을 쉴 수가 없었다. 가끔 눈을 떠서 언제 하늘이 노랗게 보이나 하며 병실 천정을 쳐다보기도 했다. 숨을 쉴 수 없는 고통이 오는 순간에는 다시는 아기를 낳지 않으리라 다짐했다. 언제 그랬느냐는 듯이 또 잠시 숨이 쉬어지는 시간이 오곤 했다. 흐르던 땀이 식을 만하면 또다시 '악' 소리도 나오지 않을 만큼 온몸에 힘이 들

내 딸들, 자존감 부자로 키웠다

어갔다. 이미 수십 년 전의 일이지만 나의 기억 속에는 여전히 머물고 있다. 인간에게는 감당할 수 있을 만큼의 고통만 준다더니 그때 그 순간이 그랬다.

그렇게 낳은 내 딸은 볼수록 신비로웠다. 친정에 가서 몸조리를 했다. 그 당시 친정집은 단독주택이었다. 아주 작은 불개미들이 방과 거실에 기어 다녀도 아무렇지도 않은 듯이 함께 살고 있는 집이었다. 그 불개미들이 내 딸의 귀에라도 들어갈까 봐 나는 밤새워 잠을 자지 않고 보초를 섰다. 검정색 고무줄을 내 딸이 누워있는 가장자리를 둘러서 동그랗게 막아놓기도 했다. 이때부터 딸을 공주처럼 키우는 나의 육아기가 시작되었다. 내가 세상에 태어나서 이렇게 예쁜 딸을 낳았다는 것에 감탄하며 살아갔다. 지금 생각해보면 걱정과 근심이 없었던 때이다. 매일매일이 신비롭고 경이로웠다. 이 세상에 나만 아이를 낳은 것 같았다. 온통 내 딸밖에는 보이지 않았다. 그날 이후로 나의 인생 시계 바늘은 내 딸에게만 향하고 있었다. 나는 딸이었지만 친할머니의 사랑을 듬뿍 받았다고 들었었다. 그때는 그 말이 가슴에 와 닿지 않았었다. 내가 딸을 낳아보니, 할머니의 사랑과 내 부모님의 마음을 그제야 알게 되었다.

건강하게 잘 자라주는 딸에게 그저 감사한 마음이었다. 지금 생각해보면 딸을 쳐다보고 있으면 온 세상에 걱정 근심이 없었다. 결혼과 동시에 직장을 그만두었다. 딸아이 키우는 데 전력을 다했다. 행복했다. 연습도 없이 결혼했다. 연습도 없이 아이를 낳았다. 연습도 없이 아이를 키웠다. 하지만 온 신경을 아이 키우는 데 다 쏟았다. 엄마로서 행복한 시간이었다. 문제는 유치원에 들어가면서부터였다. 모든 것을 다 해주는 습관이 들은 나는 딸이 유치원에 입학하고 나서부터는 더 열심히 딸을 챙겼다. 딸이 원하던, 원치 않던 그건 상관없었다. 오로지 엄마인 내가 하고 싶은 대로 했다. 나는 어려서부터 한 번도 공주처럼 예쁘게 입어본 적이 없었다. 내 딸에게 그 한을 풀었다. 유치원에 가는 딸에게 머리에서부터 발끝까지 내가 입히고 싶은 대로 했다. 유치원에 온 여자아이들 중에 내 딸이 제일 예쁘게 보여야 했다. 누가 시키지도 않았다. 그때 당시 엄마로서 나의 과업이라고 생각했다. 오늘 머리 방울이 분홍색이면 원피스도 분홍색, 스타킹도 분홍색, 구두도 분홍색으로 깔 맞춤을 했다. 예뻤다. 내 눈에만 예쁘게 보인 것은 아니다. 딸을 데리고 외출을 할 때면 지나가는 사람들이 아역 탤런트냐고 물을 정도였다. 나는 그런 말을 들을 때 마다 내가 역시 딸을 잘 키우고 있다고 생각했다. 지금 생각해보면 그때 내 딸도 나만큼 좋았을까 싶다. 나는 내 기분에만 취해 있었다. 유치원 가는 날 아침이면 딸아이와 실랑이가 잦아졌다.

"엄마, 오늘은 반바지 입을 거야."라며 볼멘소리로 원피스를 내려놓고 반바지를 집어온다. 그런 딸아이에게 나는 매번 단호하게 어제 입었던 거니까 오늘은 안 된다고 했다.

"엄마, 오늘은 머리 안 묶고 풀고 갈래. 엄마, 오늘은 이 신발 신고 갈래."

그때마다 나는 안 된다고 하면서 내 뜻대로 했다. 딸의 생각이나 선택을 깡그리 무시하면서 내 뜻대로 했다. 그렇게 하는 것이 내 딸에게 얼마나 큰 상처로 남는지를 그때는 몰랐다.

유치원 갈 준비를 하는 아침마다 딸이 원하는 것과 내가 원하는 것의 차이로 전쟁터가 되었다. 늘 그 전쟁에서 이기는 사람은 엄마인 나였다. 딸아이의 욕구나 생각, 그리고 아이의 결정은 내겐 중요하지 않았다. 왜냐하면 나는 내 딸의 행복과 딸의 인생을 책임져야 하는 엄마라고 내 맘대로 생각했기 때문이다. 내가 마음대로 결정하고, 처리해도 된다고 생각했다. 나는 엄마니까 그래도 되는 줄 알았다. 첫아이 경우에는 유치원을 보낼 때 여러모로 정보도 들어보고, 시설도 둘러보고, 소문도 들어가면서 선택했다. 귀한 딸을 유치원에 보내야 하니, 나는 아무 곳에나 대충 보낼 수 없었다. 마침, 내 마음에 쏙 드는 교회부설로 운영되고 있는 유치원이 있었다. 유치원에서 부모 참관수업이 있는 날은 내 딸의 의상이 더 화려해졌다. 20명의 반 아이들보다 내 딸이 가장 튀어야 했다. 그건 엄마인 나의 자존심이라고 생각했다. 아이가 싫다고 해도 그건 나에게 중요하지 않았다. 부모 참관수업 때 입어야 하는 옷은 근처 백화점에서 미리 구입해 놓았다. 머리 모양도 다른 여자아이들보다 월등히 튀어야 했다. 그 머리 모양을 하기 위해 내 딸은 아프고 힘들어도 엄마의 눈에 들 때까지 기다리고 견디고 참아야 했다. 이렇게 힘들게 치장을 하고 유치원에 간 내 딸이 즐겁고 행복하게 수업에 참여하리라고 믿었다. 대답도 잘하고, 활짝 웃고, 율동도 잘할 거라고 믿었다. 교실 뒤에 서서 지켜보는 내 딸의 모습은 내 생각과는 좀 달랐다. 수시로 엄마를 쳐다봤다. 그리고 주변 친구들의 모습을 자주 쳐다봤다. 그런 모습을 보는 나는 애가 타는 심정이었다. 엄마라는 사람이 나의 생각과 나의 의견을 받아들여 주지 않는다는 것을 매일 아침 경험한 내 딸의 심정은 어땠을까? 얼마나 속상하고 서러웠을까? 그럼에도 딸은 언제나 밝은 목소리를 가진 아이였다. 겉으로 드러나는 밝은 목소리만을 보고 속마음을 헤아리지 못한 엄마였다는 생각을 하면 한없이 미안하다. 나 스스로 부끄러운 생각까지도 든다.

〈공주는 외로워〉라는 노래 제목이 생각난다. 그리고 내가 어린 시절 읽었던 공주들이 생각난다. 〈백설 공주〉, 〈잠자는 숲속의 공주〉, 〈엄지공주〉 등. 백마를 탄 왕자가 꼭 나타났다. 그리고

내 딸들, 자존감 부자로 키웠다

행복하게 살았다고 했다. 나도 내 딸에게 백마를 탄 왕자가 나타나서 행복하기를 바라는 엄마였다. 그래서 뭐든지 다 해주는 그런 엄마이고 싶었다. 공주처럼 키우고 싶었다. 내 딸은 매일 공주처럼 입혀지고 공주처럼 만들어지고 있었다. 적어도 둘째가 생기기 전까지는 그랬다. 내 딸의 심정을 헤아리고 나니 내 모습이 보였다. 나는 왜 내 딸을 공주로 만들기 위해 노력했을까? 내가 생각하는 공주의 모습은 어디에서 왔을까? 공주는 자기 일은 자기가 스스로 하면 안 되는 것일까? 공주는 매번 드레스만 입었어야 할까? 내 딸이 입고 싶어 했던 반바지만 입으면 안 되는 거였을까? 공주도 어려서부터 자기 생각과 의견을 말하고 받아주는 경험을 많이 하고 싶지 않았을까? 지금 알고 있는 것을 그때 알았더라면 얼마나 좋았을까.

지금 생각해보면 나는 공주시리즈 동화책만을 많이 읽은 것 같다. 그래서인지 공주라는 이름의 허상을 가지고 있었다. 내가 공주가 아니라는 생각을 하다 보니 환상을 가졌었다. 언제부턴가 공주에 대한 환상을 깨고 나니 마음이 참 편해졌다. 백설 공주의 엄마는 외모에 관심이 많았다. 늙는 것을 두려워했다. 만약에 공주시리즈 책이 아닌, 훌륭한 위인전을 더 많이 읽었더라면 나는 내 딸에게 어떻게 했을까.

두 번째 딸, 임꺽정 여자 친구가 되다

　첫딸을 낳고 5년 만에 둘째 딸을 낳았다. 둘째를 낳은 지 한 달도 채 되지 않아 친정아버지가 돌아가셨다. 어린 두 딸을 챙겨야 하는데 아득하기만 했다. 우울하고 무기력했지만, 어떻게 해서라도 육아에 집중하기로 했다. 둘째를 키울 때는 체력도 달렸다. 아무래도 첫째한테는 소홀하게 되었고, 무슨 일이든 혼자 하라고 다그칠 때가 많았다.

　첫째 딸은 유치원을 졸업하고 나서 초등학교에 입학했다. 둘째는 세 살이 되었다. 다시 또 나는 온 힘을 다해 초등학생이 된 딸의 뒷바라지를 했다. 표어 쓰기대회, 글짓기 대회, 그림그리기 대회가 있을 때마다 나는 솜씨를 발휘했다. 첫째 딸은 최우수상을 자주 받아왔다. 이렇게 엄마의 손길이 끊이지 않는 동안 둘째는 무럭무럭 자라서 다섯 살이 되었다. 딸들은 잘 크고 있었다. 그때 당시 남편의 직장은 평생직장이었다. 자녀의 대학 학자 금도 다 나오는 직장이었다. 나는 자기계발 꿈이 꿈틀거리기 시작했다. 상담원 교육을 받고 자원봉사자로 전화 상담을 시작했다. 주 1회씩 상담 봉사를 했다. 6개월쯤 될 무렵이었다. 둘째 딸 예방접종을 위해 보건소에 들렀다. 우연히 벽보에 붙어있는 전단지를 보게 되었다. 또 다른 기관에서 진행하는 상담원 양성 교육 안내였다. 집에서 가까운 기관이니까 더 오래 봉사할 수 있는 곳이라 생각하고 교육을 받기로 했다. 교육 수료 후에 갑작스럽게 실무자로 일할 수 있느냐는 제안을 받았다. 망설일 이유가 없었다. 둘째가 네 살이 되면서부터 늘 일을 다시 시작하고 싶은 마음에 이것저것 배우러 다니기도 했던 터였다. 나는 막연하게나마 꿈을 가지고 있었지만, 남편과 딸들에게는 느닷없이 닥친 상황이었다. 결혼 이후 나의 첫 사회생활이 시작되었다. 나는 용기를 가지고 힘차게 시작했다.

출퇴근을 하면서부터 더 바쁜 하루가 되었다. 뭐든지 다 챙겨주고, 도와주고, 해주던 첫째와는 달리, 둘째는 뭐든지 혼자 스스로 할 수밖에 없는 상황이었다. 공주처럼 드레스 입혀서 키웠던 첫째 딸과는 다르게 둘째 딸은 소위 말하는 공주처럼 입히지 못했다. 그런데도 둘째는 잘했다. 아니다. 더 자세히 말하면, 내가 내 맘에 들게 옷을 입힌다든지, 머리모양을 바꿔주는 일이 없었다. 언니처럼 예쁘게 입지는 않았지만, 아침마다 엄마와의 전쟁은 없었다. 대신 둘째 딸은 어린이집에 가는 아침마다 엄마와 떨어지는 것이 싫어서 우는 날이 많았다. 그때부터 물어뜯었던 손톱은 중학생이 될 때까지 한 번도 깎아보지 못했다. 머리를 빗어주거나 예쁘게 땋아주지 못했다. 머리에서부터 발끝까지 색깔 맞춰서 입히는 일은 엄두도 못 냈다. 혼자 스스로 입기 편한 바지차림이었다. 머리는 한마디로 산발하고 가기 일쑤였다. 차분한 머릿결을 가진 첫째 딸과는 달리, 둘째 딸은 머리카락도 굵고 붕 뜨는 머리였다. 매번 손질하기 힘들다는 핑계로 어느 날 단발머리로 잘라 주고 나서 알게 되었다. 붕 뜨는 머리라는 것을. 덕분에 어린이집에서 생긴 별명이 있다. 바로 임꺽정 여자 친구였다. 그런 말을 들었는데도 둘째 딸은 예쁘다는 말이 아니라는 것을 이해했으면서 속상해하거나 울지도 않았다. 혼자서 스스로 가방을 챙기고, 옷을 찾아 입고, 머리 빗고, 세수하고 이 닦는 것까지 혼자서 스스로 했다. 첫째 딸을 키울 때 원 없이 다 해본 나였다. 둘째 딸은 방목을 했다. 하지만 둘째 딸은 빠르게 적응하며 어린이집 생활을 잘 해냈다. 지금 생각해도 감사한 일이다. 어린이집에서의 생활은 모범생이었다고 한다. 다섯 살에 들어간 어린이집은 점점 더 잘 적응해서 여섯 살 때부터 일곱 살 졸업할 때까지 많은 선생님들로부터 칭찬을 받으면서 생활했다. 어린이집 선생님이 전하는 말로는 '보조교사' 역할을 톡톡히 해낸다고 했다.

둘째 딸은 내 손이 많이 가지 않아도 잘 컸다. 같은 아파트에 사는 친구와 공동육아를 한 덕분도 있지만, 어린이집 선생님들의 손길도 있었다. 출근시간은 정확했지만, 퇴근시간은 일정치 않은 나에게 귀인이 나타났다. 바로 어린이집 선생님이었다. 종일반에 다니던 둘째 딸은 매일 마지막으로 어린이집을 나왔다. 엄마들이 한 사람씩 들어서며 아이들을 데리고 나갈 때, 둘째 딸은 부러운 듯이 쳐다본다는 선생님의 말씀은 지금도 아픈 손가락을 보는 마음이다. 가장 늦은 시간에 나타나는 나를 늘 반갑게 웃으며 반겨주는 둘째 딸이었다. 내가 늦는 날에는 어린이집 선생님께서 다음 날 수업준비를 할 때 곁에서 색종이며 문구류 등을 정리 정돈하는 것을 함께 하곤 했다. 집에서도 혼자서 머리를 빗고, 가방을 챙기고, 옷을 찾아 입던 둘째는 선생님을 도와드리는 일은 어렵지 않은 모양이었다. 그때부터 보조교사라는 별명도 생겼다.

내가 토요일에 출근하는 날에도 어린이집 선생님께서 늦게 퇴근하는 나를 대신해서 둘째 딸을 데리고 퇴근했다. 급하게 뛰어와 보면 어린이집 문 앞에 쪽지가 꽂혀 있었다.

"어머니, 연주 데리고 저희 집으로 퇴근합니다. 다섯 시까지 다시 어린이집으로 오겠습니다. 걱정하지 마세요."

어느 날은 어린이집 선생님께서 남자친구와 데이트하는 장소에도 데리고 갔었다고 했다. 이렇게 내 주변에는 감사한 분들이 많았다. 이십 년이 지난 지금도 둘째를 예뻐해 주고, 나를 응원해 주었던 그 어린이집 선생님과는 연락을 하고 지낸다. 지금은 송도에서 어린이집을 운영한다. 매년 스승의 날이면 안부 문자를 전하고 있다. 인생은 혼자서는 살 수 없다. 혼자서는 육아하기가 어려웠다. 맹자 엄마가 맹자의 교육을 위해서 세 번 이사를 했다고 하듯이, 육아를 위해 엄마를 대신할 세 사람의 도움을 받았다. 공동 육아할 친구, 어린이집 선생님, 가까이 살고 있는 친정이었다.

공주처럼 입혀서 키운 첫째 딸은 공주 대접을 받은 적이 없다고 우긴다. 붕 뜨고 뻗친 머리카락 덕분에 '임꺽정' 여자 친구라는 별명까지 얻은 둘째 딸은 후줄근한 바지를 주로 입었음에도 공주처럼 컸다고 말한다.

원피스만 입었다고 공주가 되는 것이 아니었다. 바지에 티셔츠를 입어도 공주가 될 수 있다는 것을 두 딸을 키우면서 배웠다. 예쁜 원피스를 입혀놓고 지금보다 더 잘해야 한다고 채찍질만 한 엄마였다. 자기가 입고 싶은 옷을 입게 하고, "이만큼 해낸 것도 대단한 거야. 정말 잘했어!"라는 말만 해준 엄마도 나였다. 세월이 한참 흐른 후에 알았다. 두 딸은 아무 잘못이 없었다는 것을.

지나고 보니 아름다운 추억이고, 아름다운 시절이었다. 딱 한 가지 엄마로서 아쉬운 부분이 있다. 예쁜 원피스를 입은 첫째 딸과 후줄근한 바지를 주로 입고 있는 둘째 딸의 사진이다. 첫째 딸에게도, 둘째 딸에게도 서로 다른 마음으로 안쓰러움이 올라온다. 특히 둘째에게 미안한 마음이 들 때마다 생각한다. 이 나이가 되어서도 아직도 모르는 게 있으며, 삶은 겉으로 보이는 것이 다가 아니라는 것을.

내 딸을 믿어주는 것이 바로 내 딸에게 최고의 경쟁력을 키워주는 것이다. 어떤 옷을 입혔느냐가 중요하지 않았다. 부모로부터 대접을 받을 수 있도록 환경을 만들어 주었는가가 더 중요했다. 음식점이 성공하려면 좋은 건물이 아니라 초심을 잃지 않고 한결같이 유지되는 음식의 맛인 것처럼 말이다. 사람의 아름다움은 겉모습에만 있는 것이 아니라 내면에도 있다는 것을 다시 새겨본다. 특히 어린 시절에는 옷차림보다 내 딸들에게 엄마를 비롯하여 어떤 사람들이 곁에 있었느냐가 더 중요하다.

일, 육아 둘 다 할 수 없기에(말로만 교육법)

가족을 위한 준비를 해둘 새 없이 시작된 나의 사회생활은 매일 신나고 재미있었다. 딸들은 잘 자라고 있었다. 남편의 직장도 안정적이었다. 나는 늘 무언가를 하고 싶었던 시절이었다. 이런 나에게 주어진 일이었다. 신이 안 날 수가 없었다. 새롭게 만난 사람들이었다. 게다가 상담이 필요한 여성들에게 상담을 해줄 수 있는 곳이었다. 남을 돕는 일을 하겠다고 나선 일이었기에 의미 또한 더했다. 사명감을 가지고 활동하는 하루하루가 재미있을 수밖에 없었다. 대표가 나에게 제안을 했다. 월급은 없다. 그 대신 한 달에 20만 원 정도는 줄 수 있다고 했다. 나는 그 돈 안 받아도 된다고 거절했지만, 그래도 받아야 한다는 말씀에 받기로 했다. 그때 당시 둘째 딸 어린이집 종일반 원비가 18만 원이었다. 나는 이 돈을 어린이집 원비로 쓰기로 했다.

날이 갈수록 나의 사회생활은 안정을 찾아갔다. 열 살이 된 첫째도 밝고 따뜻한 성격을 가진 덕에 친구들이 많았고, 안정된 학교생활을 했다. 다섯 살이 된 둘째도 어린이집에 잘 적응했다. 문제는 일정하지 않은 나의 퇴근 시간이었다. 일을 하다 보면 퇴근이 늦어지는 경우가 많았다. 하교한 첫째 딸이 학원에 갔다가 집에 와서 동생을 보살펴야 했다. 동생 잘 돌보라는 소리를 귀에 딱지가 앉도록 들은 첫째 딸은 고맙게도 기대 이상으로 동생을 잘 돌봐주었다. 하지만 열 살인 큰딸이 밥을 해 먹기에는 역부족이었다. 나 또한 가스레인지 사용하는 것 등이 위험해서 내키지 않았다. 그래서 아침마다 전기밥솥에 밥을 한 솥 가득해 놓고, 찌개도 한 냄비 끓여 놓았다. 그날 이후로 지금까지 우리 집 국 냄비는 대형이다. 나는 뭐든지 많이 해 놓고 다녔다. 두 딸의 친구들이 집에 오면 모두가 다 밥을 먹을 수 있도록 하기 위해서였다. 아무 부담 없이 스스로 차려 먹을 수 있도록 해 놓았다. 아이들이 잘 따라 줬다. 남들은 아이들이 밥을 잘 안 먹어서 걱정이라는데, 두 딸들은 친구들과 늘 함께 먹어서 그런지 밥도 잘 먹었다. 매일 밥만 먹을 수는 없었다. 그래서 나는 집과 가까운 곳의 피자집과 미리 약속해 놓았다. 내가 전화를 하면 두 딸이 먹을 수 있도록 피자를 배달해 주기로 한 것이다. 피자값은 내가 퇴근하면서 지불했다. 만약 사정이 있어서 지불하지 못할 경우 다음 날 지불해 주기도 했다. 피자집 한 곳만이 아니었다. 치킨

집도 섭외해 놓았다. 이렇게 아이들의 먹을거리를 해결했다.

　내가 출근한 후, 집은 두 딸과 친구들의 놀이터로 변신했다. 나는 집안이 엉망으로 어질러져도 괜찮았다. 아이들의 안전이 제일 중요했다. 늘 거실은 물론, 온 방 안이 폭격을 맞은 상태였다.

　장롱 속의 이불과 베개는 거실에 나와 있었다. 아이들은 거실에 둥그렇게 베개를 둘러놓고서는 징검다리 놀이를 하면서 베개를 딛고 뛰어다녔다. 베개를 밟지 않고 바닥에 발이 닿으면 물에 빠진 거라고 한다. 내가 집에 들어가도 아이들은 정신없이 징검다리 놀이를 했다. 나는 그때 사회생활을 해야 했으므로 아이들이 신나게, 안전하게 놀아주고 있다는 것만으로도 만족했다. 감사했다. 징검다리 놀이를 하는 두 딸과 딸의 친구들에게 감동적인 칭찬을 쏟아부었다.

　"와~ 징검다리 놀이 진짜 재미있겠다. 신나게 노는 모습이 보기 좋다. 안전하게 다치지 않고 놀아줘서 고마워!"

　나의 칭찬 세례는 끝없이 쏟아졌다. 그리고 나서 이제 저녁식사를 하려면 정리를 해야 한다는 것을 알렸다. 다 같이 정리하자고 하니 서로 달려들어 정리를 했다. 정리가 끝난 다음 나는 재미있는 이야기 한 편을 들려주기 위해 대여섯 명의 아이들을 한자리에 모이게 했다. 아이들은 헐떡이는 숨을 고르며 내 이야기를 들었다.

"옛날에 꽈배기와 핫도그가 살았대. 둘이 달리기 시합을 했는데 핫도그가 이겼대. 달리기에서 진 꽈배기가 팔짱을 끼고 속상해서 삐쳐있었대. 그때 핫도그가 속상해하는 꽈배기에게 '꽈배기야, 다음에 이기면 되잖아. 속상해하지 마.'라고 말했대. 그랬더니 꽈배기가 뭐라고 했을까?"라고 문제를 냈다. 곰곰이 답을 생각하는 아이들에게 답을 들은 다음 식사를 하자고 이야기했다.

"핫도그가 달래주는 말을 듣고 꽈배기가 한 말은? '건들지 마. 설탕 떨어져.'라고 했대."

나는 동화 구연하듯이 속상해하고 있는 꽈배기의 말투를 흉내 내며 이야기해 주었다. 아이들은 까르르 웃느라고 정신이 없었다. 나는 "네가 만약에 꽈배기라면 뭐라고 했을까?"라고 질문하며 아이들의 이야기도 한마디씩 들어보았다. 아이들은 누가 가르쳐 주지도 않았는데 "'고마워!'라고 말해야 돼요."라는 말을 했다. 이때쯤이면 뛰어놀던 아이들의 숨소리도 편안해졌다. 아이들은 재미있는 옛날이야기 더 해달라고 졸랐다. 나는 웃으며 말했다. "내일 저녁에도 안전하게 잘 놀고 있으면 또 재미있는 이야기 한 가지 해줄게."라고. 이제 다 같이 저녁식사를 하자며 아이들을 모았다. 밥을 다 먹고 나서 아이들을 자기 집으로 돌려보냈다.

다음 날 둘째는 친구들이 한 말을 나에게 전해주었다.

"엄마, A가 우리 엄마 참 좋대. 자기네 엄마였으면 베개 꺼내

놓고 밟고 놀고 있으면 혼냈을 건데, 너희 엄마는 안 혼내서 좋
대."

"베개는 빨면 되고, 엄마는 너희들이 안전하고 재미있게 노
는 게 더 좋아."

딸아이는 또 다른 친구의 말을 전해주었다.

"엄마, J가 너희 엄마는 말할 때 웃으면서 말해서 좋대."

"응, 그랬구나. 엄마는 너희들이 안전하게 잘 노는 게 너무 좋
거든."

나의 대답이 끝나기 무섭게 또 말했다.

"엄마, H가 너희 엄마는 재미있는 이야기를 많이 해줘서 참
좋대."

"친구들에게 엄마가 고맙다는 말 전해줘."라며 끝없이 둘째
딸과 대화를 나누었다.

지금 생각해보면 나는 두 딸을 말로만 키운 것 같다. 아이들
은 신체적인 놀이만 하는 것이 아니었다. A4용지를 사분의 일로
자른 다음 호치키스로 묶어서 선생님 놀이도 했다. 그 내용을
들어보면 참 재미있었다. 내가 하는 업무와 관련된 내용이었다.
상담이란 무엇인가? 공감, 경청 잘하는 법 등 글을 써서 선생님
놀이를 하고 있었다. 아이들에게는 엄마의 모습이 중요하다는
생각이 드는 순간이었다. 아이들이 어린이집에서 엄마·아빠 놀
이하는 것을 보면 그 집 부모의 모습이 보인다고 했다. 아이들이

집에 와서 선생님 놀이를 하는 모습을 보면 어린이집 선생님들의 모습이 보인다고 했다. 그 말은 어느 정도 맞는 말인 것 같았다. 우리 집에 오는 딸들의 노는 모습이 내가 매일 읽고 있는 자료의 내용이었다. 놀라웠다.

그 때 살던 아파트는 새로 분양받은 것인데, 이사를 오고 나서 아파트 엄마들과 막 친해지는 순간, 나는 사회생활을 시작했다. 그중에서도 친하게 지내는 엄마가 생겼다. 나의 두 딸과 나이가 같은 남매를 가진 엄마였다. 그 엄마와 지금으로 말하면 공동육아를 시작했다. 그 공동육아가 나의 두 딸을 키웠다. 한 아이를 키우려면 온 마을이 필요하다는 그 말이 바로 이거였다. 아이들 나이 또래도 같았고, 같은 아파트에 살았고, 좋은 성품을 가진 친구였다. 이건 나의 행운이었다. 내가 늦게 퇴근하는 날에 두 딸은 그 친구 집으로 가서 저녁을 먹고 숙제도 하였다. 어쩌다 친구가 일이 있어 늦는 날에는 그 친구의 남매를 우리 집으로 데려왔다. 내가 저녁을 먹이고, 숙제도 하게 하고 놀아주기도 했다. 친구와 나는 네 명의 아이를 함께 키웠다. 엄마들은 전업주부여도, 워킹맘이어도 죄책감을 가질 수 있다. 일도, 육아도 다 잘하려고 슈퍼우먼을 꿈꾼다. 나는 일과 육아를 다 잘할 수 없다는 것을 일찌감치 깨달았다. 내가 할 수 있는 것은 '잘했다. 고맙다.' 등 말로만 했다. 그래서 '말로만 교육법'이라고 이름 붙였다.

엄마의 말보다 좋은 약이 어디 있을까? 엄마의 말에는 힘이 있다. 내 딸의 마음 가장 밑바닥에 푹신한 매트리스처럼 엄마의 따뜻한 말로 차곡차곡 깔아준다면 이보다 강력한 힘은 없을 것이다. 만약 내 딸이 먼 훗날 고통 속에 빠지게 될 때도 마음 깊은 곳에 쌓여 있는 엄마의 따뜻한 말의 힘이 내 딸을 포근하게 안아줄 것이다. 그리고 그 푹신함으로 말미암아 거뜬히 고통 속에서 빠져나올 수 있게 될 거라고 믿어 의심치 않는다. 한의학에서 배 속만 따뜻하게 해줘도 백 세는 산다고 하지 않던가!

친정아버지를 잃은 나를 살게 해준 둘째 딸

나는 삼 남매의 장녀이자 고명딸이다. 밑으로 남동생이 둘 있다. 아버지는 나를 많이 예뻐해 주셨다. 내가 초등학교에 입학하기 전이었다. 아버지 친구분들이 오실 때마다 아버지는 나를 불러서 노래를 부르라고 하셨다. 그때 내가 부른 노래는 '어제의 용사들이 다시 뭉쳤다'로 시작하는 〈향토예비군가〉였다. 이 노래를 부르면 잘한다고 하면서 아버지 친구분들은 나에게 용돈을 주셨다. 5학년이던 어느 여름날이었다. 저녁 늦게 수박을 많이 먹고 잤는데, 다음 날 아침에 일어나보니 이불이 젖어있는 것이었다. 가끔 있는 일이었다. 부끄럽고 창피해서 죽을 맛이었다. 엄마는 이불 홑청을 뜯으면서 허공을 향해 푸념을 늘어놓으셨다. 나는 쥐구멍이라도 들어가고 싶은 마음이었다. 그때 아버지의 목소리가 들려왔다. "어미가 돼 가지고 이불 좀 빠는 게 그리

힘드냐? 방에 동생들이 있는데 좀 그만해라. 누난데 동생들 앞에서 체면이 뭐가 되겠냐?"라고 하시는 게 아닌가. 나는 이상하게 눈물이 났다. 이날 느꼈던 아버지에 대한 나의 감정이 지금까지 남아 있다. 나를 예뻐해 주시는 아버지에게 미안하고 감사한 마음이 드는 이유가 바로 이 감정 때문이다. 아버지는 무척 엄한 분이셨다. 엄마가 일어나라고 몇 번을 깨워도 안 일어나다가, 아버지의 기침소리 한 번이면 벌떡 일어날 정도였다. 친척들도 모두 어려워하는 분이셨다. 집안의 대소사를 다 챙기셨다. 어린 우리 삼 남매를 잘 챙겨주시는 것도 빠지지 않았다. 아버지가 해주신 볶음밥은 지금도 기억난다. 아버지와의 추억은 또 있다. 아버지는 일요일에 우리 삼 남매를 불러 앉히고는 종이 신문지를 넓게 펴셨다. 그러고는 주문을 하셨다. "이 신문에 아는 한자(漢字) 한 개 찾을 때마다 1원씩 준다." 우리 삼 남매는 서로 머리를 맞대고 신문지 위에 아는 한자를 찾아 동그라미 치느라 바빴다. 아버지는 이 말씀만 하시고는 그 곁에서 짐짓 아무렇지도 않은 듯 손톱을 깎고 계셨다.

중·고등학교 때도 아버지의 손길은 그치지 않았다. 나의 단발머리를 늘 단정하고 깔끔하게 잘라주셨다. 하교길에는 아버지의 자전거로 나의 책가방을 늘 실어다 주셨다. 결혼을 해서도 아버지는 오토바이로 김치를 날라다 주셨다. 친정집에 들렀다가 집으로 가는 날이면 첫째 딸과 나는 아버지의 오토바이 뒤에 타고 함께 달렸다. 지금도 빨간색 헬멧에 검정 가죽점퍼를 입은 사람이 탄 오토바이를 보면 저절로 고개를 돌려 사라질 때까지 쳐다보곤 한다. 내가 중학생이 되었던 해, 아버지는 쿠웨이트로 돈 벌러 나가셨다. 40도가 넘는 무더위 속 건설현장에서 일하시느라 고생을 많이 하고 오셨다. 크리스마스 때는 엽서를 비롯해 편지도 보내 주셨다. 어린 마음에도 아버지의 고생스러움이 마음 아파서 울었었다.

1992년, 나는 운전면허 시험을 보러 갔다. 첫째 딸은 친정에 맡기고 갔다. 그때 당시에 수동으로 시험을 봤다. 세 번 만에 붙긴 했다. 한 번 떨어지고 두 번째 또 떨어졌을 때, 나는 아버지 보기가 미안하고 민망했다. 나는 속상하기도 하고 쑥스럽기도 해서 기어들어 가는 목소리로 말했다.

"아빠, 또 떨어졌어요."

아버지를 실망시켜 드렸다는 마음에 어떤 말씀을 하실까 조마조마했다.

"괜찮다. 떨어질 때마다 그게 다 실력이 되는 거다."

이런 말씀을 해주시던 아버지셨다. 나는 지금도 기억한다. 아버지의 따뜻한 목소리와 사랑을.

이렇게 나의 어린 시절을 꽉 채워주신 아버지가 떠나가신 거다. 지금도 눈가가 촉촉해진다. 아버지로부터 받은 사랑은 내 안에 마르지 않는 샘물처럼 고여 있다. 내가 내 딸들에게 때론 친구처럼, 때론 따뜻하게 할 수 있었던 것도 바로 아버지의 사랑 덕분이다. 나를 늘 일으켜 세워주시던 아버지의 따뜻한 말은 내 마음속에서 지금까지 울려 퍼진다. 내가 내 딸들에게 엄마로서 좋은 말을 들려주고 있는 것은 내 아버지로부터 받은 사랑스런 말과 그 마음 덕분이다.

존재감이 없던 엄마보다 더 엄마 같았던 아버지가 떠난 자리를 채워준 건 둘째 딸이었다. 그런데 너무 이상한 일이 벌어졌다. 둘째 딸이 하는 말은 친정아버지의 말처럼 내게 위로가 되고 힘이 되는 말이었다. 둘째는 언어표현력이 참 좋았다. 세 살된 둘째 딸과 나는 얼굴을 마주보며 누워있었다. 둘째 딸이 물었다. "엄마, 엄마 얼굴에는 왜 이렇게 못에 찔린 데가 많아?"라고. 내 얼굴에 있는 땀구멍을 보고 한 말이었다. 둘째의 관찰력과 표현력에 나는 웃음이 터져 나왔다. "자세히 봐봐. 바늘에 찔린 거 같지 않니?"라고 물었다. 둘째 딸의 대답은 단호했다. "아니야. 못에 찔린 것 같아."라고 했다. 이 이야기는 내 친구들과 직장동료들과 가족들에게 널리 회자되며 웃음을 짓게 했다.

며칠 후에 둘째 딸과 함께 버스를 탔다. 그때 당시에 버스비는 토큰을 사서 냈다. 둘째 딸은 토큰을 보더니 또 한마디 해서 나를 감동시켰다.

"엄마, 이 동전도 땀구멍이 크다."

네 살이 된 둘째 딸은 하는 말마다 모두 다 재치가 있었다. 둘째 딸이 다섯 살이 되던 해였다. 남편과 심하게 다툴 일이 있었다. 나의 긴 손톱은 내 마음을 대신해서 남편의 손목에 상처를 냈다. 진실을 말하자면 내가 할퀸 게 아니라 내 손을 뿌리치며 피하려는 남편의 손목이 내 손톱에 스친 것이었다. 남편은 둘째 딸에게 이 사실을 일러바치고 있었다. "둘째야, 엄마가 아빠를 이렇게 만들었다."라고. 남편이 하는 이 말을 들은 다섯 살 딸아이가 한 말은 매우 현실적이었다. "아빠, 앞으로 엄마와 싸우실 때는 긴팔을 입고 싸우세요."였다. 이렇듯 둘째와의 일상은 늘 박장대소를 하며 웃을 일이 많았다.

둘째 딸을 낳았다는 소식을 전해 들은 아버지는 "딸도 둘은 돼야 한다."라고 하셨단다. 그리고 둘째가 태어난 지 한 달도 채 안 되어 아버지는 하늘나라로 가셨다. 내가 어린 시절, 가족들과 둘러앉아 수박을 먹던 여름날 밤이었다. 아버지는 방 안으로 뛰어 들어온 작고 앙증맞은 청개구리를 입속으로 넣어 삼키셨다. 사실은 식구들 재미있으라고 입 안으로 넣는 척을 하신 거였다. 온 가족을 웃기고 울리는 유머감각이 있는 아버지이기도 했다. 그런 아버지가 떠난 자리를 채워준 둘째 딸이었다. 둘째 딸이 하는 말과 행동은 나를 비롯한 주위의 많은 사람들에게 웃음을 짓게 했다. 그러나 때론 반성하게 했고, 때론 감탄하게 했다. 그리고 또 때로는 감사하게 했다. 나를 사랑해 주시던 친정 아버지를 잃은 상실감을 채워준 둘째 딸에게 나는 아버지가 주신 사랑을 그대로 주었다. 둘째 딸은 나를 힘 있고, 좋은 말을 할 줄 아는 엄마로 만들어 주었다. 아버지가 떠난 텅 빈 그 자리에는 늘 촌철활인의 언어를 가진 둘째 딸이 자리 잡고 있었다. 상처 난 자리에는 새살이 돋듯이, 삶이란 끝없는 슬픔의 연속만은 아니었다.

이 세상에서 나 말고 모든 사람은 다 타인이다. 여기서 부모와 자식도 타인이다. 물론 그냥 타인이 아니고 '의미 있는 타인'이다. 삶을 살아가는데 운이 좋은 사람과 성공한 사람들을 보면 '의미 있는 타인'이 곁에 있다. 내가 어렸을 때, 나에게 '의미 있는 타인'은 친정아버지였다. 내 딸에게도 있을 수많은 의미 있는 사람 중에 엄마인 나도 그중 '의미 있는 한 사람'으로 자리 잡고 싶다. 부모와 자식 간에 어렸을 때의 추억은 억만금을 주고도 살 수 없다. 좋은 엄마가 되겠다고 집착하지 말자. 혹은 좋은 엄마가 되지 못했다고 좌절하지도 말자. 생활 속에서 일어나는 소소한 일상들을 그냥 지나치지만 않으면 된다. 내 부모와 내 딸들과 그 순간의 느낌이나 감정이나 생각을 자연스럽게 나누기만 하면 된다. 그러면 저절로 '의미 있는 타인'이 된다. 시간이 지나면 소

　　　　　　　　　　　　　　내 딸들, 자존감 부자로 키웠다

소한 그 일상들이 다 추억이 되고, 의미가 된다. 이 추억은 두고
두고 꺼내 먹을 수 있는 장아찌 같은 맛을 느낄 수 있다.

늦은 퇴근길에 만난 엄마들

금요일 늦은 시간이었다. 매일 늦은 퇴근으로 피곤에 지친 몸이었다. 마음도, 걸음도 서둘러 아파트 입구에 들어섰다. 아파트 정문을 나서는 딸들 친구 엄마와 이웃 엄마들 세 명과 마주쳤다. 서로 인사를 나누었다. 한 엄마가 걱정스러운 목소리로 물었다.

"어머, 연주엄마 아니야? 늦었네. 얼굴 보기 힘들다."

또 한 엄마가 바로 이어서 물었다.

"이렇게 늦게 오면 애들 밥은 어떻게 해?"

그리고 마지막으로 나의 인내심을 건드리는 한마디를 던졌다.

"연주 아빠한테 안 혼나?"

나를 걱정해 주는 그녀들의 말인데, 이상하게도 기분이 좋지 않았다. 이들의 질문 속에는 나는 애들 밥도 안 차려주는 엄마였다. 내 딸들은 엄마가 오지 않아, 밥도 못 먹고 쫄쫄 굶고 있는

내 딸들, 자존감 부자로 키웠다

불쌍한 애들이었다. 더군다나 남편은 이런 나를 혼내는 폭군 아니던가? 이렇게 쏟아지는 질문에 죄인처럼 가만히 듣고 있을 수만은 없었다. 나는 부드럽고 친절한 어투로 웃으면서 답을 했다.

"걱정해 줘서 고맙긴 한데요. 우리 딸들은 늦은 시간까지 일하는 엄마를 오히려 걱정해 줘요. 배 쫄쫄 굶고 있지도 않고요. 스스로 밥은 차려 먹을 줄 알아요."

그리고 한마디 더 쐐기를 박았다.

"자기들은 남편한테 혼나고 사나 봐? 내 남편은 걱정은 하지만 혼내지는 않아요."

그러고는 마음속으로 한마디 더 하고 싶은 이 말은 삼켰다. '이 늦은 시간에 나가는 건 괜찮고, 열심히 일하고 늦은 시간에 들어오는 나는 문제인가?' 꿀꺽 삼킨 목에서는 이런 말이 나왔다. "하나님께 기도할 때 우리 가족을 위해, 내 딸들을 위해서도 기도 많이 해줘요."라고. 이 말을 끝으로 아파트 정문에서 네 명의 여성들이 내는 웃음소리와 함께 화기애매한 분위기는 다시 화기애애하게 헤어졌다.

그 시절에도 엄마들의 집안일은 참 많았다. 아침에 일어나서 밥을 하고, 반찬을 만들고, 국도 끓이는 등 식사준비를 한다. 식사를 다 하고 나면 남편을 출근시키고 아이들은 차례대로 학교에 갈 때까지 챙긴다. 그러고 나서 밥 한술을 뜨고 설거지를 한다. 집을 비운 가족들의 방마다 다니면서 이불을 개고, 벗어놓은 옷도 정리할 것은 정리하고, 세탁기로 보낼 것은 빨래통에 넣는다. 세탁기를 돌리고 나서는 집안 청소를 한다. 아이들 방마다 책상 위를 먼저 정리한다. 구석구석 온 방을 돌아다니며 청소기를 돌린다. 그리고 이어서 걸레질을 한다. 먼지는 닦아도 계속 쌓인다. 한바탕 청소를 마치고 나면 세탁기가 빨래가 다 되었다고 노래를 한다. 바구니로 하나 가득 꺼낸 다음 베란다로 가서 탁탁 털어서 넌다. 베란다에서는 화분에 물도 주고 바닥청소도 한다. 다음 순서가 바로 화장실 청소다. 청소가 마무리되고 나면 11시가 넘는다. 믹스커피 한잔을 들고 식탁에 앉는다. TV를 켠 다음 신문 사이에 껴있는 마트 광고 전단지를 둘러보면서 커피 세일하는 곳이 있나? 생활용품 세일을 어느 마트가 더 많이 하는지 꼼꼼히 둘러본다. 그러고는 남편 와이셔츠 열 개를 다림질하기 시작한다. 이제 좀 휴식을 취해볼까 하고 시계를 보면 12시가 넘은 점심시간이다. 학교에 간 저학년 아이들이 집에 오는 시간이다. 이제부터는 아이들과의 전쟁이다. 학원 보내랴, 간식 챙겨주랴, 숙제 봐주랴, 씻기랴, 아프기라도 하면 병원 데려가랴, 해도 해도 끝이 없는 일이 바로 엄마의 일들이다. 어느덧 저녁식사 시간이다. 또 뭘 해먹어야 하나? 고민이 된다. 저녁을 먹고 나면 씻기고, 또 내일을 준비하기 위해 잠자리를 살펴준다. 대충만 해도 이런 일들이 일 년 365일 다람쥐 쳇바퀴 돌듯이 반복된다.

내 딸들, 자존감 부자로 키웠다

이런 어마무시한 일을 해내는 사람들이 엄마들이다. 엄마들은 정말 대단하다. 그 대단한 일을 하는 엄마들은 자부심을 가져야 한다. 물론 요즘은 클릭 하나로 모든 장을 보는 시대이다. 전자 제품이 집안일을 도와준다. 사실 그렇다고 해서 시간이 많이 남는 것은 아니다.

"무슨 일 하세요?"

"아무 일도 안 해요. 집에서 놀아요."

"그럼, 집안일은 누가 해주나요?"

"누가 해주긴요. 집에서 노는데, 내가 하죠."

오래전에 강의 현장에서 어느 여성에게 들은 말이다. 요즘 말로 웃픈 말이다. 집에서 살림만 하는 전업주부들은 전업주부대로 죄책감이 있다. 돈을 벌지 못한다는 생각을 한다. 그렇다면 워킹맘은 죄책감이 없을까? 그렇지 않다. 워킹맘은 또 워킹맘대로 아이들을 제대로 돌보지 못한다는 죄책감이 있다. 전업주부는 전업주부대로, 워킹맘은 워킹맘대로 각자의 입장에서 죄책감을 가지고 있다. 이런 여성들이 서로 걱정만 해줄 것이 아니라 함께 힘을 합치면 어떨까? 전업주부든, 워킹맘이든 죄책감은 개나 줘버리라고 말하고 싶다.

하면 티가 안 나고, 안 하면 티가 나는 일, 바로 엄마들의 '살림'이다. 내가 목숨을 걸듯이 열심히 했던 이 살림을 둘째 딸이 태어나면서부터 반으로 접었다. 엄마로서 슈퍼우먼이 되기를 포기했다. 다시 말하면 밥하고, 청소하고, 빨래하는 '집안 살림' 대신에 '사람을 살리는 살림'으로 바꾸었다. 닦아도 쌓이는 집안 먼지와의 전쟁에서도 두 손을 들고 항복했다. 적당히 살기로 하니까 편했다. 대신 딸들과 협업을 했다. 나의 협업 제안을 받아들여 준 일등 공신이 바로 둘째 딸이다. 언니가 늘 챙겨주긴 하지만 다섯 살 차이가 나는 언니는 언니대로 바쁜 일상이었다. 그래서인지 나는 둘째가 유독 마음에 쓰였다. 그런 둘째 딸은 이제 막 사회생활을 시작한 바쁜 엄마 덕에 무슨 일이든지 스스로 하게 되었다. 일하는 엄마의 파트너로 자리매김했다. 둘째에게는 저절로 측은지심이 있었다. 그러고 보니 인간관계가 좋아지는 방법 중의 하나가 바로 측은지심이 아닐까 생각해본다.

퇴근하고 집에 와서 딸들에게 이건 왜 안 했니? 저건 왜 이렇게 했니? 등등의 잔소리보다는 "이것도 잘했고, 저것도 잘했다. 너희들이 안전하게 밥 차려 먹고, 할 일 하고 있어서 엄마는 행복하다. 그래서 엄마는 걱정 없이 일을 잘 할 수 있었다." 이런 말만 했다. 나는 언제나 말로만 딸들을 키웠다. 어린이집에 다닌 이후부터 둘째는 나에게는 애틋한 딸이자, 동지 같았다. 자기 일을 스스로 하는 데 그치지 않고, 일하는 엄마의 소울 메이트가 되어주었다. 둘째 딸 덕분에 늦은 퇴근시간에 만난 동네 엄마들에게도 나는 부드럽고, 친절하고, 당당하게 말할 수 있었다. 내가 내 딸들보다 더 오래 살면서 끝까지 챙겨줄 수는 없지 않은가? 그렇다면 '스스로 할 수 있게 해야겠구나.'라고 생각했다. 엄마는 내 딸들을 위해서 그래도 된다. 언제까지 엄마가 다 해줄 수 있을까? 가끔 생각한다. 그날 밤 아파트 정문에서 만난 엄마들과 말싸움하지 않기를 참 잘했다고. 훗날 아파트 정문에서 만났던 세 명의 엄마들도 파트타임, 정규직 등 일을 다 시작했다. 그중 한 엄마는 나를 찾아와 고민을 털어놓았다. 서로 어려운 점을 나누는 만큼 서로 힘이 되어서 좋았다. 밖의 일을 열심히 하느라, 다람쥐 쳇바퀴 도는 듯한 엄마의 업무를 반쯤 내려놓았는데 이상한 일이 벌어졌다. 나의 두 딸들은 집안일만 하는 살림에서 사람을 살리는 살림으로 바꾼 나를 더 좋아했다. 내 경험에 비추어 보니 육아는 양보다 질인 것 같다. 말로만 하는 양육의 효과는 쏠쏠했다. 말로만 하는 교육의 효과를 볼 수 있었던 이유는 바로 내 딸들을 믿었기 때문이다. 내가 믿어주는 만큼 내 딸들도 나를 좋아하고 잘 따랐다. 나를 한 없이 믿어주는 누군가가 있다면 이 세상은 행복할 수밖에 없다.

사람마다 아이를 키우는 방식이 있다. 누군가는 이렇게 키우라고 하고, 또 누군가는 저렇게 키우라고 한다. 누구의 말에도 휘둘리지 않고 나의 가치관을 나름대로 확립하는 것이 필요하다. 엄마의 역할에 대한 시선은 다 다를 수 있다. 직장을 다녀서 이렇게밖에 할 수 없다면, 그중에서 하나를 선택해야 한다. 그리고 그 방법을 밀어붙이는 것도 필요하다. 아이도 최고로 키우고 싶고, 자아실현도 포기할 수 없는 나로서는 내 딸들을 믿어주는 방법을 선택했다. 그리고 나는 내 딸들을 믿었다. 언제, 어디서나, 어떤 상황에서도.

자녀교육, 포기하지 마라. 3분이면 된다

둘째가 초등학교 3학년 때의 일이다. 그날따라 늦잠을 자서인지 방에서 나오질 않았다. 주방에서 식사준비를 하면서 딸을 향해 크게 소리쳤다.

"어서 일어나. 학교에 가야지."

꿈쩍도 안 했다. 방으로 가서 부드럽게 몸을 흔들어 깨웠다. 딸이 볼멘소리로 말했다.

"조금만 더 잘래."

'지금 일어나도 서두르지 않으면 지각일 텐데.'라는 생각에 내가 더 조급해졌다. 이쯤 하면 보통은 일어나야 하는데, 일어나지 않고 폭탄선언을 했다.

"엄마, 나 오늘 학교에 가기 싫어."

평소 그러지 않던 둘째 딸이 오늘은 영 컨디션이 좋지 않은 것 같았다. 이상하게도 나는 둘째 딸이 하는 그 어떤 말에도 화가 나질 않았다. 이게 무슨 조화 속인지 모르겠다. 이쯤 되면 모든 하던 일을 멈추고 둘째에게 시간을 투자해야 하는 타임이라는 것을 직감한다. 그리고 둘째 딸의 입장이 되어 생각해본다. '매일 가는 학교, 가기 싫은 날도 있겠지.'라는 생각이 든다. 바쁠수록 돌아가라고 했지 않은가? 나는 차분히 둘째 딸과 대화를 시작했다. 나는 상담공부를 하면서 내담자에게 '왜'라는 말은 하지 않아야 한다는 것을 알았다. "왜 그때 그렇게 하셨어요?" "왜 그때 그렇게 하지 않으셨어요?"라는 말은 상대방에게 죄책감을 주게 한다. 그리고 저항하게 한다. 아이들도 마찬가지다. 때로는 저항하게 하는 말도 된다.

딸들과 대화할 때도 적용했다. 물론 처음부터 끝까지 눈 맞춤을 하면서 교감을 했다.

"오늘 학교에 가기 싫은 이유가 뭔지 말해줄래?"

"그냥 가기 싫어. 힘들어."

이마를 짚어봤다. 다행히 열은 없었다. 어디가 아픈 곳은 없어 보였다.

"그래. 그럼, 오늘은 가지 말아."

누워서 뭉그적거리던 둘째 딸이 눈을 뜨고는 벌떡 일어났다.

"엄마, 정말 안 가도 돼?"

"그래. 매일 학교에 가니까 얼마나 힘들었겠니? 엄마도 매일 출근하니까, 힘들어서 가기 싫은 날도 있더라."

이쯤 되니까, 둘째는 일단 학교에 가지 않아도 된다는 엄마의 말에 안심이 되었는지 무장해제가 되어 마음이 풀린 듯했다. 대화는 지금부터였다. 아주 부드럽고 따뜻한 목소리로 시작했다.

"그런데 말이야. 만약 오늘 학교에 안 가면 어떤 일이 일어날까?"

"결석이지 뭐."

"단순히 결석이면 괜찮아. 결석을 하면 선생님이 우리 연주 어디 아픈가? 하고 궁금해하시겠지? 친구들도 연주 보고 싶어 할 테고."

"아프다고 전화 드리면 되지."라고 하며 달변가 둘째 딸이 물러서지 않았다.

"아프지 않은데 거짓말을 하는 건 아닌 것 같아. 선생님께 학교에 가기 싫다고 솔직하게 말씀 드리는 방법이 있어. 어때?"

".........." 순간 아무 대꾸도 안 하더니 편안한 목소리로 한마디 툭 던졌다.

"그러네."

"그리고 선생님도 학교 오기 싫은 날이 있을 거야. 그런 날 학교에 안 오시면 학생들은 누가 가르쳐? 또 선생님들이 안 오시면 학교가 어떻게 되겠어?"

찬찬히 쉬운 말로 이해시키고 설명해 주면 받아들이는 둘째
가 힘없이 수긍했다. 나는 다시 설명을 이어갔다.

"선생님들도, 아빠도, 엄마도 회사에 가기 싫은 날도 있고, 언
니도 가기 싫은 날이 있어도 간다. 왜냐하면 그건 약속이니까."

내가 계속 설명하려던 찰나에 내 말을 끊으며 빨리 씻고, 밥
먹고 학교에 가겠다고 벌떡 일어났다. 그런 둘째를 안아주며 학
교 가기 싫다고 엄마한테 말해줘서 고맙다는 인사를 했다. 그리
고 한마디 더 둘째를 설레게 하는 좋은 소식을 전해줬다.

"아마도 오늘 학교에 가서 씩씩하게 인사드리면 선생님께서
우리 연주 더 칭찬해 주실지도 몰라."라고. 이날 둘째는 평소 실
력으로 빠르게 씻고, 먹고, 입고 학교로 달려갔다. 서둘러 학교
를 향해 달려가는 둘째의 모습이 사라질 때까지 주방 베란다에
나가서 손을 흔들어 주고 빠르게 거실에 있는 전화 수화기를 들
었다.

"선생님, 안녕하세요? 연주엄마입니다."

오늘 아침에 있었던 일을 간단하게 알리며 전화를 끊었다. 그
러고는 또 한 가지 더 약속을 했다. 오늘 통화는 둘째 딸에게는
비밀이라고. 학교를 마치고 온 둘째의 입에서 나온 말은 내가 상
상한 그대로였다. "엄마, 엄마 말이 맞았어. 선생님께서 칭찬해
주셨어."

내가 둘째와 진지하게 대화를 나눈 것은 불과 3분 정도이다. 바쁠 때 먹는 컵라면에 물 붓고 기다리는 바로 그 3분이었다. 대단한 기법은 없다. 학교에 가기 싫은 둘째의 마음을 공감해 준 것뿐이었다. 물론 그 공감 속에는 학교에 보내야 한다는 나의 의도가 없진 않았다. 만약 학교 가기 싫다는 둘째에게 왜 안 가냐고 따져 묻거나, 학교를 안 가면 훌륭한 사람이 되지 못한다고 협박하거나, 학교 아예 그만두라고 명령하거나, '학생이 학교에 안 간다니, 그게 무슨 말이니?'라고 비난했다면 3분이 아니라 30분간의 전쟁이 되었을 수도 있다. 더불어 둘째와 나와의 관계는 더 나빠졌을 것이다. 나는 바쁜 아침 시간이지만, 기꺼이 3분이라는 시간을 둘째에게 투자했다. 내가 한 가지 더 한 것이 있다면, 바로 엄마에게 자신의 감정이나 욕구를 표현해도 된다는 것을 알려준 것이다. 나는 진심으로 둘째에게 고마웠다. 엄마에게 학교 가기 싫다는 마음을 말하지 않았다면 둘째는 괜히 밥도 안 먹겠다고 하며 투덜투덜 댔을 것이다. 엄마에게는 나의 감정이나 욕구를 말해도 된다는 것, 엄마에게는 무슨 말을 해도 안전하다는 것을 알려주고 싶었다. 그리고 또 한 가지는 담임선생님과 아무도 모르게 하는 독립운동 같은 비밀 통화이다. 둘째는 어쩌면 엄마에게 괜히 투정을 부려보고 싶었는지도 모른다. 나는 그 순간 내 중심을 잘 잡았다. 둘째는 엄마가 하라는 대로 하고, 시키는 대로 하는 로봇이 아니라는 것을 잊지 않았다. 자기 생각이 있었고, 그 생각을 엄마인 나에게 말했다. 나는 둘째의 입장에서 말을 들어주었을 뿐이다. 나에게는 공동육아를 해준 친구, 어린이집 선생님, 초·중·고 선생님들이 함께했다. 주변에 함께해 주신 분들이 있었기에 자녀교육을 포기할 이유가 없었다. 아무리 바빠도 3분은 투자할 수 있었다.

엄마에게 충분한 관심과 사랑을 받고 자란 아이들은 그렇지 않은 아이들에 비해서 낯선 환경에 대한 두려움이 적다고 한다. 또한 실패를 해도 불안해하지 않고, 끈기 있게 다시 시작하는 등의 특징이 있다고 한다. 안정된 애착을 발달시키는 방법으로는 여러 가지가 있다. 그중에서 엄마와 아이가 다양한 상호작용에 의한 만족감을 느끼게 하는 것이 한 방법이라고 전문가들은 한결같이 말한다. 만족감을 느끼게 하는 것으로 일상생활에서 아이와 눈 맞춤을 하는 방법이 좋다고 한다. 눈 맞춤은 많이 할수록 좋다. 바쁜 생활에 쫓겨 시간을 내기 어렵다면 적어도 아침, 점심, 저녁에 한 번씩이라도 하면 된다. 워킹맘이라면 출근전, 퇴근 전, 자기 전, 이렇게 하루에 세 번만이라도 하자. 내 아이가 두려움이 없고, 끈기가 있고, 안정적으로 된다는데 하루 세번이 대수인가? 지금 당장 시작하자.

워킹맘의 세 마리 토끼 다 잡는 법

사회생활을 처음 시작하고 나니 할 일이 많았다. 일단 컴퓨터로 문서 작업하는 것을 배워야 했다. 요즘 아이들은 디지털 원주민이라고 한다. 엄마 배 속에서 태어났는데 노트북이 있고, 컴퓨터가 있고, 휴대폰이 있다. 배우지 않아도 생득적으로 안다. 하지만 나는 디지털 이주민이다. 준비 없이 시작한 실무를 해내기 위해서는 컴퓨터 사용이 필수였다. 쉬는 날 하루에 한 시간씩 이틀간 기본적인 문서 작성하는 법을 배웠다. 그때 배운 실력으로 지금까지 일을 하고 있다. 일을 시작하고 나서도 몇 년 동안 집에 컴퓨터를 장만하지 못했다. 집에 컴퓨터가 없다 보니 일을 집에 가지고 갈 수가 없었다. 그러다 보니 늘 퇴근이 늦어지기 일쑤였다. 집에 컴퓨터를 들여놓고부터는 집에 끝내지 못한 업무를 가지고 가곤 했다. 내가 늦게까지 일을 한 것은 업무를 못 해서만은 아니었다. 늘 회원들의 방문이 잦은 곳이었기 때문이다. 업무를 하려고 하다가도 회원이 방문하면 응대하는 것도 큰 업무 중 하나였다.

일을 시작하자마자, 나는 방송대학에 입학하여 공부를 시작했다. 일과 아이들 양육하기에도 벅찬 그때였지만 공부를 시작했다. "대단하다. 잘했다."라는 응원의 말보다는 "일하면서 바쁠 텐데, 가능하겠어? 아이들 생각도 해야지. 아이들 공부시키는 게 먼저지. 체력도 약하다면서 힘들지 않겠어?" 하며 걱정하는 사람들이 더 많았다. 함께 일하는 동료들의 응원이 있을 뿐이었다. 공부를 하게 되어 신이 났다. 즐거웠다. 아이들은 공동 육아하는 친구의 도움을 받았다. 그리고 가끔은 남편이 도와줬다. 공부하랴, 일하랴, 집에 와서 살림하랴 바빴다. 내가 선택한 일이었기에 누구 탓을 하거나, 힘들다고 주저앉아 있을 수가 없었다. 나는 내 딸들 덕분에 슈퍼우먼 노릇을 할 수 있었다. 물론 시행착오는 있었지만. 좀 더 정확하게 말하자면, 내가 슈퍼우먼이 된 것이 아니라 나의 두 딸이 함께해 준 덕분이었다.

처음에는 사무실에 출근해서 업무에 집중해야 함에도 그렇게 하지 못했다. 아침마다 어린이집에 가기 싫다고 투정을 부리는 둘째에 대한 걱정 때문이었다. 휴대폰이 없었기에, 둘째는 사

내 딸들, 자존감 부자로 키웠다

무실에 전화를 자주 했다. 전화를 받고 나면 둘째에 대한 걱정에 일이 손에 잡히지 않았다. 그러다가 퇴근하고 집에 오면 또 사무실에서 끝내지 못한 업무가 생각났다. 둘째가 어린이집에서 있었던 일을 비롯해 친구들과 놀았던 일 등, 하루 종일 엄마를 기다렸을 둘째의 이야기는 끝도 없었다. 때로는 사무실 일이 걱정되어 둘째가 하는 이야기를 건성으로 들어줄 때가 있었다.

일단 나의 눈동자가 다른 곳을 보고 있다. 맞장구를 쳐줘야 하는 내 목소리는 더듬거린다. 그럴 때면 영락없이 둘째는 나의 다른 생각에 태클을 건다. 둘째의 목소리는 더 커진다. 손으로 내 뺨을 자기 얼굴 쪽으로 돌린다. "연주는 엄마랑 얘기하고 싶은데 엄마는 내 말을 왜 안 들어줘?" 나는 '내일 출근을 하면 이것부터 해놓고, 저것도 마무리해야지.'라는 생각을 하느라 둘째의 질문에 또 대충 대답을 한다. 이쯤 되면 둘째는 울기 직전이다. 그제야 나는 정신을 차린다. 그리고 둘째와의 온전한 대화를 위해 눈부터 맞춘다.

일을 시작한 초창기에 있었던 일이다. 집에 와서는 사무실 걱정, 사무실에 가서는 집 걱정을 했었다. 이렇게 걱정을 하다 보니 여기에서도, 저기에서도 많이 힘들었다. 삶을 살아갈 때 '지금 여기'에 집중하는 게 중요함을 알았다. 내 몸이 있는 곳에 내 마음도 와 있어야 했다. 내 몸은 사무실에 있는데 마음은 집에 있으니 일이 잘될 리가 만무했다. 반대로 마음은 사무실에 두고 몸만 집에 올 때도 마찬가지였다.

초등학생인 첫째 딸은 자기 일은 스스로 했다. 든든했다. 늘 둘째는 아픈 손가락으로 여겨졌다. 내가 일하랴, 공부하랴 바쁘다 보니, 아이들 챙기는 시간보다는 내 일을 하는 시간이 더 많았다. 둘째가 할 일을 내가 대신해 주는 건 없었다. 잘 챙겼는지 물어봐 주는 일이면 됐다. 단지 둘째 딸과 매일 하는 일은 조잘조잘 하루 종일 있었던 일을 말하면 들어주고, 같이 대화하는 것이었다. 설거지나 청소보다 둘째 딸과의 대화가 늘 우선순위였다. 그렇게 하는 게 마음이 편했다. 둘째 딸과 알콩달콩 재미있는 이야기를 나눈 후에는 각자 자기 일을 하게 되었다. 대화를 마칠 때 내가 꼭 하는 말이 있었다. "연주야, 엄마한테 말해줘서 고마워!"였다. 둘째는 이때부터 어떤 이야기라도 엄마에게는 해도 된다고 생각했다고 한다.

평소에는 집안일만 하면 되었다. 하지만 중간고사나 기말고사 시험 기간에는 나도 공부를 해야 했다. 과제를 해야 할 때는 두 딸과 함께 각자의 공부를 하는 시간도 가졌다. 고맙게도 엄마와의 대화에 만족한 둘째는 엄마에게 시험공부를 할 시간을 허락해 주었다. 곁에서 같이 책을 읽거나, 그림을 그리거나 하면서 엄마가 공부하고 과제를 하는 모습을 지켜봐 주었다. 얼핏 보면 여느 집과 비슷한 모습이라 생각할 수 있겠다. 하지만 우리 집은

내 딸들, 자존감 부자로 키웠다

다른 집과 반대로 가고 있었다. 지인의 이야기를 들어보면, 아이들이 공부를 할 때 엄마인 자신은 옆에서 뜨개질을 하거나 책을 읽으면서 함께 해 준다던데, 우리 집은 그 역할이 반대였다. '엄마가 공부할 때 옆에서 지켜봐 달라.'고 딸들에게 말 한마디 바꾼 것밖에 없다. 엄마가 자식을 지켜보는 것은 감시가 될 수 있지만, 딸들이 엄마의 공부하는 모습을 지켜봐 주는 건 두 딸과 나로서는 행복 그 자체였다. 그러고도 시간이 없을 때는 잠을 줄이는 방법이 최고였다. 내가 하고 싶어서 하는 공부였고, 내 딸들이 함께해 주는 시간이라서 힘든 줄 모르고 열심히 살아낸 때였다. 무슨 대단한 영화를 보겠다고 그 나이에 공부까지 하냐며 잔소리만 하는 남편이 야속했다. 하지만 산토끼 잡으러 다니다가 집토끼 놓치겠다는 걱정으로 받아들이며 나는 더욱 열심히 살아냈다. 내가 열심히 일하고, 공부하고, 살림을 할 수 있었던 것은 모두 자기 할 일을 스스로 잘 해내 주는 딸들이 있었기에 가능했다. 묵묵히 자기 일을 해내는 첫째 딸과 엄마에게는 무슨 말이든지 다 하는 둘째 딸 덕분이었다. 나는 그런 두 딸을 믿어주고, 말을 들어준 것밖에 없다. 그리고 나에게 주어진 일과 공부를 마당에 쌓인 눈 쓸어내듯이 하나씩 치워냈다. 열심히 사는 모습을 보여줄 수밖에 없던 그 시절이었다. 또 하나, 설거지나 청소보다 두 딸과의 대화를 우선순위로 둔 것이다. 이것이 두 마리 산토끼를 잡으며 집토끼까지 놓치지 않은 나만의 비법이었다.

나의 생각과 뜻만을 전하는 대화가 아닌, 서로의 생각과 뜻을 나누는 대화였다.

기우라는 말이 있다. 하늘이 무너지고 땅이 꺼질까 걱정하여 아무 일도 못 했다고 하는 '중국 기나라 사람의 걱정'이라는 뜻으로 쓸데없는 걱정을 이르는 말이다. 우리는 하늘이 무너지고 땅이 꺼질 리가 없다는 것을 알기에 일상생활을 해 나가고 있다. 이처럼 부모는 아이에게 기본적인 믿음을 보여주어야 한다. 내 아이와 지속적인 정서적인 유대감을 가지는 것, 이것만으로도 충분하다. 오히려 내 아이의 일을 엄마가 다 해주려고 할 때 문제가 생긴다. 엄마는 챙겨준다는 생각으로 해주지만, 아이의 입장에서는 간섭한다고 여길 수도 있다. 어려서 많은 실패와 좌절을 겪은 만큼 성장하면서 두려움이 없어진다. 지나간 일은 과거라고 쓰고, 경험이라고 읽는다.

8.

엄마는 보스가 아니고 리더다

엄마는 보스가 되어야 할까? 리더가 되어야 할까? 가정도 하나의 조직이다. 조직이 잘 굴러가려면 누군가는 리더가 되어야했다. 부모 중에 누군가만 리더가 되는 것도 바람직하지 않다. 리더는 구성원 모두가 각자 자기 자리에서, 스스로 할 수 있는만큼의 역할을 해내게 하는 것이어야 한다고 생각했다.

공부를 할 때도, 일을 할 때도 아이들에게 당당했다. "엄마공부할 수 있게 도와줘서 고마워. 엄마 출근해서 일 편하게 할수 있게 해줘서 고마워."라고 말했을 때, 둘째 딸은 "엄마도 엄마인생이 있는 거잖아."라고 화답해 주었다. '엄마도 엄마 인생이 있는 것'이라고 한 둘째 딸의 말은 내가 시키니까 외워서 하는 말이아니었다. 또한 그 말을 해주면 엄마가 기뻐하니까, 그리고 엄마에게 잘 보이려고 해준 말도 아니라고 생각했다. 딸이 언어의 천재여서는 더더욱 아니다. 엄마인 나부터 삶을 열심히 사는 모습을 보여주었기 때문이라고 자부한다. 엄마로서 딸들을 무조건 믿어주었기 때문이다. 자식들을 먼저 돌보지 않는다 해서 비굴해질 이유가 없었다. 엄마가 너희들 못 챙겨줘서 미안하다고 죄인처럼 말하지 않았다. 당당하게 내 삶을 열심히 사는 모습을 보여주면서 미안하다고 했고, 고맙다고 했다. 엄마가 자기 삶의 주인이 될 때, 내 딸들도 자기 삶의 주인이 된다고 믿었다. 누구나 태어나면서 자기 리더십으로 살아가게 되어 있다는 말을 믿었다.

인간이 태어나서 '나는 누군가에게 도움이 되는 사람인가?', '나는 어디에선가 필요한 사람인가?'라고 스스로에게 질문을 했을 때, 그렇다고 느낀다면 삶을 살아가는 데 힘이 난다. 두 딸들에게 힘을 갖게 하고 싶었다. 두 딸들이 가정에서 엄마를 도와주는 사람으로 성장한다면 이보다 좋은 일이 어디 있을까? 집에서 내가 꼭 필요한 사람이라고 느낀다면 이보다 더 좋은 일이 어디 있을까? '요청' 받은 일을 하면서 엄마에게 꼭 필요한 사람으로 느낀다면 대성공이다. 내 딸들의 삶이 성장하는 것은 물론이다. 엄마라는 이름만으로도 저절로 리더가 될 수 있다. 외부의 일과 집안일을 함께하며 두 딸을 키우는 나에게는 딸들의 협력이 꼭 필요했다. 첫째 딸을 키울 때는 "이거 해라. 저거 해라. 이건 왜 안 했니? 저건 언제 할 거니?" 일일이 지시하고 캐묻고 가

내 딸들, 자존감 부자로 키웠다

르치는 보스였다. 둘째를 키우면서 나는 보스에서 리더로 갈아 탔다. "이것 좀 도와줄래? 저것도 함께하자. 엄마는 너희들의 도움이 꼭 필요해. 너희들이 엄마를 도와주니 큰 힘이 되었어. 너희들과 함께하니 금방 해냈어, 너희들과 함께하니 힘이 안 들었어. 너희들과 함께하니 엄마가 행복해." 등, 내 마음을 표현하는 말은 끝이 없었다. 딸들에게 하는 말을 바꾸었더니 나는 어느새 리더가 되어 있었다. 내 딸들에게 언제 어디서나 '도움이 되는 사람, 필요한 사람'이라고 느끼게 하는 가장 손쉽고 효과적인 방법은 바로 '요청'이었다. 이 '요청'은 매일 기적을 만들어 냈다. 엄마로서 자식들의 미래에 대한 걱정과 기대는 당연히 있다. 이 순간이 보스 엄마가 될지, 리더 엄마가 될지 결정된다. 딸들을 위한답시고 나 혼자만 열심히 달려 나갈 수는 없었다. 내 딸들보다 한 발짝 뒤에서 같이 뛰었다. 나 혼자 딸들의 짐까지 짊어지고 뛴다면 십 리도 못 가서 발병 난다. 좀 늦더라도 두 딸들과 함께 뛰었다. 어린 두 딸들이 무슨 일이든지 척척 해내는 것은 아니었다. 그때마다 밀어주기도 하고 끌어주기도 했다. "사람은 누구든지, 언제 어디서나 밀어줘야 해. 단, 절벽에서만 밀지 말고." 26년째 리더의 모습을 보여주고 있고 현재 양로원 원장으로 일하는 나의 친구가 한 말이다. 나의 두 딸들에게도 밀어주고 끌어주는 엄마이고 싶었다.

어린이집에 다니던 둘째가 나무를 그리면서 무슨 색을 칠해야 되냐고 물었다. "나뭇잎은 초록색으로 그리고, 기둥은 고동색으로 칠하면 돼."라고 대답해 주지 않았다. "좋은 질문이야. 엄마에게 물어봐 줘서 고마워!"라는 말은 잊지 않았다. 그러고는 둘째의 손을 잡고 아파트 베란다 창문을 열었다. 다양한 나무들의 색을 같이 보았다. 초록색, 연두색, 진한 밤색 등을 함께 보며 좋아하는 색연필로 아무렇게나 해도 된다고 말해줬다. 둘째는 늘 보던 나무였지만, 엄마와 함께 다시 바라보게 된 후, 자신감을 가지고 거침없이 색칠했다. 베란다로 가서 나무를 보고 색깔을 관찰하는 것은 2분도 채 안 걸렸다. 이런 식으로 하다 보니, 둘째 딸과는 어디를 가도 할 이야기가 많았다. 질문도 많았다. 둘째의 질문이 있으면 나는 꼭 잊지 않고 하는 말이 있었다. "엄마한테 물어봐 줘서 고마워. 덕분에 엄마도 많이 배웠다. 고맙다. 딸!"이라고.

리더와 보스의 차이는 또 있다. 보스는 어떻게 하는지 말로 하는 사람이고, 리더는 어떻게 하는지 보여주는 사람이다. 나는 두 딸들에게 엄마이기 이전에 한 인간으로 어떻게 살아야 하는지를 말해주는 보스가 되고 싶지 않았다. 내가 할 수 있는 만큼 최선을 다해 사는 모습을 보여 주었다. 《말로 가르치니 반항하고 몸으로 가르치니 따르네》라는 책 제목이 늘 가슴 속에 있었다. 보스는 '가라'고 외치고, 리더는 '같이 가자'라고 한다. 보스는 '내'가 중요하고, 리더는 '우리'가 중요하다. 나도 우리 딸들이 중요했다. 내 딸들과의 관계에서 나는 보스가 아니라 리더가 되고 싶었다. 내가 어렸을 때는 딸들은 순종적이고, 착하고, 얌전해야 한다는 이미지가 더 컸다. 이미 순종적이고, 착하고, 얌전해서 성공하는 사회가 아니다. 많은 여성문제를 상담하면서 느낀 점이다. 나는 두 딸들은 나처럼 클 것이 아니라 다르게 키워야 한다고 생각했다. 자기 인생은 자기가 개척하며 살 수 있는 힘을 갖게 해주고 싶었다. 그러려면 자기 삶의 주인이 되어 살아가는 꼴을 보여주고 싶었다. 더불어 연습도 하게 했다.

둘째 딸 초등 5학년 때 일이다. 그날도 식탁에서 이런저런 이야기를 나누었다. 딸들과는 대체로 숨김없이 이야기하곤 했다. 남편과 다투고 나서 아빠와 다투게 된 내용과 그래서 내가 속상하다는 이야기를 했다. 둘째 딸은 진지하게 물었다.

"엄마, 외할머니와 외할아버지께서 아빠랑 결혼하라고 해서 했어?"

순간 둘째 딸의 입에서 나올 말이 무슨 말일지 예상이 되었다. 나는 아차 싶은 마음이 들면서 쑥스럽게 아니라고 대답했다.

"엄마가 아빠랑 결혼하고 싶어서 선택한 거지? 그럼, 엄마가 한 선택이니까 엄마가 책임져."

장난기 섞인 말, 평소에 내가 딸들에게 했던 말을 그날 단호

하고 정중하게 돌려받았다. 기분 나쁘지 않았다. 부끄럽지도 않았다. 혹자는 '남편과 싸운 이야기를 아이들에게 하는 것이 엄마로서 맞는 건가?'라고 반문할 수도 있다. 내 경험상 아이들에게 숨기고 행복한 척한다고 해서 아이들이 알아채지 못한다는 것은 오산이다. 오히려 아이들의 불안이 높아질 수 있다. 엄마의 고민을 들어주며 자기 생각을 말하는 관계가 더 나쁘다는 근거 또한 없다. 적어도 내 경험상에는 그렇다. 엄마는 그대로 있으면서 딸들만 성장하라고 하는 것은 보스의 자세다. 세 사람이 함께 있으면 그중에 스승이 있다고 했던가? 세 모녀가 함께 있을 때도 그중에 스승이 있었다. 때로는 밀어주고, 때로는 끌어주며 두 딸과 나는 같이 성장해 나갔다. 나는 내 삶의 리더로, 딸들은 각자의 리더로.

내 아이를 믿지 못할 때 자꾸 통제하려고 한다. 내 아이가 성장하는 만큼 엄마의 역할도 달라져야 한다. 바로 엄마도 심리적으로 성장해야 한다는 뜻이다. 아이가 세 살 때나, 아홉 살 때나, 열다섯 살 때나, 열아홉 살이 되어도 엄마가 대신해 주고, 걱정하고, 잔소리만 한다면 엄마는 심리적으로 성장하지 않을 것이다. 엄마의 역할은 내 아이가 수많은 시행착오를 경험할 수 있도록 지켜봐 주어야 한다. 서툴게 하는 모습을 기다려 주어야 한다. 그래야 아이가 성장하는 모습이 보이고, 엄마 자신의 모습도 볼 수 있는 것이다.

내 딸들, 자존감 부자로 키웠다

제2장

딸의 독립이

필요해

세상물정 모르는 화초는 금세 시든다

나의 어린 시절과 학창 시절을 돌아보면 온실 속의 화초처럼 자랐다. 비바람도 없고, 추위도 없는 안전하기만 한 비닐하우스 안 같은 곳이었다. 다시 말해서 콩나물시루 안의 콩나물이었다. 콩나물은 여리고 약하다. 물만 먹고 살아야 하고, 검은 보자기를 걷어서 햇빛이라도 볼라치면 금방 파랗게 질려버린다. 이렇게 나약한 콩나물 같았다. 늘 아버지 말씀 잘 듣고, 시키는 대로만 하는 순종적인 딸이었다. 아버지에게 맞아본 적도 없다. 그런데도 아버지의 기침소리만 들어도 무서웠다. 카리스마가 흘러넘치는 분이셨다. 하지 말라는 짓은 하지 않았다. 나는 언제나 부모님 말씀 잘 듣는 착한 딸이었다. 안전하게만 자랐다. 학교에 다녀와서는 동네에서 친구들과 노는 일이 전부였다. 학교와 집만 오가며 살았다. 그러다 보니 시쳇말로 보고 배운 것이 별로 없었다. 부모님의 그늘에서 벗어나는 행동을 하지 않았다. 나 자신도 그럴 용기조차 없었다. 학교와 집을 오가며 부모님 말씀만 잘 들으면 인생은 저절로 다 잘 되는 건 줄 알았다. 다양한 경험치가 없었다.

아버지는 가부장적인 분이셨다. 내가 고등학교 2학년 여름방학 중일 때, 아버지가 지방에서 일하게 되셨다. 나는 가기 싫은 전학을 갈 수밖에 없었다. 가족 모두 이사를 가게 된 것이다. 친구들과 헤어지기 싫었다. 졸업 후 나의 진로 계획은 은행에 취업하는 것이었다. 이미 관련 자격증도 따놓았었다. 친구들과 헤어지기도 싫었지만, 나는 내 진로도 계획하고 있었다. 혼자 자취를 하고 있던 이종사촌 언니와 같이 생활하겠다는 나의 말에 한마디로 안 된다고 하셨다. 아들이면 몰라도 딸을 객지에 혼자 두는 것은 절대 안 된다는 것이 이유였다. 나는 순종적인 딸이었기에, 그 상황에서도 아버지의 마음을 이해는 했다. 하지만 이번만은 내 의지를 말씀 드려야 했다. 혼자 자취하는 것도 아니고, 직장에 다니는 사촌 언니와 함께 생활하겠다고 해도 아버지는 완강히 안 된다며 강제로 전학을 시켰다. 여름방학 중이라서 친구들과 작별인사도 나누지 못하고 나는 조용히 전학을 가게 되었다. 지방으로 이사 가던 날 차 안에서 마음속으로 얼마나 울었는지 모른다. 그 순간에도 부모님께 걱정을 끼치지 않아야 한다는 생각에 마음속으로 울었다. 친구들과 헤어진 슬픔에 매일 울면서 학교에 다녔다. 어려서부터 사는 동네를 벗어난 적도 없었다. 새로운 친구를 만나 본 적도 없었다. 모험심도 없어서 늘 다람쥐 쳇바퀴 돌듯이 살았다. 학교에 가면 선생님이 시키는 대로만 했다. 집에 오면 부모님의 말씀을 거역하지 않았다. 덕분에 안전했다. 선생님이든, 부모님이든 키우기 수월한 아이였을 뿐이다. 어른들 눈에는 큰 문제 없이 잘 적응했지만, 나는 친구들이 보고 싶어서 매일 울었다. 지금처럼 휴대폰도 없었던 시절이다. 그리운 친구들과 연락할 수 있는 길은 편지밖에 없었다. 나는 매일 친구들과 편지를 주고받으면서 1년 반의 고등학교 시절을 보냈다. 버스가 하루에 다섯 번밖에 다니지 않는 시골 마을이었다. 우체부 아저씨는 하루 세 통에서 일곱 통까지 오는 내 편지 때문에 매일 우리 집에 들러야 했다. 하루는 우체부 아저씨가 편지를 건네면서 "정애숙 씨가 혹시 연예인이세요?"라고 엄마에게 물었다고 한다. 그 시절 나에게 편지를 보내오는 친구는 열 명 정도였다. 나는 혼자서 그 열 명의 친구들에게 매일 편지를 썼다. 아마도 내가 글 쓰는 것에 크게 두려움이 없는 것은 그때 편지를 많이 쓴 덕분인지도 모른다. 그때는 좋은 글, 좋은 시가 눈에 띄면 베껴 적고, 친구들에게도 보냈다. 또 좋은 시와 좋은 글은 매일 잉크를 찍어서 펜으로 베껴 쓰기를 했다. 나중에 그것이 '필사'라는 걸 알았다. 전학을 가는 바람에 헤어진 친구들에게 편지를 쓰는 것으로 승화시키며 보냈다.

두 딸의 엄마가 되고 나서 어느 날 읽은 글이 있다. 새들이 새집을 지을 때는 바람이 심하게 부는 날 짓는다고 한다. 그 글을 읽은 순간, '왜 그러지? 날이 좋은 날 집 짓는 일을 해도 힘들 텐데, 바람 부는 날, 나무꼭대기에 나뭇가지를 물어다가 집을 지으면 얼마나 힘들까? 역시 새대가리라는 말이 맞는구나.'라고 생각했다. '바람이 불지 않는 날에 집을 지으면 힘은 들지 않고 쉽겠지만, 나중에 바람이 불 때 그 집은 다 날아가 버린다. 부서지고 만다. 고통스럽고 힘든 바람 부는 날에 집을 지어야 나중에 바람이 불어도 튼튼한 집이 된다.'라는 나머지 글을 읽고 나는 무릎을 탁 쳤다. '세상에나, 누가 감히 머리 나쁜 사람한테 새대가리라고 했던가?' 나는 이 글을 읽고 감동을 받았었다. 힘들 때마다 이 글귀가 생각났다. 내 딸들에게도 들려주고 싶은 글귀였다. 나들이를 갈 때마다 나무 위의 새집을 보면, 나는 이 글귀를 이야기해 줬다. 물론 두 딸도 이야기를 듣고는 나처럼 감동했었다. 사람들도 힘들고 고통스러울 때가 바로 무언가를 해내야 할 때라는 것을 새들의 지혜에서 새기곤 했다. 두 딸에게 감사한 점이 있다. 매번 새집만 보면 하는 이 말을 엄마의 잔소리로 생각하지 않는다는 것이다. 잘 알고 있는 이야기지만, 엄마와의 즐거운 대화로 생각해 주었다. 참으로 감사한 일이었다.

내가 부모님의 의지에 따라 어쩔 수 없이 전학을 갈 수밖에 없었던 일은 오래도록 마음에 상처로 남았다. 나를 안전하게 곱게 키워준 부모님에게 감사한 마음도 있다. 반면에 아쉬움 또한 컸었다. 그 전학으로 인해 나의 인생은 내가 계획한 대로 이루어지지 않았다며, 전학을 시킨 아버지의 가부장성만 탓했다. 그때 전학을 가지 않았다면 내 인생은 어떻게 펼쳐졌을까? 부모님은 나를 사랑했지만, 딸이라는 이유로 나를 믿지 않았다. 나를 안전하게만 키웠다. 그래서 내가 약하게 컸다며 원망을 했었다. 이런 생각을 할 때마다 비록 나는 나약하게 자랐지만, 내 딸들은 새처럼 자유롭고 강하게 키워야겠다고 생각했다. 새처럼 훨훨 날게 해주고 싶었다. 그러려면 자기 날개의 힘을 믿게 해줘야 했다. 바람 부는 날은 위험한 날이 아니라고 믿게 해줘야 했다. 화초처럼 나약한 게 아니라 눈보라와 찬바람과 뜨거운 햇빛도 이겨내는 들꽃의 힘을 알게 해주고 싶었다. 나는 어떻게 이런 기특한 생각을 했을까? 바로 내가 전학을 간 그 사건이 나에게는 새집을 짓는 바람 부는 날이었던 것을 깨닫게 되고부터였다. 나는 내 딸들은 약한 딸로 키우지 않으리라는 것을 새집을 보고 배웠다. 그래서 내 딸들을 믿어야만 했다. 무조건 믿었다. 적어도 콩나물이 아닌, 콩나무라도 되게 해야 했다.

나에게 의미 있는 타인인 친정아버지는 나를 안전하게만 키우셨다. 세상물정을 모르는 딸로 키우고 싶으셨던 것은 아니었

내 딸들, 자존감 부자로 키웠다

을 것이다. 소중하고 사랑스러운 딸을 보호해 주고 싶으셔서 그랬던 것임을 나는 안다. 그 사랑의 방식이 이 세상을 자연스럽게 배우고 익히는 걸 방해했다는 것을 그때는 아버지도 몰랐고, 나도 몰랐다. 이제는 알 것 같다. 코로나19로 우린 저항력과 면역력의 중요함을 배웠다. 삶의 지혜는 고통을 경험하지 않고서는 얻을 수가 없다는 것을 살면서 알았다. 힘들게 산을 올라가 봐야 안다. 내 아버지는 나를 평지에서만 키우셨다. 실패와 좌절은 성공과정에 필요한 기본바탕이다. 내 아이에게 어려움을 만들어 놓고, 경험할 수 있게 해주는 엄마가 되자. 하늘에 계신 친정아버지가 이글을 보신다면 말없이 고개를 끄덕이며 입가에 미소를 지으시지 않을까 생각해본다.

2.

딸 교육의 핵심은 바로 이거다

두 딸들에게 엄마로서만이 아닌, 자기 인생을 스스로 개척해 나가는 모습을 보여주었다고 자부한다. 누군가는 '자기계발도 좋지만 애들 생각은 안 하나?' 또 누군가는 '이제 공부해서 무슨 영화를 보겠다고, 애들이 불쌍하다.'라고 했다. 대부분 응원보다는 걱정을 했다. 더 솔직히 말하면 비난이 더 많았다. 그럼에도 나는 일하며, 공부하며 두 딸을 키우며 바쁘게 살았다. 결국은 나 자신을 위한 일만이 아니라 내 딸들을 위한 일이기도 했다.

나는 지금 대학에서 강의를 하고 있다. 물론 시간강사이지만 학생들에게 나름 인기도 있다. 학생들에 의한 평가도 높다. 높이 평가해 준 학생들에게 더 겸손하고, 더 열심히 살아가겠노라고 감사 인사를 하곤 한다. 결혼하고 나서 사회생활을 하는 동안

내 딸들, 자존감 부자로 키웠다

대학공부를 시작했고, 대학원을 졸업했다. 여성들이 겪고 있는 문제에 대한 상담일도 20년 넘게 했다. 이런 나의 경험으로 강사가 되었다고 생각한다. 상담을 하면서 많은 여성들이 겪고 있는 문제를 만났다. 같이 고민하며 해결해 나가는 조력자로 살았다. 그분들을 돕는 조력자가 되려고 했던 그 마음 덕분에 오히려 내가 성장하게 되었다. 그 여성들의 공통점은 여자라고, 딸이라고 동기부여를 받지 못한 경우가 있었다. 능력이 있음에도 불구하고 그 누구도 그 잠재력을 키워주지 못하는 사회 속에서 살았다. 물론 지금은 딸을 낳았다고 서운해 하는 시대가 아니다. 열 아들 부럽지 않은 딸들이 다양한 분야에서 능력을 발휘하는 시대다. 이 좋은 시대에 발맞춰 나는 누가 봐도 예쁜 딸을 두 명이나 낳았다. 나의 두 딸은 나처럼 키우고 싶지 않았다. 여성 상담을 하면서 저절로 알게 되었다. 행복하지 않은 여성들을 만나면서 내 딸들은 행복한 여성이 되기를 바랐다. 딸이라도 얼마든지 능력발휘를 할 기회가 있음을 어려서부터 알려주고 싶었다.

어린 시절 나는 존재감이 없는 아이였다. 학교에서나, 집에서나 있는 듯 없는 듯 키우기 수월한 아이였다. 친구들과 있으면 말도 잘하고, 유머도 있었다. 반대로 어른들 앞에서는 얌전한 아이였다. 선생님 말씀도, 부모님 말씀도 잘 듣는 학생이었다. 친구들과 노느라고 늦은 시간에 집에 오는 경우도 없었다. 어린 시절과 학창 시절에 "얌전하다. 착하다."라는 말을 제일 많이 듣고 자랐다. 반면에 "너는 참 잘하는구나. 열심히 잘했다. 언제든지 너의 생각을 말해도 괜찮다. 목소리가 참 듣기 좋구나. 자세가 참 반듯하구나. 신중하구나. 네가 한 선택은 네가 책임지는 거다. 너는 앞으로 뭐든지 잘할 것 같구나. 배려를 잘하는구나. 너는 너의 인생을 잘 살 수 있다. 너는 어떤 세상을 만들고 싶니. 너의 꿈은 무엇이니. 네가 있어서 참 행복하구나." 등, 이런 말을 부모님에게, 선생님에게, 어른들에게 들어본 적이 없다. 내가 어려서부터 이런 말을 끊임없이 듣고 자랐다면 어땠을까?

첫째 딸이 유치원에 다닐 때, 이런 말을 많이 해주지 못했었다. "오늘 유치원에서 뭐 배웠어?, 오늘 유치원에서 간식은 뭐 먹었어?, 오늘 유치원에서 친구들과 잘 놀았니?, 오늘 선생님 말씀 잘 들었어?, 오늘 수업시간에 발표 몇 번 했니?"였다. 항상 얼마나 잘했는지 확인하는 질문이 다였다. 둘째 딸을 낳고 상담일을 하면서부터 나도 성장했다. 내 딸들에게 무슨 말을 해줘야 하는지를 알게 되었다. 내가 어려서부터 들어보지 못한 말을 해주기로 했다. 내가 듣고 싶었던 말이기도 했다. 꼭 딸들에게 해줘야 하는 말을 하기로 한 것이다. 처음에는 의도적으로 하려고 노력했다. 나중에는 저절로 하게 되었다. 저절로 하게 된 이유는 내 딸들이 나처럼 동기부여를 받지 못하고 자라게 하고 싶지 않다는 간절함 때문이었다.

"오늘 어린이집에서 어떤 놀이가 제일 재미있었어?, 오늘 친구들과는 어떻게 지냈어?, 오늘 혹시 속상한 일은 없었어?, 오늘 어떤 친구 도와준 일 있었어?, 오늘 하기 싫은 데 억지로 한 일은 있었어?, 오늘 선생님 도와드린 일은 있었어?, 오늘 힘든 일은 있었어?, 오늘은 기분이 어땠어?" 등, 그날 상황에 따라 다양하게 질문했다. 이런 질문은 딸들에게 자기 이야기를 할 수 있게 하는 질문이었다. 특히 하루 종일 엄마를 그리워했을 둘째 딸에게는 더 필요한 질문이었다. 그날 있었던 일을 엄마에게 자유롭게 이야기하면서 둘째는 말을 조리 있게 하는 법을 저절로 터득했다. 둘째에게는 무언가 잘못한 일을 엄마에게 해명하는 대화가 아니었다. 변명하는 대화가 아니었다. 거짓말을 해서 위기를 모면해야 하는 대화는 더욱 아니었다. 둘째는 엄마에게 말할 때 행복해했다. 나의 질문에 대답하는 둘째에게 나는 '그랬구나!'라고 리액션만 해주면 되었다. 둘째에게 엄마와의 대화는 늘 신나는 시간이고, 행복한 시간이 되었다. 자연스럽게 둘째는 학교에 가서도 자신의 생각을 말하는 데 두려움이나 어려움이 없었다. 자신감이 붙었다. 더불어 긍정적인 리액션을 받은 둘째의 자존감은 저절로 높아졌다.

일본 최고의 교육 설계사로 '기적의 과외선생'으로 알려진 '마츠나가 노부후미'가 '딸들을 위대하게 키우는 방법 서른여섯 가지'를 소개했는데, 그중에 내 눈에 들어오는 게 있었다. 바로 딸 교육의 핵심은 '지켜보기'와 '길러주기'라고 했다. 일을 하느라 함께하지는 못했지만, 둘째 딸의 하루 생활을 지켜봐 주는 엄마였다. 웅변학원이나 스피치 학원을 보내지 않았지만, 자신이 하고 싶은 말을 두려움 없이 말할 수 있게 길러주었다. 나는 단지 둘째가 하고 싶은 말을 할 수 있도록 질문하고 들어준 것뿐이었다.

21세기는 여성의 시대다. 내 딸들이 이 세상에서 꼭 필요한 사람으로 행복한 삶을 살아가길 바라는 것은 모든 부모의 마음일 것이다. 나 또한 그랬다. 내 딸들에게는 자기표현을 잘하게 하고 싶었다. 내가 어른 앞에서는 무조건 얌전한 아이로 자랐기 때문이다. 내가 선생님 앞에서는 어렵고 무서워서 말을 잘 못하는 학생이었기 때문이다. 잘하지 못해도, 좀 서툴러도 긍정적인 피드백을 받고 자랐다면 선생님을 무서워하지는 않았을 것이다. 내 딸들이 행복하게 살기를 바라는 마음으로 아주 작은 노력에도 구체적으로 찾아서 칭찬과 격려를 해주었다. 칭찬과 격려를 받으며 자란 둘째는 자기 자신을 더 많이 사랑할 줄 알게 되었다. 자기 인생은 자신이 선택하는 것임을 알게 되었다. 내가 "너의 인생은 네가 책임지는 거야!"라는 말을 강조한 적이 없는데도 말이다.

나는 내 딸들을 믿었다. 스스로 선택하고 책임질 거다. 행복도 선택할 줄 알게 된다. 누구 때문에 불행한 게 아니고, 누구 덕분에 행복한 게 아니고 스스로 행복할 줄 안다. 오늘도 나는 실천한다. 딸 교육의 핵심은 자기 삶을 돌아보게 하는 엄마의 좋은 질문과 자유롭게 자기 생각을 말할 수 있게 하는 것임을.

어려서부터 내 생각과 감정을 언제든지 말할 수 있어야 한다. 부모라면 언제든지 내 딸들의 생각과 감정을 들을 준비가 되어 있어야 한다. 부모로부터 생각을 인정받은 아이는 창의성을 개발할 수 있다. 부모로부터 생각이나 감정을 인정받은 아이는 자기 자신을 신뢰하게 된다. 적어도 내 경험은 그랬다. 요즘 아이들은 부모의 말을 듣지 않는다. 이제는 엄마 손맛의 김장 레시피를 친정엄마에게 물을 필요가 없는 시대이다. 모두 다 유튜브에 나와 있기 때문이다. 온갖 레시피가 다 있는 세상이다. 더 이상 아이들을 가르칠 필요가 없다. 부모라면 아이들의 말과 생각과 감정을 들어주고 인정해주면 된다.

엄마는 지구상에서 최고의 보약이다

바쁜 가운데서도 열심히 살아가고자 한 나에게도 당연히 시련이 있었다. 일과 공부를 병행하며 바쁘게 지내던 나에게 드디어 올 것이 오고 말았다. 남편과의 갈등이었다. 더 자세히 말하자면, 남편의 문제로 인해 부부관계는 최악의 상황을 맞이했다. 살면서 그렇게 치열하게 싸운 적이 없었다. 다시 싸우라면 이제는 못 하겠다. 젊은 혈기에 나는 이 결혼생활을 끝장내버리겠다는 사생결단의 생각밖에 없었다. 지금은 어느 무협지의 한 장면을 얘기하듯이 아주 재미있고 흥미진진하게 썰을 풀 수가 있게 되었다. 두 딸을 키우면서 일과 공부로 나는 쑥쑥 성장하고 있었다. 갑자기 남편의 원인제공으로 우리 부부는 춘추전국시대가 되었다. 나는 한 치의 물러섬도 없이 끝까지 갈 데까지 가보자는 마음뿐이었다. 빨리 끝내는 것이 나의 최종 목표였다. 그러면서도 나는 마음속으로 두 딸을 걱정하고 있었다. 두 딸에게는 이 전쟁터의 영향이 가지 않게 하려고 무진 애를 썼다. 나는 나중에 알게 되었다. 아무리 애를 써도 안 된다는 것을. 내 배 속에서부터 탯줄로 연결되었던 나의 분신들이다. 연결이 안 될 수가 없었다. 그것은 나의 바람일 뿐이었다. 특히 초등학생인 첫째 딸은 모를 수가 없었다. 안타까웠지만 어쩔 수 없었다. 그때는 나도 보이는 게 없었다. 첫째 딸의 일기장을 보기 전까지 나에게는 인생 최대의 위기의 순간이었기 때문이다. 첫째의 일기장을 보고, 출근해서 그날 하루 종일 울었다. 울고 또 울고 종일 눈물이 저절로 흘렀다. 짐승처럼 울부짖으며 울었다. 그러고 나서 그 일기장을 계기로 나는 정신을 차리게 되었다. 일은 남편이 저질렀는데 왜 내가 이렇게 고통스러워야 하는지에 대해서 생각하게 되었다. 이 일로 나는 내면의 홀로서기를 하는 계기 중에 하나였다고 해도 과언이 아니다.

지나간 나의 과거는 모두 다 현재를 살아가는 데 밑거름이 되었다. 그 아픈 과거를 통해 나는 또 살아냈다. 나의 과거는 나에게 스승이었다. 역시 인간은 아픈 만큼 성장하고 성숙해지는 것 같다. 일과 공부로 승승장구하며 열심히 달리던 나는 남편의 문제로 그 자리에서 꼬꾸라지게 된 것이다. 열심히 하던 공부는 잠시 멈추고 휴학을 했다. 도저히 이어나갈 수가 없었다. 남편과의 문제는 쉽게 풀리는 문제가 아니었다. 쉽게 무 자르듯이 싹

둑 자르고 끝내지지 않았다. 이 전쟁의 끝은 보이지 않았다. 그때 당시에 분노와 자괴감으로 먹지 않아도 배가 고프지 않았다. 잠을 안 자도 피곤한 줄 몰랐다. 아마도 무언가에 중독되어 멍한 상태였다. 6개월간 몸무게가 10키로나 줄었다. 뼈만 남았다. 해골처럼 말라갔다. 주어진 상황에서 최선을 다하며 열심히 살아내고 있던 나였다. 첫째의 일기장을 보기 전까지는 절벽 끝에 매달려 있는 심정이었다. 첫째의 일기장이 나를 절벽 끝에서 구했다. 우리 가정을 살렸다. 첫째의 일기내용과 남편의 문제는 또 다른 책에서 말할 기회가 있으면 좋겠다.

먹지도 않고, 잠도 안 자던 나는 몸무게만 빠진 게 아니었다. 얼굴 표정이 달라졌다. 웃음기가 없었다. 그 시절 내 사진을 보면 해골처럼 보였다. 이런 내 얼굴을 두 딸은 매일 보고 있었다. 나만 몰랐다. 일기장 이후로 나의 전쟁은 새로운 국면이 되었다. 내 문제만 생각하고 있었다. 내가 엄마임을 다시금 깨달았다. 일은 남편이 저질렀는데 왜 내가 이렇게 고통을 받아야 하는 건지를 생각하게 되었다. 그리고 힘을 냈다. 제일 먼저 할 일은 원래의 내 모습으로 돌아가는 일이었다.

일상을 되찾고 싶었다. 일요일 저녁이었다. 일찍 저녁식사를 마치고 오늘은 두 딸들과 TV 앞에 앉았다. 개그콘서트라는 프로가 인기가 있을 때였다. 나는 두 딸들과 소파에 앉아 보고 있었다. 여장을 하고 나온 남자 개그맨의 코너에서 내가 갑자기 웃음을 터트렸다. 나도 모르게 큰 소리로 웃었다. 내가 전혀 상상하지도 못한 일이 벌어졌다. 역시나 무슨 말이든지 표현을 잘하던 둘째가 다급하게 소리를 지르며 말했다. "언니, 우리 엄마가 웃었어. 봐봐, 엄마가 웃었어." 둘째의 환호성 같은 말에 첫째 딸도 활짝 웃으며 내 품에 안겼다. 나는 TV를 보면서 두 딸들을 끌어안고 웃다가 울다가, 또 울다가 웃기를 반복했다. 나중에는 두 딸들에게 미안함의 눈물과 감사함의 눈물이 뒤범벅되었다. 엄마의 표정이나 마음을 살피던 딸들의 마음이 읽혀져서 울었다. 미안해서 울었고, 고마워서 울었다. 그날 이후 두 딸들과 나는 일과시간표에 일요일 저녁에는 개그콘서트 시청하기를 적어 놓고 시청했다. 엄마의 마음은 딸들에게 그대로 전달되고 있었다. 엄마가 먼저 행복해야 딸들도 행복해진다. 엄마는 행복하지 않으면서 딸들에게만 아무리 행복해지라고 말해도 소용이 없다는 것을 알았다. 이후 나는 두 딸들에게 엄마인 나의 마음을 가감 없이 이야기하게 되었다. 말하지 않아도 딸들은 이미 다 알고 있었다. 눈 가리고 아웅이었다. 내 눈만 가린다고 하늘을 가릴 수 없다는 것을 깨달았다. 이후 나는 딸들에게 말했다.

"엄마가 많이 힘들었다. 너희들이 슬퍼할까 봐 말하지 않았다. 그런데 너희들은 이미 알고 있었구나. 미안하다. 앞으로는 엄마에게 어떤 일이 생기거나 어떤 일을 결정하게 될 때 너희들에게 꼭 이야기하고 알려줄게. 지금처럼 불안하게 만들지 않을게. 약속해."

딸들에게 용서를 구했다. 전쟁터와 같은 폐허의 마음으로 아무렇지도 않다는 듯이 생활하려고 애썼지만, 딸들에게는 아무 도움이 되지 않았다. 영향을 받고 있었다. 오히려 딸들을 더 불안하게 하는 일이었다. 엄마의 마음을 딸들이 이해할 수 있을 만큼 솔직하게 이야기하는 것이 더 나은 일이었다. 이후로 난 거리낌 없이 딸들과 남편의 흉도 본다. 앞장에서 말한 것처럼 엄마가 한 선택이니 엄마가 책임지는 거라고 초등학생 둘째에게 일침을 맞기도 했다. 지금도 "아빠 때문에 화가 난다. 미워죽겠다. 오늘도 싸웠다."라고 하면 둘째는 전화기 너머로 말한다. "엄마, 파이팅! 꼭 이기셔."라고. 물론 아빠에게도 바로 전화를 해서 외친다고 한다. "아빠, 파이팅!". 서른이 넘은 두 딸들은 요즘도 아빠가 너무 귀엽다고 한다. 나보다도 더 아빠를 챙기며 엄마인 나에게는 좋은 친구로 곁에 있어 준다.

신이 모든 곳에 있을 수 없어서 엄마를 만들었다고 한다. 누가 만든 말인지 참 대단한 말이다. 책임감을 느끼는 말이다. 때론 두 딸을 보면서 '나보다 더 돈 많고, 더 잘난 엄마를 만났으면 좋았을 텐데.'라는 생각을 한 적이 있다. 내가 자식을 선택한 것

내 딸들, 자존감 부자로 키웠다

이 아니라 자식들이 수많은 엄마들의 자궁 중에 나에게 찾아들어 온 것이라는 말을 들은 순간, 오히려 더욱 책임감을 느꼈다. 두 딸들에게 용서를 구하는 엄마, 희로애락을 같이 나누는 엄마, 함께 웃고 울며 안아주는 엄마, 이런 엄마가 바로 보약 같은 엄마 아닐까? 몸에 좋은 보약은 입에 쓰니까.

어떤 순간에서도 내 딸들이 사랑받고 있다는 느낌이 들도록 하는 방법을 알고 있다는 것은 엄마로서 강력한 도구를 갖고 있는 셈이다. 특히 엄마의 웃음은 억만금을 주고도 살 수 없다.

엄마의 미소는 내 아이에게 무엇이든 다 해주는 요정이 되기도 한다. 하지만 딸들에게 매일 큰 기적을 만들어 주려고 애쓰지 않아도 된다. 그저 오늘도 한 줄기 햇살처럼 웃는 엄마가 되면 된다. 아주 기쁘게.

내 딸의 마음속에 엄마 방을 만들어라

갓김치만 보면 아버지가 좋아하시던 생각이 난다. 검정 가죽 점퍼를 입고 빨간 헬멧을 쓴 사람이 탄 오토바이만 보면 아버지 생각이 난다. 가요무대 프로를 보다가도 아버지가 즐겨 들으시던 노래가 나오면 아버지가 더 그립다. 바로 아버지가 물려주신 유산이다. 가요무대 프로그램은 아버지를 떠오르게 한다. 투병 중에 힘없이 쳐다보며 입가에 미소를 보이시던 전국노래자랑도 생각난다.

친정엄마가 오셨다. 어린이집에 다니는 둘째를 데리고 마트에 가신 모양이다. 둘째가 과자를 고르는 사이에 친정엄마는 에이스라는 과자를 집으셨다. 이를 본 둘째 딸이 할머니에게 말했다.
"할머니, 나는 이 과자는 안 먹어요."

내 딸들, 자존감 부자로 키웠다

"이건 니 애미가 좋아하는 거다."

친정엄마의 말씀이다.

집으로 돌아온 둘째는 개선장군처럼 들어서며 나를 향해 외쳤다.

"엄마, 할머니가 엄마 좋아하는 과자도 샀어."

이 일이 있고 나서 나는 두 딸들에게 엄마도 좋아하는 게 있다는 걸 알리기 시작했다.

라디오에서 노래가 흘러나온다. 나는 알려준다.

"이 노래, 엄마가 좋아하는 노래 중에 하나야. 기억해."

딸들은 내가 좋아하는 노래가 흘러나오면 달려와서 나에게 알려준다. 주로 주말에 함께 있는 시간에 둘째는 나에게 말한다.

"오늘 친구랑 삼미시장 앞에 지나가는데 엄마가 좋아하는 노래가 나왔어. 친구한테 말해주고 나서 다 듣고 왔어."

"엄마 생각해줘서 고마워 딸!"이라고 화답해 준다. 둘째와 나는 함께하는 시간은 물리적으로 부족하지만 늘 함께하는 것처럼 느껴졌다.

과일가게 앞을 지나갈 때는 딸들이 좋아하는 과일만 사는 것이 아니라 엄마인 내가 좋아하는 수박도 산다. 집에서 밥을 먹을 때도 내가 좋아하는 멸치 반찬도 알려준다. 이렇게 내가 좋아하는 과일, 음식, 노래, 연예인 등 나에 대해서 알려준다. TV를 보다가도 내가 좋아하는 연예인이 나오면 어김없이 달려와서 내 손을 끌고 TV 앞으로 간다. 나는 알려줘서 고맙다는 말과 함께 TV를 더 보다가 또 엄마가 좋아하는 연예인이 나오면 알려주라고 말하며 TV 시청을 유감없이 허락한다. 적당히 보고 공부하라는 말은 하지 않는다. 공부를 안 하고 TV를 보는 딸이 죄책감을 갖지 않게 해준다.

어디선가 들은 우스갯소리다. 옛날에 아들 셋을 키운 어머니가 있었다고 한다. 가난했지만 삼 형제를 위해서 온갖 장사를 하면서 뒷바라지를 했다. 굴비를 사면 삼 형제에게 몸통을 주고, 당신은 굴비 대가리만 먹었다고 한다. 어머니의 정성으로 아들 셋은 모두 훌륭한 사람이 되었다. 어머니는 노환으로 병원에 입원하였다. 삼 형제는 어머니의 손을 잡았다. 고생하면서 자식들만을 위해 먹을 거 안 먹고, 입을 거 안 입고 키운 것을 잘 알고 있는 아들들은 "더 오래 사셔야지요. 효도 더 많이 받으시고요."라고 말했다. 어머니는 힘없는 목소리로 아들들에게 한마디 했다. "아들들아, 아무래도 나는 오래 못 살 것 같다. 너희들이 성공해서 참 좋다. 그런데 죽기 전에 소원이 하나 있다" 아들들은 어머니를 위해서 못해 줄 게 없는 터라, 무슨 소원이든 다 들어주겠노라고 하면서 어머니의 입을 쳐다보았다. 어머니는 "죽기 전에 굴비 몸통 한 번 먹어봤으면 좋겠다."라고 했단다. 그 말을 들

내 딸들, 자존감 부자로 키웠다

은 세 아들들은 화장실에 가서 수도꼭지를 틀어놓고 하염없이 울었다고 한다. 평생 자식을 위해서 몸통을 양보한 것을 아는 아들들이었다. 그런데 반전이 있다. 아들들이 운 이유는 따로 있었다. "우리 어머니는 굴비 대가리만 좋아하는 분인데 굴비 몸통을 먹고 싶다고 하시는 걸 보니 노환에 이제는 치매까지 오셨구나."라며 하염없이 울었다고 한다. 설마 현실에서 이런 경우가 있을까 싶지만 웃고 넘길 일만은 아닌 듯하다. 요즘은 먹을 것이 없는 시대가 아니다. 자식을 위해서 희생한 엄마가 잘못한 것이라고 말하고 싶지는 않다. 자식들을 비난하고 싶지도 않다. 단지 엄마이기 이전에 사랑받던 딸이었다. 꿈이 있던 소녀였다. 지금도 꿈을 이루며 살아가도 된다는 말을 하고 싶다.

또 한 가지 웃지 못할 이야기가 있다. 부잣집 아이가 있었다. 어려서부터 부모는 좋은 것만 사주고 좋은 것만 입혔다. 아이는 친구들과 늘 다른 물건을 가지고 다녔다. 친구들이 몽당연필을 사용할 때, 이 아이는 외제 샤프를 사용했다. 아이가 연필이 필요하다고 하면 엄마는 제일 비싸고 좋은 샤프를 사준 것이다. 아이는 친구들이 신고 있는 운동화를 신고 싶었는데 엄마는 무조건 제일 비싼 것으로 사줬다고 한다. 아이는 불만이 많고 엄마와의 관계가 나빴다고 한다. "엄마는 내가 갖고 싶은 것을 한 번도 사준 적이 없어요."라는 아이의 말을 듣고 엄마는 엄청난 충격에 빠졌다고 한다. 이 아이는 엄마 덕분에 풍족하게 살았지만 행복하지는 않은 것 같다.

돈이 많으면 편하고 좋은 일이다. 부러울 때도 있다. 그런데 돈으로 해결되지 않는 것도 있다. 가끔 일하는 엄마들은 자녀들에게 미안한 마음을 돈으로 메우려고 할 때가 있다. 엄마의 부재를 돈으로 채우는 경우도 있다. 돈은 가치 있게 쓰는 것이 중요하다. 나는 돈이 있을 때나, 돈이 없을 때나 두 딸들에게 엄마가 좋아하는 것들을 알려주었다. 비록 아버지는 돌아가셨지만, 생전에 해준 말씀이나, 좋아하시던 물건들이 눈에 띨 때마다 아버지 생각이 저절로 났다. 아버지는 돌아가셔서 안 계신데, 곳곳에 아버지의 흔적이 남아 있었다. 그게 좋았다. 그 어떤 유산보다 더 크게 다가왔었다. 나도 그저 두 딸들에게 일하는 엄마로서, 엄마가 바빠서 함께하지 못해도, 엄마가 늘 곁에 있는 것처럼 해주고 싶었다. 이렇게 엄마가 좋아하는 것들을 알게 된 두 딸들의 마음에는 알게 모르게 엄마의 방이 들어앉아 있었다. 두 딸들은 일하느라 바쁜 엄마였지만 부재를 느끼지 않았다고 말한다. 두 딸들의 마음속에 있는 엄마의 방에서는 늘 이야기꽃이 피어나고 있었기 때문이다.

누구나 자기 방이 있어야 한다고 한다. 오늘은 내 아이 마음속에 엄마 방을 들여놓아야겠다. 내 아이 속에 들여놓은 엄마의 방은 물질을 넘어선 그 이상의 방이다. 그것은 생명이다. 아무에게도 뺏기지 않는 공간이다. 사랑이 무엇인지 몰라도 엄마의 방에는 사랑이 넘친다. 엄마의 방은 지붕과 벽과 울타리가 없어서 비바람을 막아주지는 않지만, 비바람을 맞았을 때도 다시 힘을 얻게 하는 방이다. 위험하지 않다. 마치 시퍼런 칼도 칼집에 들어가면 더 이상 위험해지지 않듯이.

간섭하는 엄마, 방목하는 엄마

둘째가 중학교 2학년 때이다. 퇴근을 하고 마트에 들렀다. 일곱 시가 넘은 시간이라 사람들이 붐비지는 않았다. '오늘은 또 무엇을 해 먹어야 하나?'라는 생각을 하며 야채코너에서 이것저 것 살펴보고 있었다. 누군가 앞에서 부르는 소리가 나서 고개를 들었다. 둘째 딸의 친구 엄마였다. 내가 고개를 들자마자 대뜸 한마디 한다.

"연주엄마, 연주 좀 챙겨요."

아주 오래전부터 작정을 한 말투였다.

"무슨 말이에요?"

무슨 일이 있었던 것처럼 훅 건네는 말이라, 나는 인사를 생략한 채 급하게 말했다.

"연주, 지금 노래방에 있는데 그거 알고 있어요?"라고 묻는다.

난 또 무슨 큰일이 난 줄 알았다가 순간 안도의 숨을 쉬었다.

"물론 알지요. 지금 ○○노래방에 있는데 왜 그러세요?"

내 대답에 어이가 없다는 표정을 짓더니 "아니, 그렇게 알고 있으면서 가만히 놔두세요? 우리 딸아이는 못 가게 했어요. 그리고 요즘 우리 딸이 영 말을 안 듣고 대들기까지 해요. 속상해 죽겠어요"

싱크대 하수구에 구정물 버리듯이 마구 쏟아 붓는다. 물끄러미 듣고 있는 나를 보면서 마치 나 때문이라는 듯한 표정을 바꾸지 않으며 말을 이어갔다.

"우리 딸아이는 말이죠. 전에는 착하고 내 말도 잘 들었는데, 요즘 연주하고 같이 다니더니 부쩍 말을 안 들어요. 오늘도 나한테 마구 대드는 거예요. 연주엄마는 된다고 하는데 왜 엄마는 안 된다고 하냐고 하면서요. 속상해 죽겠어요. 연주 단속 좀 시키세요."

상담의 기본은 상대방의 말을 끝까지 다 듣는 것이 아니던가! 인내를 가지고 다 들었다. 그리고 던진 나의 말은 언중유골이었다.

"내 딸은요, 어디서 무얼 하는지 저에게 미리 얘기를 해요. 오늘도 육하원칙에 따라 전화 연락 왔었어요. 저는 제 딸을 믿거든요."

누가 들어도 착했던 자기 딸이 내 딸 때문에 말 안 듣는 아이가 되었다는 말이었다. 순간 나도 속에서 불길이 확 솟았다. 그러면서 내친김에 나도 하고 싶은 말을 마저 했다.

"내 딸은 어떤 상황에서도 자기 일은 자기가 알아서 선택하고, 결정할 줄 알아요. 엄마가 걱정하지 않도록 나에게 미리 자신의 일정을 알리고요. 노래방 가고 싶으면 간다고 말해요. 늦어지면 늦어지는 이유를 미리 알리고요."

"……" 어이가 없다는 표정은 좀 누그러졌지만, "그래도 학생이 노래방에 다니면 되겠어요? 못 가게 해야지요. 연주는 매일 노래방에서 사는 것 같던데요."라고 말한다.

"무슨 말씀인지는 알겠어요. 하지만 저는 제 딸을 믿거든요. 내 딸을 믿지 않으면 누굴 믿어요?"라고 응수했다.

말이 안 통한다고 느꼈는지 이쯤에서 마무리가 되었다.

각자 키우는 방식이 다를 수 있다. 서로 이야기를 나눌 수도 있다. 그런데 그 엄마의 태도는 내가 애들을 방치해서 문제라는 식이었다. 그래서 나도 나의 생각을 말하지 않을 수 없었다. 장을 보고 집으로 돌아왔다. 둘째가 전화를 했다.

"엄마, 지금 집에 갈 시간인데 조금 더 놀다 가야겠어. 안전하게 놀 테니까 걱정하지 말아요. 엄마."

"그래. 안전하게 놀다 와."

나는 또 이렇게 말하는 둘째에 대해 믿어주는 방법밖에는 다른 방법을 쓰지 않았다. 둘째가 집에 오면 어떤 말을 해주어야 할까, 고민하면서 집안일을 하는데 둘째가 들어왔다. 나는 아무 일도 없다는 듯이 인사를 했다.

"어서 와 우리 딸. 재미있게 놀았니?"

"응 엄마. 소리 지르면서 실컷 노래 부르고 나니까 스트레스가 다 풀렸어."

"스트레스가 풀렸다니 다행이다."

"우리 엄마 덕분이야"

"엄마는 우리 딸들은 믿는다. 무조건 믿어. 설사 우리 딸들이 밖에서 돌 맞을 짓을 하고 온다 해도 나는 그 돌을 같이 맞아 줄 거야. 엄마 마음 알지?"

"물론이지. 알지. 엄마."라며 서둘러 씻으려는 둘째의 손을 잡고 말을 이어나갔다.

"그런데 내 딸이 어떤 딸이라는 것을 다른 어른들은 몰라. 그 어른들은 연주를 볼 때 물가에 내놓은 아이처럼 불안해 보일 수가 있어."

"나는 중학생인데 그게 무슨 말이야? 엄마."

의아해하는 둘째에게 말을 이어나갔다.

"응, 그건 물가를 걷고 있는 것처럼 위험하게 보일 수 있다는 거지. 한 발만 앞으로 내디디면 물에 빠지고, 또 한 발만 뒤로 가면 안전한 그런 모습이라는 거지. 아슬아슬하다는 거야."

말귀를 잘 알아듣는 둘째는 솔루션을 요구했다.

"내가 어떻게 해야 해?"

문제가 느껴지면 해결중심으로 가는 둘째가 묻는다.

"응, 어떤 상황에서도 너는 안전하고, 행복하고, 발전적이었으면 좋겠다는 엄마 말을 잊지 않기. 위험한 상황이 생긴다면 늘 그렇듯이 주저 없이 엄마에게 말하기. 혹시 같이 있는 친구가 나쁜 일을 하려고 한다면 그 순간 연주가 말리기. 할 수 있겠지?"

"알았어. 걱정 마, 엄마."

드라마 속 대사처럼 되는 것은 어릴 때부터 엄마인 나와 둘째의 관계가 좋기 때문이다. 내가 둘째를 믿어준 만큼 둘째도 나의 말을 신뢰해 줬다. 나의 말을 스펀지가 물을 빨아들이듯 받아들여 줬다. 이런 대화를 마치고 나면 둘째가 사랑스럽고 고마웠다. 바쁜 엄마라서 챙겨주지 못했다. 또 밖에서 친구들과 지내는 시간이 많았다. 내가 언제까지 쫓아다니면서 '이건 해라.' '저건 하지 마라.' 간섭하는 엄마이고 싶지 않았다. 간섭하는 방법은 마트에서 만난 엄마처럼 될 수밖에 없다. 나도 걱정이 안 되는 것은 아니지만 둘째를 믿어주고 또 믿어주는 방법밖에는 없었다. 누군가는 중학생이 노래방을 가는 것을 방치한다고 느낄수도 있을 것이다. 나는 방치하는 것과 방목하는 것의 차이를 믿었다.

둘째는 말을 하기 시작한 이후부터 박자 감각이 뛰어났다. 노래를 많이 틀어주었다. 노래를 잘했다. 가족모임이나 부부모임에서 칭찬을 많이 받았다. 발음도 정확하지 않은 서너 살 때인데, 박자는 놓치지 않으면서 노래를 부르니 어른들은 모두 귀엽다고 난리가 났었다. 그러더니 노래방에 가서 노래하는 것을 좋아했다. 나는 둘째가 노래방에 가는 이유도 충분히 이해가 되었다. 자기가 좋아하는 것을 하는 것이었다. 그렇게도 노래방에 열심히 다니던 둘째는 고등학교 때는 물론이고 대학교에 다니면서 학교 축제 때마다 게스트로 초대받을 정도의 노래실력을 뽐냈다. 첫째 딸 결혼식에서도 축가를 불러서 박수를 받았다. 지금도 시간이 되는 한 친구들 결혼식 축가는 도맡아 한다.

나의 방목은 둘째의 선택을 존중해 주고 성장하는 과정을 지켜봐 주는 것이었다. 덕분에 둘째는 자신이 가지고 있는 잠재력이 최대한 계발되었고, 어딜 가서나 인기 있고, 행복해하는 사람으로 성장했다. 내 딸들이 행복한 생활을 하는 것이 언제나 우선이었다. 밖에서 마음껏 놀고 들어온 두 딸들과 많은 대화를 나눈다. 적어도 나는 방치가 아닌 방목이라고 믿었다. 나 자신을 내가 믿었고, 내 딸을 믿어줬다. 중학교 시절 마트에서 만난 그 엄마의 말을 듣고 둘째를 믿어주지 않았다면 어떻게 되었을까? 지금 생각하면 아찔하다. 나는 방치가 아닌 방목하는 엄마였다.

그래서 힘들지 않았다. 둘째도 행복했고, 나도 행복한 엄마였다.

방치와 방목은 글자 하나 차이지만 힘이 있다. 방치에서 나오는 힘과 방목에서 나오는 힘은 엄청나게 다르다. 쓰레기를 방치하면 또 다른 문제가 생기는 것과 같다. 방목할 때 엄마도, 아이도 자유로움을 배운다. 동물복지를 하는 세상이다. 하물며 내 아이에게는 두말하면 잔소리다. 아이가 엄마의 자궁이라는 집에 있을 때 엄마는 내 아이를 간섭하지 않았다. 아이도 엄마의 자궁 안에서 무덤같이 답답함을 느끼지 않았다. 영어로 자궁은 'womb'이고, 무덤은 'tomb'이다. 탄생과 죽음을 의미하는 글자가 'w'와 't'의 한 글자 차이다. 신기하다. 방목과 방치도 한 글자 차이다. 방치가 무덤처럼 어두운 것이라면, 엄마의 방목은 생명이고 탄생이다.

따귀 때리는 엄마, 밥 잘 사주는 엄마

일을 하다 보니 딸들의 학교에는 자주 갈 수가 없었다. 그래도 학기 초에 열리는 학부모총회에는 꼭 참석했다. 담임선생님을 뵙고 "그저 죽이지만 말고 마음대로 하세요."라고 인사를 건넸다. 대부분의 선생님들은 내 얼굴을 쳐다보며 화들짝 놀라셨다. 그리고 "이렇게 말씀하시는 어머니는 처음이세요."라고 하던 선생님도 있었다. 담임선생님과는 이 말 한마디로 무언의 신뢰가 생기기도 했었다. 다섯 살 때부터 무슨 일이든지 스스로 해내던 둘째는 초등학교 1학년 때부터 고등학교 졸업할 때까지 반장과 회장을 도맡아 했다. 그 시절에 반장엄마는 학교 일에 적극 참여해야 하는 것들이 많았다. 일을 하다 보니 정말 꼭 필요한 행사가 아니면 참석하지 못했다. 이런 엄마의 사정을 잘 아는 둘째는 별다른 투정 없이 받아들였다. 그리고 선생님께도 당당하게 '엄마는 일을 하셔서 학교에 오실 수 없다.'고 말하곤 했다. 참 생각할수록 기특하고 고마운 딸이었다. 내 복이었다.

중학교 때다. 앞서 말한 것처럼 둘째는 노래방을 자주 다녔다. 노래하는 것을 무척 좋아했다. 노래방에 같이 가는 친구들은 공부가 특기인 친구들이 아니었다. 나는 좀 내키지는 않았지만, 내 딸을 언제나 존중해 주고 믿어주는 것밖에는 달리 해결할 방법이 없었다. 반장이었고, 키도 컸고, 나름 리더십도 있어서 늘 친구들을 몰고 다녔다. 둘째에게 전하는 말은 오늘도 변함없이 같았다.

"연주야, 언제 어디서 누구와 무슨 일을 하더라도 안전하고, 행복하고, 발전적이면 좋겠어. 엄마는 너를 믿어."

이런 말을 기회가 있을 때마다 전했다.

그리고 또 한 가지 더 있다. 친구들과 모여 있거나 함께 놀러 나갔을 때, 내가 또 한마디 하려고 하면 두 딸들은 동시에 내 대신 말해준다.

"알아 엄마. 첫째도 안전, 둘째도 안전, 셋째도 안전, 그리고 즐겁게 놀기."

엄마가 할 말을 대신 읊어주는 딸들에게 해줄 말은 "고마워!"라는 말뿐이었다. 이렇게 나는 두 딸과 의기투합하는 것으로 늘 즐거웠다.

무더운 여름, 어느 날이었다. 학교에서 담임선생님의 호출이 있었다. 무슨 일인가 했더니 좀 심각한 일이라고 하셨다. 일단 학생부로 가기 전에 담임선생님이 계신 교실로 먼저 가겠노라고 했다. 사무실에는 양해를 구하고 학교로 달려갔다. 선생님께 들으니, 어제저녁에 열 명의 아이들이 노래방에 있었고, 둘째도 함께 있었다고 한다. 그 중 두 명의 아이들은 먼저 집에 가겠다고 하면서 노래방을 나갔다고 한다. 먼저 나간 두 명의 아이들이 집으로 가는 길에 또 다른 아이들과 문제가 생겼다고 한다. 내용인즉, 열 명의 친구들이 모여 노래방에 갔었다. 거기에는 누구누구가 있었다라고. 그래서 나머지 여덟 명의 아이들도 모두 학생부에 불려가서 반성문을 쓰고 있다고 한다.

선생님께 자초지종을 전해 듣고는 무조건 죄송하다고 말씀드렸다. 곧 학생부에서 반성문을 쓴 둘째가 교실로 돌아올 거라고 했다.

"선생님, 우리 연주가 교실로 오면 저에게 자식을 잘못 키웠다고 하시면서 저를 혼내 주세요."라고 선생님께 부탁을 드렸다. 선생님께서는 "아휴 어머니, 어떻게 그렇게 해요."라면서 손사래를 쳤다. 먼저 나간 아이들 문제에 직접 연루된 것도 아니고, 평소에 연주는 그런 아이가 아니라는 것을 잘 알고 있고, 상황도 그럴 상황이 아니니 너무 상심하지 마시라고 위로까지 해주셨다. 나는 간곡히 부탁했다.

잠시 후 둘째가 풀이 죽은 모습으로 교실로 들어섰다. 나를 보자마자 눈물을 글썽이며 고개를 숙였다. 담임선생님께서는 내 부탁대로 나에게 '심각한 상황이다. 연주에게 실망스럽다. 반장인데 지금 이런 일이 있어서 다른 선생님들도 당황하셨다.' 등 엄마인 나에게 연주의 잘못을 이야기해 주셨다. 둘째는 닭똥 같은 눈물을 뚝뚝 흘렸다. 나는 마치 죄인처럼 선생님께 무조건 "엄마인 제 잘못입니다."라고 열 번, 스무 번 고개 숙여 말씀 드렸다.

　담임선생님과 삼십분 정도 이야기를 마치고 나는 둘째를 데리고 학교 정문을 나섰다. 어느덧 오후 네 시 삼십 분이 넘었다. 정문을 나서자마자, 나는 아무 말 없이 둘째의 손을 잡고 "배고프지? 뭐 먹고 싶어?"라고 물었다. 둘째는 그쳤던 눈물을 다시 쏟아냈다. 나는 따뜻한 마음으로 손을 잡아 주었다. 평소에도 둘째 딸은 안쓰럽고 아픈 손가락처럼 여겨지던 터였다. 그날도 이상하게 나는 둘째가 안쓰러웠다. 화가 나지 않았다. 이번 일이 큰 경험이 될 거라고 믿었다. 돈가스를 먹고 싶다고 해서 둘이 마주 앉아 돈가스를 먹었다. 일체 그 일에 대해서는 아무 말도 하지 않았다. 둘째는 집에 돌아오는 길에 "엄마, 미안해."라고 말했다. 나는 "연주, 너도 놀랐겠다. 네가 아무리 결백하다 해도 어제 같은 상황이 언제 어디서나 벌어질 수 있어. 그래서 늘 조심해야 돼."라고 했다.

　　　　　　　　　　　　　　　　　내 딸들, 자존감 부자로 키웠다

발걸음도 가볍게 집으로 향했다. 집으로 가는 길에 둘째가 또다시 입을 열었다. "엄마, 고마워!" 나는 "고맙긴 뭘. 내 딸이 잘못한 것은 엄마인 내가 잘못한 거야. 엄마도 당분간은 반성하는 마음으로 지낼 거야."라는 내 말이 끝나기 무섭게 둘째는 말을 이어갔다. 둘째는 교실에서 엄마를 만나기 전 학생부에서 있었던 일을 이야기했다.

반성문 쓴 것을 들고 열 명이 한 줄로 벌을 서고 있었다고 한다. 학생부 선생님들은 야단을 치시기도 하고 타이르기도 하셨다. 겁도 나고 창피하기도 했는데, 엄마들이 한 명, 두 명 학생부로 왔다고 한다. 둘째는 학생부 선생님께 "우리 엄마는 출근을 해서 못 오신다."고 말씀 드렸단다. 엄마가 오면 어쩌나 하고 기다리고 있던 차에 한 친구의 엄마가 학생부로 들어서자마자 친구의 따귀를 냅다 때렸다고 한다. 이어서 두 대째 때리고 세 번째 따귀를 때리려고 할 때 선생님들이 말렸다고 한다. 그때 친구의 엄마는 화가 많이 나 있었다고 한다. 그래서 너무 무서웠다고 한다. 엄마가 안 와서 좋았는데, 가방을 가지러 교실에 갔을 때 엄마를 보고 눈물이 났다고 한다.

그 후로 둘째와 나의 관계는 더욱 가까워졌다. 둘째는 그 일이 공부를 열심히 하게 된 계기라고 한다. 만약 엄마가 친구엄마처럼 따귀를 때렸다면 자기는 엇나갔을 수도 있었다고 한다. 학창시절 유일하게 있었던 사건이었다. 그 이후로 둘째는 단 한 번도 사고를 친 적이 없다.

지나간 일은 과거가 아니라 경험이라는 말은 둘째에게도 통했다. 나쁜 행동이라는 낙인감을 주며 끝내기보다는 그 경험을 통해서 성장할 수 있게 하는 것이 내 딸들이 더 당당하고 행복하게 살 수 있게 된다. 그 일 있고 10년 후에 〈밥 잘 사주는 예쁜 누나〉라는 TV 드라마가 있었다. 그걸 볼 때마다 둘째는 우리 집에도 밥 잘 사주는 예쁜 엄마가 있다고 농담처럼 말하며 웃곤 했다.

음식을 잘못 먹으면 입으로 토해 내게 되어있다. 그래야 산다. 위기의 순간에 마음이 요동친다. 컨트롤이 안 되면 입으로 쏟아내기 쉽다. 위기의 순간, 마음속에서부터 올라오는 목소리를 꿀꺽 삼키고 때를 기다리는 것을 엄마라는 이름으로는 할 수 있다. 내 아이 주변에는 가르치는 사람은 많다. 말없이 눈 맞춰주는 사람이 더 많이 필요하다. 이미 누군가에게 죄값을 받은 문제에 대해서는 침묵처럼 위대한 훈육의 힘은 없다. 가끔은 침묵을 통해 스스로 성찰하는 기회를 갖듯이, 내 아이에게도 스스로 성찰하는 기회를 주는 것도 필요하다. 적재적소에 침묵하는 것은 적재적소에 말하는 것보다 두 배나 더 가치가 있다는 탈무드에 나오는 말을 빌리지 않아도, 내 아이의 위기의 순간에는 엄마의 침묵처럼 든든한 것은 없다.

내 딸들, 자존감 부자로 키웠다

꿈을 이루는 딸, 꿈을 꾸는 엄마

둘째가 고등학교 2학년 때 일이다.

"연주엄마, 반가워요. 우리 아들 전교회장 선거에 나가요. 연주 친구들 많지요? 우리 아들 잘 부탁해요." "아 네, 그래요. 꼭 잘 되면 좋겠어요."

우연히 동네 거리에서 만난 둘째 딸 친구 엄마와의 대화이다. 이때만 해도 둘째가 전교회장 선거에 나갈 거라고는 꿈에도 생각 못 했었다. 학교에 자주 가고, 모임에도 자주 나가는 엄마의 자녀가 전교회장 선거에 나갈 자격이 있다고 생각했었다. 한마디로 엄마인 내가 자격이 안 되기 때문에 나는 딸들에게 말을 꺼낸 적도 없다. 생각 조차를 하지 않았었다. 반장과 회장을 늘 하고 있었기 때문에 그것으로 대만족이었다.

학교에서 돌아온 둘째가 내게 지나가듯 말했다.

"엄마, 오늘 심부름으로 교무실에 갔는데 OO과목 선생님께서 이번에 전교회장 선출한다고 하시면서 나더러 선거에 나가 보라고 하셨어."

둘째는 반신반의하듯 하면서 나의 의중을 묻는 눈치였다.

"글쎄, 선생님께서 그렇게 말씀해 주셨다니 감사하네, 만약에 선거에 나간다고 해도 엄마는 아무것도 도와줄 수 없는 입장인데……." 라며 말끝을 흐렸다.

어려서부터 자기 일은 스스로 해 오던 습관이 있어서 크게 엄마에게 바라는 것 같지도 않았다. 엄마에게 무언가 도움을 요청하는 것은 아니었다. 나는 혹시라도 상처를 받을까 봐 내심 걱정이 되었다. 우선, 선거에 나가려면 선거를 도와주는 친구들이 있어야 할 것이고, 공약도 있어야 되고, 선거에 필요한 준비물도 만들어야 한다고 말했다.

"알지, 엄마에게 도와달라고 하지 않고 내가 알아서 할 거야."

이미 결심을 한 듯 보였다.

"전교회장 선거에 나가고 싶은 이유를 생각해 봐."

"별생각은 없었는데, 선생님이 나더러 선거에 나가면 잘할 거라고 하신 말씀이 힘이 되었어."

"전교회장이 되고 나면 학교와 학생들을 위해서 봉사하는 리

　　　　　　　　내 딸들, 자존감 부자로 키웠다

더십을 발휘해야 돼. 각오를 해야겠지. 그리고 만약 떨어진다면 그것도 네가 감당해야 할 몫이야. 괜찮겠어?"

"물론이지. 내가 한 선택은 내가 책임진다. 잘 알지."

엄마로서 내가 해줄 수 있는 것은 이것뿐이었다.

전교회장 선거에 나가라고 권유해 주신 선생님은 그날 이후로 둘째에게 '회장님!'이라는 별명을 붙이셨다고 했다. 며칠 후에 둘째는 결심을 굳힌 모양이었다. 평소에 친구들도 많았다. 퇴근 후에 와보니 거실에서 친구들 대여섯 명이 모여서 피켓을 만들고 있었다. 공약도 만들어서 판넬에 붙이고 있었다. 어려서부터 노래 부르기를 좋아하던 둘째는 선거운동의 하나로 1, 2, 3학년 전체 반을 다 돌아다니면서 목이 쉬도록 노래를 부르면서 선거운동을 하였다고 한다. 나는 당연히 전교회장에서 떨어질 것으로 추측했었다.

"승패와 무관하게 이렇게 열심히 한 그 자체만으로도 너는 멋진 아이야. 대단해. 역시 뭐든지 맘먹으면 열심히 하는구나. 만약 탈락을 해도 넌 이미 멋진 내 딸이야." 등등 미리 충격을 줄이기 위해서 말해뒀었다. 무슨 일을 시작하면 "잘될 거야. 꼭 될 거라고 믿어."라는 응원의 말을 해야 하는데 나는 안 될 때를 예상하면서 말하고 있었다. 왜냐하면 학교운영위원장의 아이와 공부 좀 한다는 아이, 그리고 둘째, 이렇게 세 명이 후보였기 때문이다. 당연히 전교회장이 될 것으로 짐작됐던 아이가 아닌, 둘째가 전교회장으로 선출되었다. 반전이 일어난 것이다. 학교에서도 매우 당혹스러워하는 분위기였다고 기억된다. 내가 직접 들은 말은 아니지만, 들리는 말로는 둘째에게 약간의 상처를 주기도 했었다. 그것은 둘째의 탓은 아니었다. 엄마인 내 문제였다. 전혀 학교에 기여도가 없는 엄마였기 때문이다. 축하의 분위기가 있었던 반면에 당혹스러워하는 학교의 분위기는 한 달, 두 달 시간이 지나면서 언제 그랬냐는 듯이 사라졌다. 둘째는 전에 없던 리더십을 발휘함으로써 많은 선생님들에게 칭찬을 들었다는 후문이다. 어려서부터 무슨 일이든지 스스로 결정하고 스스로 해결해 나가는 훈련이 있었기 때문이다. 둘째는 주변의 친구들과도 많은 이야기를 나눈다. 어려서부터 작은 실수나 실패를 경험해서 도전하는 데 두려움을 갖지 않게 되었다. 실패를 해도 다시 오뚝이처럼 일어나는 힘이 있었다. 두려움 없이 실천하는 힘은 아마도 자존감이 높았던 이유 때문이었을 것이다.

둘째가 전교회장이 되고 나서 체육대회가 열렸다. 음식을 만들어서 파는 일을 학생부가 맡게 되어 준비를 한다고 했는데, 부족한 게 있었다고 한다. 그동안은 체육대회를 하게 되면 전교회장의 엄마와 임원들이 합심하여 먹거리를 만들어서 팔기 위한 재료들을 준비해 주었다. 둘째가 전교회장이 되고 나서는 온전

내 딸들, 자존감 부자로 키웠다

히 학생임원들끼리 준비를 하게 된 모양이었다. 나는 그런 재료들을 준비해 줘야 하는지도 몰랐다. 어묵과 떡볶이를 만들어 팔기로 해서, 어묵을 끓이는 큰 들통은 준비를 했는데, 문제는 가스 불이었다. 부녀회에서 쓰는 큰 가스버너를 준비해야 하는데, 작은 버너를 준비해서 끓일 준비를 하는 것을 본 담당 선생님께서 호통을 치셨다고 한다. 체육대회는 곧 시작될 거고, 학부모님들도 오실 텐데, 이런 작은 버너로 언제 어묵을 끓여서 팔 거냐고 호통을 치신 것이다. 다들 죄인처럼 고개를 숙이고 있는데, 둘째가 나서서 "선생님, 일단 준비를 못한 것에 대해서는 제가 나중에 혼나겠습니다. 지금은 그릇을 나누어서 어묵을 끓이는 게 먼저인 것 같습니다."라고 선생님께 말씀 드렸다고 한다.

지금까지의 이야기는 그때 당시에 호통을 치신 선생님으로부터 내가 직접 들은 이야기다. 선생님께서는 "뭐가 되도 될 놈입니다. 교사생활 이십년 동안 이런 아이는 처음 봅니다. 제가 부끄러웠습니다."라고 하셨다. 나는 몸 둘 바를 몰랐다. 그렇게 말씀해 주시는 선생님께도 감사했고, 둘째에게도 고마웠다.

둘째와의 에피소드는 참 많다. 그 많은 이야기들은 때론 슬프고, 때론 재미있고, 때론 아픈 이야기다. 하지만 행복해지는 이야기들이다. 나는 둘째가 어릴 때부터 둘째 같은 아이라면 열명도 더 키울 수 있겠다고 늘 떠들고 다녔다. 온실 속의 화초처럼 나약하게 자라느라 보고 배운 경험이 없었던 나였다. 아이 둘을 낳고 일하고 싶은 마음을 가지고 있다가 경험한 일이었다. 1년, 2년, 3년 일을 해 나갈수록 내 안에 잠재되어 있는 역량을 발휘했다. 많은 사람들에게 인정도 받게 되었다. 나만 성장하는 것이 아니라 다른 이도 성장하게 하는 일을 하면서 나는 자존감도 높아졌다. 그렇게 내 삶을 있는 힘을 다해 살아내는 동안, 두 딸들을 방치한다는 말도 들었다. 둘째 때문에 자기 딸도 말을 안 듣는다는 말도 들었다. 애들 공부가 우선이지, 엄마가 무슨 공부냐는 소리도 들었다. 친정 남동생들은 두 딸들에게 맛있는 밥을 사주면서 '소년소녀 가장들'이라는 별명도 붙여 주었다. 난 그때마다 당당했다. 위축되지 않았다. 딸들을 엄마가 다 해준다고 곱게 키우는 것은 아니라고 생각했다. 엄마가 무조건 다 해주지 않았다. 그 대신 무조건 믿어줬다. 성공하거나 실패하더라도. 꿈을 이루어 나가는 딸들과 함께 나도 꿈을 꾸며 살아갈 수 있었다.

곁에 있으면 배울 게 많은 사람들이 있다. 책을 읽는다든지, 운동을 한다든지, 아니면 친구관계를 잘 이어간다든지, 항상 무언가를 열심히 하는 사람들이 있다. 그런 사람들은 꿈을 찾아가는 사람들이다. 무슨 일이든지 완벽하게 준비하고 나서 시작하기보다는 일단 꿈을 가졌다면 실행하면서 수정하고 보완해 나가면 된다. 어려서부터 망설이고 주저하다가 기회를 놓치지 않게

내 딸들, 자존감 부자로 키웠다

하기 위해서 꿈부터 꾸게 하자.

미국 해병대에는 '70퍼센트 룰'이 있다고 한다. 70퍼센트 정도의 확신이 들면 바로 실행하는 것이라고 한다. 잠을 자야 꿈을 꾸듯이 꿈이 있어야 목표도 생긴다. 이 나이 들어 많이 하는 후회 중 하나가 '그거 괜히 했다.'라는 후회보다는 '그때 그걸 했어야 했는데.'라는 후회가 더 많다. 내 딸들은 그런 후회를 하지 않았으면 좋겠다는 생각으로 내 마음의 30퍼센트를 내 딸들에게 건네주고 싶다.

딸의 독립이 곧 대한의 독립이다

어릴 때 독립운동은 남성들만 하는 줄 알았다. 여성들은 독립운동을 못하는 건 줄 알았다. 결혼하고 나서 주부가 되어 살림을 하면서 생각했다. 남성들이 독립운동을 하면 독립 운동가들은 무얼 먹고 살았을까? 그때 먹은 음식들은 누가 만들었을까?라는 것을.

내가 어렸을 때는 못 해 본 일이 많았다. 꿈도 제대로 꾸어보지도 못했다. 그래서 항상 내 딸들은 하고 싶은 일을 하면서 살았으면 좋겠다고 생각했다. 내 친구들과 함께 모임을 할 때면 친구들에게 장담하듯이 말했었다. "첫째 딸은 MBC 아나운서를 시키고, 둘째 딸은 KBS 아나운서를 시킬 거야. 아나운서가 안되면 둘 다 SBS 슈퍼모델을 시킬 거다."라고 농담 반, 진담 반으로 얘기했었다. 내 딸들은 잠재능력을 충분히 발휘하면서 살게

내 딸들, 자존감 부자로 키웠다

할 거라고 말로만 다짐하던 시절이었다. 나는 그 시절 아나운서가 최고라고 생각했고, 멋있어 보였다. 딸들이 가졌으면 좋을 것 같은 직업이 거기까지밖에 생각하지 못하는 나의 한계였다.

대학에 들어간 둘째 딸이 군대를 가게 되었다. 고등학교를 졸업할 때까지 한 번도 상상하지 않았던 일이다. 중학생 때 둘째는 변호사도 되고 싶고, 나중에 대통령도 되고 싶다고 했었다. 그 실력이 못 된다고 싹을 자르지 않았다. 아주 좋은 꿈이라고. 꿈은 크게 갖는 게 좋다고. 엄마한테 말해줘서 고맙다고 한 적이 있었다. 고등학교 때 성적 관리를 나름대로 해서 수시합격을 했다. 세 개의 대학에 수시합격을 했다. 남들은 대학에 낙방해서 고민하고 있었을 때, 둘째는 어느 대학에 가야 할지를 놓고 행복한 고민을 했었다. 남편과 나는 졸업 후에 취업이 잘 되는 대학으로 가자고 했다. 첫째 딸은 무조건 서울에 있는 대학으로 가야 한다고 했다. 결정은 둘째가 했다. 서울에 있는 대학으로 결정했다. 그 학교에는 여자 ROTC가 있는 학교였다. 나는 맘속으로 여군도 괜찮겠다는 생각을 했지만, 내색은 하지 않았다. 내가 키워온 둘째의 성향상 군인도 잘 맞을 것이라 생각했었다. 자연스럽게 학군단에 지원했고 합격했다. 둘째가 학군단에 지원할 때 나의 입김도 없진 않았다. 어렸을 때 대통령이 되고 싶다는 말을 했던 둘째다. "우리나라에서 대통령이 되는 방법은 세 가지가 있어. 하나는 대통령 딸로 태어나는 거야. 또 하나는 정당에 가입해서 평생 돈 벌 생각은 말고 정당 생활을 하는 거지. 그리고 마지막은 ROTC에 지원해서 군인이 되는 거야."

나는 말이 되면서도 말이 안 되는 말을 했다. 내 말에 가족이 모두 한 바탕 웃었던 기억이 있다.

2년간의 학군단 생활에서 둘째는 인생 처음으로 적응하느라고 무진 애를 썼다. 둘째는 키도 크고 건강했지만, 저질 체력이었다. 체력에서 늘 뒤처졌다. 처음에는 몇 개 못 하던 팔굽혀 펴기도 학군단 생활을 하면서 잘하게 되었다. 혹독한 학군단 생활을 끝까지 잘 따라 한 것은 둘째의 끈기였다. 시작했으니 잘 해내겠다는 마음의 힘이 있었다. 다른 동기들은 모두 모여서 놀기 바빴지만, 둘째는 주말만 되면 집에 왔다. 친구들은 대학에 들어가자마자 독립하여 따로 나가서 살았지만, 둘째는 무조건 집이 좋다고 말했다. 훗날 둘째는 말했다. "학군단 생활도 힘들었지만 새로운 세상에서의 적응이 더 힘들었다."고 고백했다. 더 넓은 세상에 나오면서 겪어야 하는 진통 같은 것이었다. 나와 둘째는 대화를 나누었다. 그동안은 우물 안의 개구리였다면 더 큰 세상을 만난 거라고 힘을 북돋워 주었다. 둘째는 나의 말에 부정하지 않았다. 아마도 그런 것 같다고 하면서 하나하나 헤쳐 나갔다. 이웃에 있는 대학 학군단 축제 때 게스트로 축하 노래도 부르며 점점 재미와 안정을 찾아갔다. 내가 챙겨주던 네 살 때까지를 빼면 무려 15년 동안 스스로 잘 해내던 둘째였다. 엄마의 손길이 없어도 잘 해내던 둘째였다. 나는 내 딸의 눈빛만 봐도 알 수 있었다. 금요일 저녁에 집에 왔다가 일요일 저녁이 되면 기숙사로 들어가야 하는 것이 싫은 둘째의 마음이 보였다. 우리 딸과 데이트하고 싶다면서 학교까지 태워다 주었다. 차 안에서 둘째와의 대화는 끝이 없이 이어졌다. 운전하고 가는 엄마를 위해서 언제나 노래를 불러주었다. 엄마가 좋아하는 가수의 노래로 신청곡은 무엇이든지 다 불러주던 둘째였다. 나는 둘째가 불러주는 노래를 내 휴대폰에 녹음을 했다. 운전할 때마다 둘째를 응원하는 마음으로 노래를 들었다.

둘째는 다섯 살 때부터 엄마의 부재를 채우기 위해서 손 편지를 써서 전해주었었다. 반대로 대학생이 되어 집을 떠나있는 둘째의 부재를 느끼지 않기 위해 나는 둘째의 노래를 녹음해서 듣고 다녔다. 이렇게 둘째와 나의 오작교 사랑은 끝이 없었다.

어려서 무슨 일이든지 혼자 해내던 둘째였지만, 이때부터 시간이 될 때마다 둘째가 외출하는 날에는 전철역까지 태워다 준다. 집에 들어오는 시간에도 태우러 간다. 둘째는 괜찮다고 하는데도 내가 하고 싶어서 하고 있다. 생각해보면 둘째에게 지금까지 살아오는 동안 엄마로서 해준 것이 아무것도 없었다. 추운 날, 더운 날 전철역으로 가는 마을버스를 기다리는 둘째가 너무 안쓰럽고 미안해서였다. 차비는 둘째의 노래 한 곡으로 받곤 한다.

그해 ROTC는 남녀 모두 합해서 총 5천 명 정도였다고 한다. 첫 번째 훈련에서는 전체에서 대략 2,500등을, 다음 해 두 번째 훈련에서는 780등을, 세 번째 훈련에서는 250등을 했다고 한다. 독도법은 물론, 군장을 멘 행군에서도 낙오하지 않았다. 점점 체력도 좋아지고 생활을 잘 해냈다. 참 자랑스러웠다. 학군단 2년을 무사히 마치고 군 입대를 하게 되었다. 정말 자랑스러운 딸이었다. 입대해서 넉 달 정도 훈련을 받았다. 185명 중에 10등으로 퇴소했다. 자대배치를 받고 나서 또 한 차례 적응하느라 힘든 시기도 있었다. 학창시절에 늘 잘 해내던 둘째라서 나는 큰 걱정은 하지 않았지만, 내심 안쓰러운 마음이 들었다.

휴일에 집에 다녀갈 때는 꼭 태워다 주면서 아쉬움을 달랬다. 역시나 둘째는 적응기를 마치고 일취월장했다. 한번 마음먹으면 무엇이든지 해내는 둘째가 맞았다. 군복을 입은 둘째의 모습은 한 폭의 그림이었다. 실제로 코로나 이전에 육군본부에 강의하러 가서 보니, 복도에 제대한 둘째의 사진이 전시되어 있었다. ROTC 모집 때도 홈페이지에 홍보사진이 게시되었었다.

고속도로 어느 휴게소에 가면 육해공군 홍보물에 둘째의 사진이 있다. 정훈장교였던 둘째의 교육을 듣는 군인들과의 이야기도 흥미진진하다. 행사에서 필요한 축사를 적을 때도 견본만을 참고하는 것이 아니라 매주 회의 때, 대대장의 말을 메모했다가 첨삭하여 축사를 써서 결재를 받았다고 한다. 대대장의 칭찬을 받은 것은 두말하면 잔소리다. 하는 일마다 칭찬과 격려를 받으며 군 생활을 해냈다. 하지만 이렇게 화려하기만 하진 않았다. 추운 혹한기에 내복을 두 겹씩 껴입어도 추웠다고 했다. 무더운 여름날 질퍽거리는 산속 웅덩이를 네 발로 기며 훈련하느라 온몸에 피부병이 생기기도 했다. 차마 눈 뜨고 볼 수가 없었다. 그럼에도 잘 견뎌 주고 잘 해내는 둘째가 마냥 자랑스러웠다고 말하면서도 마음이 짠한 것은 어쩔 수가 없었다.

군대 내 사람들이 둘째에게 물었다고 한다. "이렇게 예쁜 딸을 군대에 보내고 부모님이 걱정 많이 하시지?" 일 초의 망설임도 없이 "아니요, 우리 엄마·아빠는 군대에 말뚝 박으래요."라고 일러바쳤다고 한다. "엥? 친엄마 맞아?" 하며 또 한바탕 웃었다고 한다. 왜 여군이 되었냐고 물었을 때, 대답은 더욱 재미있다. "우리 집에 아들이 없어서 대신 왔어요."라고 너스레를 떨던 둘째는 제대를 했다. 더 넓은 세계로 나아가고 싶다고 했다. 제대한 둘째는 또 다른 목표를 정하고 3개월 동안 준비하더니 단 한 번에 그 목표를 이루고 전 세계를 날아다니며 열심히 살고 있다. 딸들의 독립이 바로 이 나라의 독립이 된다는 것을 둘째를 보면서 느꼈다. 열 아들 부럽지 않은 이 땅의 딸들의 독립을 응원한다.

인생을 살아가면서 강한 멘탈은 중요한 무기 중에 하나다. 내 인생의 독립을 위해서도 멘탈이 강하다는 것은 큰 도움이 된다. 인생은 예측불허이다. 어떤 상황이, 어떤 사건이, 어떤 사람이 나타날지 모른다. 마치 흔들리는 출렁다리를 건너야 할 때도 온다. 그때마다 출렁다리의 현상만을 보는 것이 아니라 그 출렁다리를 건너야 하는 본질을 바라볼 줄 알면 된다. 멘탈이 강하다는 것은 산전수전 공중전을 모두 겪었다는 것이다. 전쟁터에서 노장이 강한 것이 바로 이런 이유이다. 많은 경험이 했다는 거다.

제3장

당당한 딸로 키우는

엄마의 비밀병기

엄마의 부재를 최소화하는 법

둘째가 어린이집에 다니면서 한글을 뗐다. 어느 날 엄마에게 손 편지를 써왔다. 받침도 소리 나는 대로 썼고, 글씨도 삐뚤빼뚤했다. 그럼에도 내가 천재를 낳은 것처럼 신기하고 좋았다. 한글을 배운 둘째는 어린이집에서 편지를 써서 퇴근하는 나에게 자주 건네주었다. 한글을 쓸 줄 알게 되니 이때부터 나도 둘째에게 손 편지를 쓰기 시작했다. 초등학교 졸업할 때까지 거의 매일 식탁에 편지를 써 놓았다.

"사랑하는 엄마 딸 연주야! 오늘 학교에 가는 뒷모습이 무척 씩씩해 보이더라. 식탁에 돈가스 해 놓았다. 맛있게 먹고 친구와 함께 집에서 놀고 있어. 숙제를 해도 좋고, 친구들과 소꿉놀이를 해도 좋아. 연주가 하고 싶은 거 하면서 놀아. 단, 안전하게 놀면 엄마가 걱정하지 않고 회사 일을 열심히 할 수가 있을 것 같아. 엄마도 밖에서 항상 안전하게 있을게. 저녁에 반갑게 만나자. 연주를 사랑하는 엄마가"

"사랑하는 연주야! 오늘 학교에 가는 뒷모습이 무척 힘들어 보이더라. 우산 챙겨가지 않아서 비 맞고 올까 봐 걱정된다. 집에 오면 밥 꼭 챙겨 먹어. 귀찮다고 밥 챙겨 먹지 않으면 연주는 배고프고, 엄마는 걱정된다. 엄마도 일 열심히 할 테니까 연주도 밥 먹고 안전하게 놀고 있으면 좋겠다. 저녁에 만나면 열 번 안아줄게. 사랑해. 연주를 많이 사랑하는 엄마가"

"연주야, 중간고사 시험 보느라고 힘들었지? 수고했어. 오늘은 뭐 할 거니? 엄마는 열심히 일하면서도 연주생각 할게. 엄마 딸 연주가 어디서 누구와 무슨 일을 하든지 안전하고, 행복하고, 발전적이면 좋겠어. 엄마도 안전하고 행복하게 일할게. 연주를 너무너무 사랑하는 엄마가"

그때 내가 주로 썼던 '쪽지 편지'의 내용들이다. 오늘도 학교에 가서 선생님 말씀 잘 들어라. 집에 오면 씻고 숙제 다 하고 놀아라. 친구들과 사이좋게 놀아라. 집안 어지르지 말고 놀아라.

등 잔소리가 될 수 있는 내용의 편지가 아니었다. 숙제를 하든지, 친구들과 놀든지 그저 안전하게만 놀아 달라는 요청, 그거 하나였다. 나머지는 둘째 스스로 알아서 할 수 있도록 하는 내용이었다.

둘째는 학교에 갔다가 텅 빈 집에 들어오면 어김없이 나의 사무실로 전화를 했다. "안녕하세요? 저는 연주예요. 정애숙 엄마 바꿔주세요."라고 했다. "내가 어렸을 때 왜 그렇게 엄마한테 전화를 했는지 몰라. 그때는 엄마가 너무 보고 싶었어."라고 중학생이 된 어느 날 둘째가 말했다. 텅 빈 집에 들어오는 것이 싫었던 둘째에게 식탁 위에 '쪽지 편지'는 나로서는 극약처방이었다. 엄마가 보고 싶은 둘째에게는 보물단지였다. 학교를 마치면 엄마가 없다는 것을 알면서도 신발주머니를 휘두르며 집으로 뛰어 들어갔다고 한다. 내가 식탁에 써 놓은 '쪽지 편지'를 보기 위해서였다. 나중에는 둘째의 친구들도 다 같이 읽어 보는 날이 많아졌다고 한다. 친구들에게 엄마가 써놓은 편지를 자랑하였는데, 친구들이 "엄마는 매일 만나는 데 무슨 편지야?"라고 물었다고 한다. 둘째는 "우리 엄마랑 나랑 사랑하는 방법으로 편지를 쓰는 거야."라고 대답했단다. 학교에서 돌아오면 언제나 텅 빈 집이었다. 그럼에도 둘째의 마음에는 엄마가 없는 빈집이 아니었다. '쪽지 편지' 하나로 나는 언제나 둘째의 마음속에 자리 잡고 있었다. 그 덕에 둘째는 엄마의 부재를 잘 이겨낼 수 있었다.

　내가 중학생일 때 쿠웨이트로 일하러 가신 그리운 아버지에게 편지를 썼다. 고등학교 때 전학을 갔을 때도 그리운 친구들에게 편지를 썼다. 남동생들이 군대에 갔을 때도 편지를 썼다. 남동생 친구들이 군대에 갔을 때도 편지를 썼다. 책을 선물 받으면 다 읽고 나서 그 작가에게 감사의 독후감 편지를 썼다. 남편과 연애할 때도 편지를 썼다. 사회생활을 하면서도 고마운 사람에게는 편지를 썼다. 결혼하고 나서 시어머니께도 편지를 썼다. 두 딸이 학교에 다닐 때도 선생님들께 감사의 편지를 썼다. 나는 지금까지 살아오면서 고마운 사람, 그리운 사람에게는 편지를 써서 마음을 전했다. 친구들, 동생들, 지인들, 선생님들 등, 지금까지 살아오면서 그립고 감사한 사람들에게 손 편지로 마음을 전했다. 친구들과의 편지는 가끔씩 꺼내서 읽어보는 추억의 물건이 되었다. 볼리비아에 선교사로 가 있는 초등학교 절친이 나에게 받았던 한 뭉치의 편지를 친정집에서 찾았다면서 나에게 돌려준 적도 있었다.

　몇 년에 한 번 만나도 어제 만난 듯 할 얘기가 많아 밤새워 얘기하는 친구가 있다. 집을 넓혀서 이사를 했는데, 오래전에 나와 주고받은 편지를 찾았다며 동해시에 오면 꼭 보여주겠노라고 했다. 한참을 통화하다가 만나서 이야기하자며 끊었다. 다음 날 바로 강릉행 고속버스에 올랐다. 일 년에 한두 번은 절친 여고 동창을 만나 밤새 여고시절과 일상의 소소한 이야기꽃을 피운다. 저녁을 먹고 나서 캔 맥주 두 개를 사들고 왔다. 친구는 나에게 보여줄 편지 묶음을 꺼내 놓았다. 빛바랜 편지는 지나간 세월을 붙잡아 놓은 듯 감동 그 자체였다. 여고를 졸업한 이후에 나에게서 받은 편지를 연도별로 묶어서 보관해 놓았다. 한 장 한 장 읽어가면서 웃느라 밤이 새는 줄 몰랐다. 나는 맥주를 한 모금 마시고는 소리 내어 편지를 읽어갔다.

"20년 전 편지를 보다니, 와 정말 감동이다. 20년 후에 우리는 또 오늘 밤을 그리워하겠지?"라는 내 말에 "그래, 그렇겠지."라며 친구도 맞장구를 쳤다. 편지를 읽어 내려가는데 나는 그만 울컥하고 말았다.

"…중략… 우리 앞으로 더 바빠지더라도 더 열심히 편지하자. 이다음에 서로 잘 되어서 지금 보내고 받은 편지 읽어보며 맘껏 웃고, 또 지금을 한없이 그리워할 때가 꼭 오리라 믿어 의심치 않아. 1985년 7월 8일 from 애숙"이라고 쓰여 있었다. "우리 이다음에 또 이 순간이 그리워 질 거야."라는 말이 떨어지기 무섭게 읽게 된 구절이었다. 누렇게 빛바랜 편지지에는 청춘 시절 나의 모든 감정들이 그대로 담겨 있었다. 편지 속에 나는 여전히 젊고 풋풋했다. 친구와 함께 그날 밤은 울다가 웃다가를 반복하

내 딸들, 자존감 부자로 키웠다

며 밤을 새웠다. 행복한 추억여행이었다. 세월은 흘렀고 많은 것이 변했지만, 편지 속에는 그 시절의 추억과 젊음이 그대로 담겨 있었다. 편지는 나의 젊은 시절을 품고 있었다. 마치 빈 모자에서 비둘기가 나오는 마술 같았다.

둘째에게 써놓은 나의 '쪽지 편지'를 모아 놓지 못한 것이 아쉽다. 그 시절 나의 손 편지는 엄마가 보고 싶은 둘째에게는 마술 같은 기적이었을 것이다. 마음을 담은 쪽지 편지를 썼을 뿐이다. '기적의 손 편지의 힘'을 믿는다. 손 편지의 힘은 내 딸들에게도, 나에게도 기적이었다. 잔소리나 명령이 아닌, 엄마의 마음을 담은 내용이면 충분하다. 오늘 당장 학교에 가는 아이의 필통 속에 넣어주면 어떨까? 일하는 엄마라면 나처럼 식탁 위도 좋다.

24시간 엄마와 함께 있다고 내 아이들이 행복해할까? 엄마의 부재가 엄마의 선물이 되게 하라. 엄마가 눈에 보이지 않아도 마음으로 보일 수도 있다. 엄마의 부재가 엄마의 선물이 될 수도 있다. 내 안에 우주가 있고, 우주 안에 내가 있듯이 내 아이의 안에 엄마가 있고, 엄마 안에 내 아이가 있을 수 있다. 그것이 바로 엄마의 선물이다. 손 편지만으로도 충분히 엄마의 선물이 될 수 있다. 이보다 더 쉬울 수는 없다.

내 딸의 마음을 훔치는 법

오늘도 나는 도둑질을 하기로 했다. 현관에 들어섰다. 둘째가 한 손에 종이 한 장을 든 채 나를 보고 환하게 웃고 있었다. 현관에서 신발도 벗지 않고 서로 부둥켜안고 뽀뽀를 하고 나서야 거실로 들어설 수 있었다. 가방을 소파에 놓자마자 들고 있던 종이를 보여주었다. 들여다보니 수학 시험지였다. 빨간색 색연필로 '70점'이라는 숫자만 크게 보였다.

"엄마, 내 친구는 95점 받았어. 그런데 한 개 틀렸다고 막 우는 거야. 나는 70점 받았지만 안 울었어. 나 잘했지?"

둘째는 뭐가 그리 좋은지 싱글벙글하며 말을 이어갔다.

"나는 너보다 더 많이 틀렸는데도 안 우는데, 너는 한 개밖에 안 틀렸는데 왜 우냐고 물어봤더니 엄마한테 혼날까 봐 운데. 우리 엄마는 더 많이 틀렸어도 안 혼내는데. 그렇지, 엄마?"

언제나 그랬듯이 "그랬구나, 엄마한테 말해줘서 고마워!"라고 말했다. 성적을 중요하게 생각한다면 울상이 되어야 하는 상황일 수 있는데, 나는 자꾸 웃음이 나왔다. 첫째 딸도 초등학교 때 비슷한 이야기를 한 적이 있었다.

"엄마, 근데 이상한 게 있어. 내가 시험지를 안 푼 것도 있는데 왜 틀렸다고 하지? 내가 시간이 없어서 못 풀었을 수도 있잖아. 안 그래 엄마?"

그 언니에 그 동생인가? 둘째도 비슷한 상황이 되었다. 활짝 웃는 표정으로 시험 점수에 대한 설명을 하고 있었다. 나는 둘째가 그저 귀여웠다. 어떻게 그럴 수 있느냐고 묻는다면 나는 거침없이 말한다. '무조건 감사하다.'라고 생각하면 된다. 두 딸과 대화를 할 때는 무조건 '그랬구나 법칙'을 사용했다. 점수보다도 둘째의 마음을 다치지 않게 하는 것이 더 중요했다. 다섯 살 때부터 억지로 떼어놓았다는 것에 대해 나 스스로 딸에게 안쓰럽다는 마음이 있었다. 그런 둘째의 마음을 훔쳐야 했다. 다른 건 다 못 해줘도 내 딸들의 마음만은 속상하게 하고 싶지 않았다. 내가 100점을 못 받았는데 내 딸들에게 100점을 요구하는 건 양심이 없는 거라고 생각했다. 내가 공부하기 싫었기에 강요하면 안 된다고 생각했다. 이 부분은 지금 생각해도 후회가 없다. 엄마로서 잘했다고 생각한다.

어느 날 둘째와 시장에 장을 보러 같이 갔다.

"연주야, 이다음에 커서 뭐가 되고 싶어?"

"응, 엄마 나는 문방구 가게 할래."

평소에 문구점 가는 걸 좋아하던 둘째다.

"와, 문방구 사장님이 되고 싶었구나. 어떻게 그런 생각을 했어? 와, 우리 연주 대단하다. 여섯 살인데 벌써 꿈이 생겼구나. '파이팅!' 한 번 할까?"

나는 둘째가 나라를 구하기나 한 듯이 기뻐하며 둘째와 손뼉을 마주쳤다. 둘째는 의기양양해한다. '그냥 생각을 말했을 뿐인데 엄마가 이렇게 기뻐하는구나.'라며 신이 나 있는 모습이다. 나는 질문을 이어갔다.

"문방구 가게 하고 싶은 이유는 뭘까?"

문구점에 갖고 싶은 것이 많아서 그런 줄 알면서도 물었다.

"응, 갖고 싶은 게 많아. 문방구 가게 하면 다 가질 수 있잖아."

"그랬구나. 우리 딸! 이 세상에 직업이 엄청 많다. 밥도 잘 먹고, 선생님 말씀도 잘 듣고, 친구들과 사이좋게 놀면, 또 되고 싶은 꿈이 생각난다. 그때도 또 엄마한테 말해줘."

이렇게 대화를 나누다가 알겠다고 대답하는 둘째의 목소리는 공이 튀어 오르듯이 힘 있고 가볍다. 난 진심으로 말해줬을 뿐이다.

초등학교 1학년 때 어느 날 이었다. 사무실로 전화가 왔다. 받아보니 어김없이 둘째다.

"엄마, 오늘 학교에서 친구가 나 때렸어."

울먹이던 목소리는 울음으로 터져 나왔다.

"어휴 속상했구나. 엄마한테 말해줘서 고마워. 울어도 돼. 실컷 울어."

나는 또 물어봤다.

"너도 같이 때렸어?"

"아니, 난 안 때렸어. 하지 말라고 말로 했어. 맨날 나 장난치고 괴롭히는 남자애야."

"잘했어. 너도 힘이 있어서 때릴 수 있었는데, 우리 딸은 같이 안 때리고 말로 해서 참 훌륭해. 그리고 엄마한테 또 말해줘. 엄마가 위로해 줄게. 오늘 저녁에 집에 가서 열 번 뽀뽀해 주고 열 번 안아 줄게."

이렇게 일단락 짓고 집에 가서 또 둘째의 하소연을 충분히 들어 줬다.

요즘 몇몇 엄마들에게 들은 말이다.

"네가 먼저 때리지는 말아. 그런데 상대방이 때리면 그때는 너도 때려도 돼."라고.

어떤 학생들은 이렇게도 말한다.

"맞고 오면 죽음이에요. 우리 엄마 아빠가 책임진다고 때리고 오랬어요."

나는 그 아이에게 말해준다.

"만약 친구들을 자주 때린다면 학교에서 학폭위가 열린다. 그러면 부모님이 좋아하실까?"라고.

폭력은 누가 누구에게 하는 것인가? 힘이 센 사람이 상대적으로 힘이 약한 사람에게 하는 거다. 나보다 힘센 사람에게 하는 것은 폭력이 아니라 혁명일 수도 있다. 내 아이가 맞고 왔다는 것은 나보다 힘이 센 놈이 때렸다는 거다. 힘이 비슷한 경우라면 둘이 치고받으며 싸우고, 화해하고, 엄마한테 이르거나 말할 일이 없다. 나보다 힘이 세니까 어찌 못해보고 맞고 온 것이다. 그런 아이에게 "앞으로 그 애가 또 때리면 너도 같이 때려. 맞고 오면 혼날 줄 알아."라고 한다면 아이에게는 두려움이고 고통이다. 친구에게 얻어터진 것도 속상한데 부모까지 혼을 내면 아이는 어디 마음을 둘 곳이 없어진다. 자존감도 바닥이 된다.

평상시에 부모와의 대화에서 소통이 잘 된 아이들은 부모에게 자신의 속상함도 말할 수 있게 된다. 문방구 가게를 하고 싶다는 둘째에게 "무슨 문방구야. 의사나 변호사 되어야지."라고 했다면 아이의 마음은 어땠을까? 꿈이 뭐냐고 물어봐서 생각난 대로 말했을 뿐인데, 그건 아니라는 말을 들었을 때, 아이는 어떤 마음일까? '아, 내 생각을 함부로 말하면 안 되는구나. 혼나는구나. 부모님에게도 조심해야겠다.'라고 생각하지 않을까? 이렇게 인정받지 못한 아이는 다음에 또 친구에게 맞았을 때, 부모에게 말할 수 없게 된다. '생각을 말했을 때도 혼났는데, 얻어맞고 왔다고 하면 엄마는 더 혼낼 거야.'라고 생각하면서 입을 닫게 된다. 속상한 자신의 마음을 감추게 된다. 나는 엄마로서 언제든지 내 아이의 말을 들어주는 것이 중요했다. 아이들이 부모에게 생각을 말해도 되고, 속상한 것을 말해도 안전하다고 느껴야 궁금한 것도 묻고, 위급상황에서도 말하게 되기 때문이다.

하루는 한 엄마가 문제를 가진 중학생 딸을 데리고 상담을 왔다. 하소연하듯이 이야기를 쏟아내던 아이의 엄마는 울기 시작했다. 그러더니 "이년아, 어쩌자고 이런 일을……. 왜 진작 말을 안 했냐. 너랑 나랑 오늘 같이 죽자. 죽어버리자."라며 악담을 쏟아냈다. 엄마의 한탄은 끝없이 이어졌다.

"누굴 닮아서 그 모양이냐? 하라는 공부는 안 하고 어째서 이 엄마 속을 썩이냐? 내가 너를 어떻게 키웠는데…"

자책하며 한탄하는 그 엄마의 목소리를 중학생인 딸은 이해를 할까?라는 생각이 들었었다. 고개를 숙이며 눈물을 훔치고 있는 중학생 딸도 갑자기 울면서 소리를 쳤다.

"엄마 때문이야. 이게 다 엄마 때문이라고."

이런 경우는 상담현장에서 종종 있는 일이다. 중학교 여학생도, 그 엄마도 모두 안타깝기는 마찬가지였다. 평소에 아이와의 소통이 잘 되었더라면 오늘 같은 일은 벌어지지 않았을 텐데, 하는 생각이 들자마자, 이제는 문제를 해결해야 하는 상황임을 다시 알리고 상담을 이어갔었다.

어려서부터 가장 가까운 부모로부터 공감과 인정을 받은 아이들은 성장하면서 어른을 신뢰한다. 공부를 좀 못해도, 친구에게 맞고 와도 나는 '그랬구나!'를 입에 달고 살았다. 그랬더니 두 딸들의 마음을 훔칠 수 있었다. 정신과 의사이고 교수이며 워킹맘인 신의진은《아이심리백과》에서 이런 말을 했다.

"부모는 선생이 아니다. 부모가 아니어도 아이를 가르칠 사람은 많다. 부모만이라도 아이 편에서 완전한 공감을 해줘야 한다. 철저히 부모는 아이 편이 되어야 한다. 공부 못하는 것보다 성격 나쁜 것이 더 큰 일이다." 그러면서 "긍정적 자아상을 심어주고 정서를 안정시키면 성격이 좋아진다."고 했다.

나도 이 말에 공감했다. 두 딸들의 이야기는 무조건 귀 기울이려고 무던히 노력했다. 저녁밥을 안 하고 시켜 먹는 한이 있어도 두 딸들의 이야기는 들어줬다.

나는 일하는 엄마로서 내 딸들에게 미안한 마음은 가졌지만, 그것으로 인해 죄인처럼 아이들을 대하지는 않았다. 그저 순간순간 충실히 공감해 줬다. 이것이 내가 내 딸들의 마음을 얻은 비결이었다.

'자녀교육의 핵심은 지식을 넓히는 것이 아니라 자존감을 높이는 데 있다.' 톨스토이의 말에 오늘도 박수를 보낸다. 남의 것을 훔치면 안 된다는 것은 삼척동자도 다 안다. 그럼에도 불구하고 우리는 내 아이의 마음을 훔쳐야 한다. 특히 내 아이의 자존감이 높아질 수만 있다면 거침없이 내 아이의 마음을 훔치자. 내 아이가 무언가 실수를 하거나, 상처를 입었거나, 시련을 겪을 때가 바로 내 아이의 마음을 훔칠 수 있는 좋은 기회이다. 엄마가 내 아이의 마음을 훔쳐 갈수록 내 아이는 스스로에 대한 태산처럼 높고 큰 믿음을 갖게 된다.

5.

내 딸의 리더십을 키워주는 법

어려서부터 나는 발표를 한다든지 리더십을 발휘해 본 경험이 없다. 내가 중학교에 다닐 때의 일이다. 그때 유행했던 노래 중에 하나가 바로 '사랑의 하모니'가 부르는 〈별이여 사랑이여〉였다. 노래 가사를 적기 위해 녹음테이프를 반복해서 돌려 들었었다. 반 친구들과 쉬는 시간에 가사를 보면서 함께 모여 불렀다. 수업 종이 울렸는지도 모를 정도로 빠져 있었다. 교실 문이 열리고 국어선생님이 교탁 앞에 서 계시는데도 모르고 있었다. 손바닥으로 교탁을 탁 치는 소리에 화들짝 놀라서 다들 제자리로 돌아갔다.

"무슨 노래냐?"

"사랑의 하모니의 〈별이여 사랑이여〉예요"

같이 부르던 친구가 대답했다.

"그래? 누가 제일 잘 부르냐? 한 번 불러봐라."

다들 혼날 줄 알았는데 의외의 말씀에 모두 놀랐다. 그러면서 서로 눈치를 보고 있었다. 친구들이 모두 나를 지목했다. 발표력도 없고, 앞에 나와서 노래를 불러본 적도 없는 나에게는 청천벽력 같은 말이었다. 얼굴이 붉어지고 가슴이 콩닥콩닥 뛰었다. 식은땀도 났다. 난감해하는 나를 본 선생님도 물러서지 않으며 계속 노래를 불러보라고 하셨다. 어쩔 수 없이 일어나서 떨리는 목소리로 노래를 불렀다. 가사도 생각나지 않아 끝까지 부르지도 못했다. 선생님께서는 더 연습해서 내일부터 국어시간에 선생님이 문을 열고 들어오는 그 순간, 자리에서 일어나서 이 노래를 자동으로 부르라고 하셨다. 그 후로 몇 번 국어시간에 불렀었다. 선생님께서 내주신 벌칙 아닌 그 벌칙은 오래 가지는 못했다. 이 글을 쓰는 지금도 그때 떨리던 심장소리가 들리는 듯하다. 반면에 지금 생각해봐도 아쉬운 추억이다. 그때 내가 자신 있게 노래를 불렀더라면 얼마나 좋았을까. 나는 '그때 자신감이 참 없었구나.'라는 생각이 들 때마다 아쉬움이 묻어있는 추억으로 떠올린다.

친구들과 모여 앉아서 말을 할 때는 내가 주도권을 다 잡았다. 재미있는 이야기와 유머도 많이 했다. 내 이야기를 들어준 친구들에게 고마운 마음이다. 그런데 이상하게도 일어서서 하라는 건 심장이 떨리고, 머릿속이 하얘지고, 자신감이 없어졌었다. 이런 나는 결혼을 하고 나서도 여전했다.

새 아파트에 입주했다. 그 시절에는 반상회를 했었다. 학교 다닐 때도 해보지 못한 반장을 맡게 되었다. 친구들이나 동네 사람들과 앉아서 이야기를 나눌 때는 아무 무리가 없었다. 역시나 반상회 때 혼자 일어나서 이야기를 전달해야 할 때는 떨렸다. 말을 더듬거리고, 얼굴이 화끈거리고, 손도 떨려서 들고 있는 종이까지 흔들렸다. 그즈음 나는 출근도 하고 있었다. 사무실 내에서는 모임을 이끌어 가야 했었다. 또 크고 작은 행사의 사회를 보는 일이 많아졌다. 실수와 실패를 경험하면서 점점 나아지기는 했었지만, 떨리기는 마찬가지였다. 나는 담력을 기르고 싶어졌다. 내가 사는 지역에서 노래자랑이 있다는 포스터를 보았다. 같은 아파트에 사는 친구 두 명을 꼬드겨서 같이 신청서를 냈다. 나는 상을 받고 싶은 생각은 전혀 없었다. 다만 큰 무대에 서는 경험으로 담력을 기르고 싶었을 뿐이었다. 그것이 나의 목적이었다. 나의 목적은 대성공을 거두었다. 상을 받으려 하지 않고 마음을 비우고 참가했던 덕일까? 3위에 입상하여 트로피도 탔다. 노래방 기계에 맞춰서 노래를 할 것인지, 피아노 반주에 맞춰서 노래를 할 것인지 결정하라는데, 나는 피아노 반주를 선택했다. 내 이름이 호명되고 나서 무대로 걸어 나갔다. 나는 먼저 무대에 서서 관객석에 눈길을 한 명 한 명에게 주었다. 전에는 관객석이

시커멓고 사람들이 안 보이더니 이날은 한 명 한 명이 다 보였다. 신기했다. 그 순간 나는 평가받으러 나온 게 아니고 담력을 기르려고 나온 거라는 생각을 하면서 노래를 불렀다. 그 후로 나는 사회를 보거나 진행을 해야 될 때, 하나도 떨리지 않았던 노래자랑 무대를 떠올리면 마음이 편안해졌다. 자신감이 더 붙어 갔다.

노래자랑에 나갈 때도 가족들에게 내가 노래자랑에 나가는 이유를 설명했다. "별짓을 다 한다."고 코웃음을 치는 남편과 "엄마, 창피하게 왜 그래?"라는 사춘기였던 첫째와는 달리 "엄마 파이팅! 엄마 멋있다."라고 응원해 주는 둘째가 있었다. 둘째의 응원에 힘입어 담력을 기르려고 나갔던 노래자랑에서 3등까지 하고 보니 나 또한 성취감이 있었다. 엄마도 열심히 사는 모습을 보여주고 싶었다. 그런 나의 모습을 보고 자란 둘째는 엄마를 응원하고 엄마를 자랑스러워했다. '엄마는 뭐든지 잘하는 사람이다.'라고 가르치지 않았다.

어릴 때부터 크고 작은 무대에 서보는 것이 참 중요하다는 것은 두말하면 잔소리였다. 내 딸들에게도 이런 경험을 많이 해주고 싶었다. 집안에서부터 아주 작고 사소한 일을 해냈을 때도 칭찬을 했다. 세탁소 아저씨가 다녀갈 때, 인사를 하는 첫째에게 칭찬을 했다. 실수로 식탁 위 컵에 물을 쏟아서 걸레로 닦아내는 둘째에게 중요한 경험이라고 의미를 전했다. 이렇게 사소한 일에도 의미 있는 경험임을 알려줬다.

반장 한번 못 해본 이 엄마의 한을 풀어주듯이 둘째는 학창 시절 내내 임원을 하면서 리더십을 발휘했다. 반장선거에 나갈 때마다 떨린다고 했다. 반 아이들이 안 뽑아줄까 봐 걱정을 했다. 나는 그때마다 둘째를 응원해 줬다.

"어떤 일이든지 도전해 보는 그 자체가 중요한 거야. 만약 반장이 안 되더라도 너는 이미 훌륭해. 왜냐하면 하고 싶은 일을 도전하는 그 자체가 멋진 거거든. 사람은 갖고 싶다고 다 가질 수는 없어. 하지만 포기만 안 하면 기회는 아주 많아."

나는 응원의 메시지를 한 소쿠리 쏟아부어 줄 뿐이었다. 바쁜 엄마의 도움 없이도 자기 삶을 스스로 개척해 나가는 둘째의 모습은 나에게도 큰 힘이 되었다. 때로는 물러설 줄도 알고, 때로는 도전하며 나아가는 둘째의 모습을 보면서 나도 내 자리에서 더 열심히 일할 수 있었다.

내 딸을 리더십 있게 키우고 싶다면 엄마가 먼저 리더십을 발휘해야 한다. 어떤 일이든지 도전하는 딸을 갖고 싶다면 엄마가 먼저 도전하는 모습을 보여주어야 한다. 어려서부터 많은 경험은 무엇보다 중요하다. 유학도 못 보내주고 학원도 많이 못 보내고, 하고 싶다는 것, 갖고 싶다는 것 다 해주지 못했지만, 엄마가 열심히 살아가며 성장하는 모습을 보여주는 일만은 했다. 리더십을 말로 가르치지 않고, 몸으로 보여주려는 나의 고군분투 성장기가 있었다. '엄친 딸을 원하는가? 엄친 맘이 먼저다.'라고 말하고 싶다. 나는 리더십이 없었던 것이 아니었다. 단지 리더십을 키울 만한 경험치가 없었던 것이다. 리더십을 키워주고 싶었던 나는 두 딸에게 아주 작고 사소한 일에서도 경험임을 알려주는 것부터 시작했다.

진짜 리더십은 최대한 행복한 방법으로 조직도 이끌고, 사람도 이끄는 것이다. 리더십은 많은 경험을 통해서 얻어진다. 그러기 위해서는 다양한 활동을 하면서 자신감을 기르는 것도 중요하다. 내가 나를 믿는 자신감이 있을 때, 진정한 리더십도 발휘할 수 있다. 어려서부터 올바른 리더십을 발휘할 기회를 갖지 못한다면 실제로 리더십을 발휘해야 할 자리에서는 보스로 군림하게 될 수도 있다. 자신과 타인을 위한 올바른 리더십을 발휘하게 하기 위해서는 어려서부터 아주 작고 사소한 일이라도 많은 경험치를 갖게 하면 좋겠다.

숙제하고 싶은 딸, 숙제 못 하게 하는 엄마

　내 딸들과 관계를 망치지 않는 것이 나의 힘이었다. 퇴근하고 집에 오면 해야 할 일이 산적해 있다. 친구들을 불러 모아 놀고 난 자리는 마치 폭탄을 터트린 것 같다. 책꽂이에 있어야 할 책들은 거실바닥에 아무렇게나 누워있다. 마로니에 인형들은 서로 자기가 더 예쁘다고 뽐내듯이 드레스를 입은 채로 널브러져 있다. 연필이며, 색연필이며, 싸인펜들도 내 색깔이 더 진하다고 자랑하듯이 엉켜있다. 그 곁에 스케치북과 공책들이 겹쳐 있다. 이 모습은 구석구석 비상금을 찾느라 모두 파헤쳐 놓은 모습이다. 싱크대에는 하루 종일 들락거리면서 사용한 그릇이며 컵들이 산더미같이 쌓여있다. 좁은 싱크대 안에 탑을 쌓아 놓은 그릇들을 밖으로 내놓아야 설거지를 할 수 있을 정도이다. 이런 상황이지만 나는 웃음을 잃지 않을 수 있었다. 왜냐하면 그때는 슈퍼우먼 흉내라도 낼 수 있는 물리적 체력과 다시 시작한 직장생활에서 내가 인정을 받고 있었기 때문이다. 그리고 내 딸들의 안전을 제일 우선으로 생각한 것도 있다. 무엇보다 어린 둘째 딸이 마음에 쓰였다.

거실 정리는 두 딸들을 불러서 함께 정리놀이를 했다.

"애들아, 엄마 좀 도와주라."

두 딸들은 하던 일을 멈추고 달려와 준다. 함께 정리하자고 하지만 내가 하는 것이 더 빠를 때도 많다.

"무거운 책은 엄마가 정리할게. 학용품 정리는 언니가 하고, 인형들은 연주가 하자."

각자 정리해야 할 종류를 알려주며 진두지휘를 한다. 여기에서 중요한 것은 같이 정리하자고 요청하는 엄마인 나의 말투다. 짜증스러운 듯이, 화내듯이 시키지 않았다. 놀이하듯이 도움을 요청하는 톤으로 했다. 즐거운 마음으로 하는 정리는 생각보다 빠르다. 대충 정리하고 나서 나는 청소기를 돌린다. "엄마 혼자 했으면 힘들었을 텐데, 우리 딸들하고 같이하니까 빨리 정리했다. 고마워!"라고 하면서 한 번씩 꼭 안아준다. 딸들은 엄마에게 도움이 되었다는 것에 기분이 좋아 보인다. 이 틈을 타서 나는 설거짓거리가 또 산더미처럼 쌓여있는 싱크대 앞으로 다가간다.

"연주야, 뭐하니? 엄마, 지금 설거지하는데 연주가 피아노 좀

처줄래?”

거실에서 놀고 있던 둘째가 쪼르르 달려온다. “엄마 무슨 노래 쳐줄까?”라며 피아노 뚜껑을 여는 둘째에게 엄마한테 들려주고 싶은 거로 맘대로 쳐주라고 대답한다. 피아노 학원에서 연습 중인 〈아드린느를 위한 발라드〉, 〈엘리제를 위하여〉를 열심히 친다. 설거지를 마치고 나서 반찬도 준비하고, 냉장고도 정리한다. 빠르게 움직이는 내 손과 열심히 피아노를 치는 둘째의 손은 거침없이 서로를 위해 움직인다. 설거지를 하면서, 피아노를 치면서 여전히 대화는 오간다.

“엄마 잘 듣고 있지?”

“그래, 우리 딸이 피아노를 쳐주니까 설거지하는데 힘이 안들고 즐거워.”

이 말은 진심이다. 진심으로 행복한 순간이었다.

둘째에게 설거지와 주방일을 다 마쳤음을 알린다.

“피아노 쳐줘서 고마워. 어제보다 더 잘 치는데, 실력이 늘었어.”

의기양양해하는 둘째에게 화룡점정 한마디를 더 한다.

“연주야, 오늘 피아노 연습 숙제는 안 해도 되겠다. 엄마 설거지하는 동안 사십 분이나 피아노 쳐줬잖아. 이미 숙제 다 한 거야. 오늘 힘드니까 하지 마.”

이쯤 되니까 둘째는 더 기세등등해서 더 숙제하겠다고 난리다.

내 딸들, 자존감 부자로 키웠다

"연주, 힘들지 않겠어? 오늘은 안 해도 되는데."

둘째는 하나도 힘들지 않다며 신이 난 상태로 피아노 숙제를 해낸다. 숙제 그만하라는 말에 더하고 싶은 둘째가 귀엽기 그지없다. 숙제하라고 해도 안 해서 엄마한테 혼이 날 수도 있지만, 오늘은 숙제 안 해도 된다고 하는데, 열심히 하는 딸이라고 칭찬을 퍼붓고 안아주면 끝이다. 둘째에게 엄마인 나는 하기 싫은 일을 하라고 강요하는 사람이 되고 싶지 않았다. 유치원생 첫째 딸에게 해 봤더니 효과가 없었다. 희생양이었던 첫째 딸에게는 지금도 미안한 마음이다. 둘째에게는 첫째에게 했던 것의 반대로만 했다. 효과는 더 좋았다. 주변 친구들이 어떻게 그렇게 할 수 있었냐고 물었다. 첫째 딸에게는 서로 합의하지 않고 나 혼자 가졌던 기대였다. 둘째 딸과는 서로 합의해 가는 기대만 가졌다. 덤으로 순간순간 둘째의 마음에 머물러 주려고 했다. 첫째 딸에게는 아무 문제가 없었다. 나 혼자 기대하고, 나 혼자 한 실망을 첫째 딸에게 티를 냈었다.

숙제 때문에 다그침을 받았던 딸과 숙제 때문에 칭찬을 받았던 딸은 엄마에 대한 마음이 달랐다. 혼내는 엄마와 칭찬해 주는 엄마와의 차이였다. 다시는 그런 과오를 범하지 않아야 했다. 그 이후로 두 딸에게 엄마는 온전히 내 편이라는 생각을 갖게 하고 싶었다. 내가 하기 싫은 일은 내 딸들도 하기 싫을 거라는 생각을 했다. 나도 어릴 때 숙제가 힘들었다. 부모님이 도와주지도 않았다. 내가 싫어하는 과목이라면 더욱 숙제는 하기 싫었다. '숙제를 왜 내주는 걸까?' '숙제 없는 학교는 없는 것인가?'라고 생각했던 적도 있었다.

가톨릭대학교 교직과 성기선 교수는

「공부를 잘하는 아이들의 특징은 '스스로 문제를 판단하고 그 문제를 스스로 해결하는 능력이 있다.'로 요약한다. 그렇다면 숙제를 내주는 이유는 혼자 문제를 해결해 보는 기회를 주는 것이다. 나에게 주어진 '문제 상황'에 해결책을 찾는 연습을 하는 것이다. 따라서 숙제를 잘하는 것은 문제해결 능력이 뛰어나다는 것과 같은 말이다. 이 문제해결 능력은 단시간에 길러지지 않는다. 초등학생 시절부터 숙제를 해내는 연습을 하는 것이 바로 문제해결 능력을 키우는 가장 확실한 방법 중에 하나이다. 숙제는 배운 내용을 소화하는 시간이고, 공부를 자기 것으로 만드는 시간이라고 한다. 학교에서 배운 내용을 완벽하게 이해하려면 학원에서 수업을 한 번 더 듣는 것보다 혼자 다시 한번 내용을 되새기는 시간이 필요하다. 수업과 관련한 숙제를 하는 것은 학원에 가는 것보다 훨씬 더 중요하다. 다시 한번 강조하는 것은 아이가 '스스로' 해야 한다는 것이다. 엄마가 과제를 해주는 것은 등산을 할 때 아이를 업고 올라가는 것과 같다. 경사가 완만할 때는 업고 가는 것이 쉽지만, 정상에 가까워질수록 힘에 부친다. 무엇보다 업혀 가는 아이는 산에 오르는 재미를 느끼지 못하고 건강에도 별 도움이 되지 않는다. 산에 오를 때 아이를 돕는 방법은 손을 잡아주고 격려해주는 것으로 충분하다. 숙제를 대하는 엄마의 자세도 딱 그만큼이면 충분하다.」

다시 읽어봐도 성기선 교수의 말은 내 가슴에 와닿는다. 오만상 찌푸리며 숙제하면서 공부까지 싫어지게 만들고 싶지 않다는 내 마음에 위로가 되었다. 오죽 숙제가 힘들고 어려우면 인생도 숙제처럼 살지 말고 축제처럼 살자는 말도 있지 않은가? 혼자 해내는 연습을 하는 것이 숙제라면, 적어도 즐거운 마음이라도 놓치지 말아야겠다는 게 내 생각이다. 숙제하는 시간이 바로 문제해결 능력을 키우는 시간이 쌓이는 것인 줄을 안다면 숙제 언제 할 거냐고 다그치고, 숙제 왜 안 했냐고 따지고, 숙제 안 하면 공부 못한다고 협박하는 일은 없을 것 같다. 숙제하는 시간이 축제하는 시간이 되는 건 어렵지 않다.

나는 상담 공부를 하면서부터 둘째를 키우는 마음이 달라졌다. 내 딸들의 마음을 공감해 준 것이다. 공감이란 상대방의 신발을 신어보는 것이라고 배웠다. 두 딸들이 내 신발을 신어본다면 커서 벗겨진다. 걸어갈 수가 없다. 반대로 내가 두 딸들의 신발을 신어본다면 발이 들어가지 않는다. 설사 들어갔다고 해도 얼마나 갑갑하고 발이 아프고 힘들겠는가? 숙제보다 나의 두 딸들의 행복한 마음이 더 중요하다는 것을 잊지 않았다. 두 딸들과 함께하는 물리적인 시간이 턱없이 부족한 일하는 엄마였다. 그래서 나는 두 딸들과 '관계'를 좋게 하는 것이 나의 큰 과업이었다. 그 과업은 공감하면서 해낼 수 있었다.

하지 말라는 것을 하고 싶은 것은 인간 본연의 심리이다. 당장 컴퓨터 하지 말라고 하면 더 하고 싶어진다. 게임 하지 말라고 하면 더 하고 싶어 한다. 하지 말라고 하면 더 하고 싶어지는 현상을 칼리굴라 효과라고 한다. 공부하기 싫어하는 아이에게 공부하지 말라고 하면 오히려 효과가 있을 수도 있다. 이런 현상을 잘 이용해서 효과를 얻기 위해서는 관계를 망치면 안 된다. 언제나 내 아이와의 좋은 관계가 우선이다.

내 딸들, 자존감 부자로 키웠다

남자친구와 헤어진 날 밤 있었던 일

벚꽃의 꽃말이 '중간고사'라고 한다. 벚꽃 필 시기와 학생들 중간고사 보는 기간이 겹쳐서 나온 말이다.

벚꽃이 흐드러진 어느 날이었다. 여기저기 벚꽃 축제 소식이 한 창이었다. 중간고사 기간이라서 일찍 하교하던 시기이기도 했다. 나의 퇴근시간이 늦어졌다. 시험은 잘 봤는지 궁금하기도 하고, 시험공부하고 시험 보느라 고생했다는 말도 해줘야지 하며 현관문을 들어섰다. 중학생인 둘째가 눈이 퉁퉁 부어 있었다.

"무슨 일이야? 학교에서 무슨 일 있었어?"

걱정스런 목소리의 질문에 둘째는 다시 또 울기 시작했다.

"남자친구랑 헤어졌어." 하며 더욱 소리 내어 운다.

옷도 갈아입지 못하고 한참을 안아주었다. '울지 마. 이 세상에 절반이 여자고 절반이 남자다. 더 좋은 남자친구는 얼마든지 있어. 그게 무슨 울 일이니? 걔 별로였어. 잘 헤어졌다. 너보다 못한 애였어. 네가 아까웠어. 이제 맘 잡고 공부나 하자.'라는 말이 목구멍에서 기어 나오려고 했다. 하지만 삼켰다. 엄마한테 말해줘서 고맙다고 말하며 등을 토닥토닥 두드려주었다. 내가 세운 원칙 한 가지, '내 딸들 입장에서 공감해 주자.' 이것 하나를 지키기 위해 꿀꺽 삼켰다. 내 기준으로 보지 않고, 둘째의 기준으로 봐야 했다.

집안정리를 대충 마치고 둘째 방에 들어가서 함께 누웠다. 그동안 남자친구와의 추억을 하나하나 이야기하면서 또 울었다. 실컷 울게 지켜봐 주고 기다렸다. '괜찮아, 더 좋은 남자친구 생길 거야. 그만 울어.' 등 아무 말도 하지 않았다. 지금 이 순간은 어떤 말도 위로가 되지 않음을 알기 때문이다. 사무실에서도 내담자들이 찾아와서 마주 앉아 상담할 때 하염없이 우는 경우가 많다. 그 앞에서 조용히 눈물 닦을 휴지를 건네고 한참을 기다리면 되었었다. '힘내세요. 울긴 왜 우세요? 더 잘살면 되는 거지요.' 이런 말은 그 순간 별 도움이 되지 않는다는 것을 경험했기 때문이다. 실컷 울고 난 내담자들은 "실컷 울고, 말하고 나니 속이 시원해요. 감사합니다."라고 하면서 상담실을 나선다. 이 상황은 울고 있는 둘째에게도 그대로 먹혔다. 따뜻한 눈빛으로 조용히 곁에 있어 주기만 했을 뿐이다. 남자친구와의 이별로 인한 상실감을 정리하고 마음껏 슬퍼하는 시간을 갖게 해준 것이다. 그

내 딸들, 자존감 부자로 키웠다

대상이 엄마 앞이라면 이보다 안전할 수는 없지 않은가?

　친정아버지가 떠나시고 나는 상실감과 우울감에 힘들어했었다. 상담 공부하면서 나도 상담을 많이 받았다. 집단 상담에 참여할 때마다 나는 꼭 친정아버지에 대한 그리움을 말하면서 눈물을 흘렸었다. 그리고 인간의 죽음에 대해서 두려움이 생겼었다. 그때 집단상담 리더 선생님은 나에게 충분히 울게 해주었다. 아버지와의 이별에 대한 애도시간을 갖게 해주었었다. 그 자리에서 그리운 아버지를 만나게 해주었다. 아버지와의 추억을 이야기하는 나에게 아버지의 말씀을 들려주는 리더 선생님의 목소리에 소리 내어 울었었다. 돌아가신 친정아버지는 내가 아버지를 그리워하면서 매일 울면서 사는 모습을 원하실까? 씩씩하게 웃으며 살아가는 모습을 원하실까? 아버지를 잊지 않고 그리워하는 딸을 보는 아버지의 마음은 어떠실까? 죽음에 대한 두려움으로 잠을 못 자는 내 딸을 보면 아버지의 마음은 어떠실까? 리더 선생님의 여러 가지 질문이 있었다. 나의 슬픔을 충분히 토해 내고 나니까 한결 마음이 가벼웠었다. 슬픔을 속으로 꾸역꾸역 삼킬 때는 너무 힘이 들었었다. 무기력했었다. 하늘처럼 높고, 어떤 어려움도 다 막아낼 수 있는 힘이 있는 것처럼 보였던 아버지가 쓰러지신 후, 나는 오랫동안 허허벌판에 혼자 서있는 느낌이었다. 병든 아버지의 나약함도 보았다. 생로병사를 받아들이기 힘들었다. 나는 죽음에 대한 두려움과 공포의 시간을 보냈다. 그런 나의 슬픔과 공포와 두려움을 안전한 곳에 쏟아놓는 시간이 필요했다. 그런 집단 상담이 8회기 이어지고 나서 아버지와의 이별을 받아들이는 나 자신을 만날 수 있었다. 내가 힘들어할 때 나 대신 아파해준 사람은 없었다. 대신 힘들어하는 내 옆에서 지켜봐 주는 사람이 있을 때 힘이 났다. 그 힘을 나는 믿었다. 둘째에게도 그 힘을 주고 싶었다. 우는 둘째의 곁에서 밤새도록 함께 있어주기로 했었다. 그게 다였다.

내가 고등학교 때 가기 싫은 전학을 갔을 때도 정들었던 친구들과 헤어졌다는 상실감이 컸었다. 그때 상실감을 극복한 방법은 친구들과 편지를 주고받는 일이었다. 친구들과 헤어진 것이 슬퍼서 밤에 이불 속에서 많이 울었었다. 아침이면 눈이 퉁퉁 부어서 학교에 간 적도 많았다. 그 상실감에 대해 누군가로부터 위로를 받지 못했다. 부모님께 말씀드리면 걱정할까 봐 말하지 못했다. 또, 이해받지 못할까 봐 말하지 못했다. 전학 이후 나의 고등학교 시절은 이렇게 슬픔과 상실감으로 보냈다. 내가 가기 싫은 전학을 가면서 힘들었던 경험이 있기에, 내 딸들은 전학은 절대 시키지 않겠다고 생각했었다. 내가 아버지를 잃고 나서 애도의 시간이 필요하다는 것을 경험했기에, 내가 아파본 만큼 내 딸들의 아픔이 느껴졌다. 그래서인지 두 딸들이 마음 아파하는 게 싫었다. 다른 건 못 해줘도 딸들의 마음만은 살피게 되었다. 특히 어린 둘째에게는 더욱 그랬다. 남자친구와 헤어지고 펑펑 우는 둘째에게는 그저 실컷 울 수 있게 해주는 게 맞았다. 그때 울지 못하게 했다면 어떻게 되었을까? 귀에 들어오지도 않는 위로의 말을 건네며 그만 울라고 다그쳤다면 어떻게 되었을까?

훗날 둘째는 엄마인 내게 고맙다는 말을 했다. 그때 엄마가 내 얘기 들어줘서 좋았다고 한다. 밤새도록 엄마가 곁에 있어줘서 덜 힘들었다고 한다. 그 남자친구와의 이별로 순간은 아팠지만 좋은 추억이 되었다고 한다. 이보다 더 쉬운 엄마 노릇이 어디 있단 말인가?

'새가 울음 운다.'라는 말도 있고, '새가 지저귄다.'라는 말도 있다. 새는 우는 걸까? 웃는 걸까? 새는 어떤 때 울고, 어떤 때 지저귈까? 우리 인간이 슬플 때도 울고, 기쁠 때도 우는 것처럼 새도 그럴까?

우리는 새소리를 우는 소리로 듣고, 서양 사람들은 노래하는 소리라고 듣는단다. 듣는 사람이 어떤 마음으로 듣느냐에 따라 다르게 들린다. 그렇다면 내 아이를 실컷 울게 해주는 엄마는 좋은 엄마 아닐까?

내 아이가 울고 싶어 한다면 실컷 울게 해주자. 그 순간에는 노래하는 소리로 들리지 않더라도, 훗날에는 노래를 부를 수 있게 된다. 일 년에 한 번은 장마처럼 실컷 울게 해줘도 좋겠다.

6.

선생님과 같은 편 되기

"엄마, 너무 속상한 일이 있었어."

학교에서 돌아온 둘째가 울먹이며 한 말이다. 무슨 일인지 걱정스러운 마음으로 물었다.

"엊그제 학생부 선생님에게 교복치마 줄여 입었다고 걸려서 학생부에 가서 무릎 꿇고 30분간 손 들고 벌섰어."

"그랬구나, 엄마한테 말해줘서 고마워."

찬 바닥에 앉아서 벌을 섰으니 힘들었겠다고 위로해 주며 말을 이어갔다.

"누구든지 학교 규칙을 어기는 학생은 본보기로 벌을 줄 수 있어. 벌을 서는 것을 보고 다른 학생들은 규칙을 잘 지키게 하려는 거지. 교복을 줄여 입었다는 것은 학교규칙을 어긴 거야. 벌을 선 것은 어쩔 수 없는 일이었네."

내 딸들, 자존감 부자로 키웠다

"나도 알아. 그런데 … "

눈물을 글썽이며 말을 잇지 못하고 있었다. 무척 억울함이 느껴지는 목소리였다. 학기 초라 3월이면 날씨도 쌀쌀한데 시멘트 찬 바닥에 스타킹 신고 무릎을 꿇고 있었다니, 엄마로서 마음이 아팠다. 둘째도 학교규칙을 어긴 것에 대해서 벌을 받는 것은 알고 있다고 하면서도 울먹이며 억울해하니 나도 무슨 일인지 궁금했다.

울고 있는 둘째를 보면서 당황스럽기도 했다. 학기 초에 새로 산 교복은 무릎을 덮는 길이의 치마였다. 같은 학교를 졸업한 언니의 교복을 짧게 줄여서 입고 간 날에 보기 좋게 선생님한테 걸린 것이다. 이야기인즉 이랬다. 학생부 교무실에서 무릎 꿇고 손 들고 벌을 서고 있는데 친구엄마가 들어오셨다고 한다. 벌을 서고 있는 둘째를 보고는 선생님에게 왜 여기서 벌서고 있냐고 물었다고 한다. 선생님이 친구엄마에게 한 말에 화가 났던 것이다.

"얘가 중학교 때부터 공부 안 하고 놀던 애거든요. 오늘도 교복치마 줄여 입어서 벌주고 있었어요."

선생님의 말이 떨어지기 무섭게 둘째는 머리끝까지 화가 났다고 한다.

"내가 현재 학교규칙 어긴 것에 대해서만 말씀하셔야지, 중학교 때 공부 안 하고 놀던 애라고 말하는 것에 너무 화가 났어. 당연히 벌서야 한다고 생각했던 마음이 싹 사라졌어. 선생님 너무해."

둘째는 서럽게 울다가 씩씩거리면서 말을 이어갔다.

"선생님은 왜 소문만 듣고 나를 나쁜 아이로 보는 건지, 그 순간 따지고 싶었어. 내가 진짜로 중학교 때 노는 애였다고 해도, 지금은 아닐 수도 있는데, 왜 그런 말을 한 건지 화가 나 죽겠어. 지금은 교복치마 줄여 입은 것만 혼내야 되는 거 아니야?"

둘째의 말을 듣고 보니 나도 충분히 둘째의 마음이 이해가 되었다.

"그래, 속상했겠다. 충분히 네 마음 알겠어."라고 위로해 주었다.

속상해하는 둘째를 토닥토닥 등 두드리며 안아주고 나도 이야기를 이어갔다.

"아마도 선생님이 네가 나쁜 길로 갈까 봐 많이 걱정되셨나 보다. 하지만 너의 말처럼 중학교 때의 소문을 친구엄마한테 말한 것은 엄마도 속상하다. 이런 속상한 이야기까지 엄마한테 해줘서 정말 고마워."라고 했다. 그리고 말을 이어나갔다.

"아마 며칠 지나면 선생님은 아무 일도 없다는 듯이 평소대로 하실 거야. 원래 학기 초에 선생님들은 천 명이 넘는 학생들을 이끌고 가려면 누구라도 걸리면 본보기로 혼내시는 게 학생부의 일이야."

어떻게든 둘째의 마음을 풀어주고자 노력하고 있었다.

내 딸들, 자존감 부자로 키웠다

"아니, 나 이제 그 선생님 봐도 인사 안 할 거야."

나의 위로는 씨알도 안 먹혔다.

"인사도 하기 싫을 만큼 속상한 건 알겠다. 하지만 진짜로 인사를 안 하면 선생님은 너를 정말 나쁜 애로 오해할 수도 있다. 벌 받은 건 받은 거고, 인사는 인사 아닐까? 너도 선생님이 예전 이야기하니까 기분 나빴잖아?"

내 이야기를 듣고 있던 둘째는 억울한 마음이 가셨는지 눈물을 닦으면서 얼굴표정이 풀어졌다. 나의 말에 수긍을 하는 눈치다. 인내심을 가지고 둘째와 대화를 했다. 선생님에게 인사도 하고 싶지 않을 만큼 속상한 마음을 위로해 주고 다독여주려는 나의 마음이 통했다. 그날 밤, 잠든 둘째를 보면서 미소가 지어졌다. 자신의 잘못을 인정할 줄 아는 둘째가 자랑스러웠다. 또한 자신에게 부당하다고 생각되는 점에 대해서는 저항할 줄도 알고, 엄마인 나에게 솔직하게 말해준 것에는 더욱 고마웠다.

엄마로서 위로만으로 끝낼 수는 없었다. 늘 바쁜 엄마였지만 누구보다도 내 딸들을 사랑하는 나였기에 못할 것이 없었다. 다음 날 학교 담임선생님에게 전화를 했다. 어제 있었던 일과 학생부 선생님에게 의논하고자 하는 내용까지 정중하게 전달했다. 담임선생님도 나의 말에 충분히 공감하면서 위로의 말과 함께 학생부 선생님을 알려주셨다. 감사의 인사말과 함께 학생부 선생님에게 전화를 했다.

"안녕하세요? 연주엄마입니다."

"아, 네에… 연주어머니세요?"라는 목소리에는 불편함과 경계심이 묻어있었다. 어제 별준 문제로 따지러 온 학부모를 만난 듯한 목소리였다. 나는 둘째와 나눈 이야기를 전했다.

"우리 연주가 이 일로 인해서 억울한 마음을 가지고 있습니다. 교복 관련해서 받은 벌은 달게 받는다고 합니다. 지금은 억울한 마음이 있어서 복도에서든 선생님을 뵐 때마다 인사도 안 하고 피할 수도 있을 것 같아요."

"……" 수화기 너머에선 아무 말이 없었다. 나는 하고 싶은 말을 마저 했다.

"그렇게 된다면 선생님께서는 '역시 노는 애였기에 인사성도 없구나.'라며 우리 아이를 또다시 낙인찍게 될까 걱정이 되어 전화 드렸습니다. 현재 우리아이의 마음을 선생님께 알려드리면 지도하시는 데 도움되지 않을까 해서요. 만약 마음이 내키신다면 자연스럽게 우리 아이와 아무 일도 없었다는 듯이 대해주시면 감사하겠습니다. 연주에게는 선생님과 통화한 것을 말하지 않습니다."

정중한 마음과 목소리로 요청을 했다.

"지금은 수업시작 시간이라서 더 이상 통화하기 어렵습니다. 연주어머니 말씀은 무슨 뜻인지 알겠습니다."

한참을 듣고 있던 선생님은 썩 유쾌하지 않은 목소리로 전화를 끊었다. 소통할 때 언어는 전달력이 7%이고 93%가 비언어적인 메시지라고 했다. 나는 최대한 목소리 톤, 억양, 말투를 정중하고 겸손하게 했다. 비록 선생님은 내 말에 수긍하고 그러마고는 하지 않았지만, 나의 진심은 잘 전달되었으리라고 믿었다.

고등학교 1학년에 막 입학한 3월에 있었던 일이다. 그 일이 있은 후로 잊어버리고 있었다. 선생님의 이름만 알고 얼굴도 몰랐다. 2학년 때 둘째는 전교회장이 되었고, 가을에 학교 축제하던 날에 사회를 보게 되었다. 나는 바쁜 시간을 쪼개서 학교에 갔었다. "연주어머니 안녕하세요? 작년 봄에 통화한 학생부 교사 OOO입니다."라며 곁에 와서 인사를 했다. 순간 그 선생님이구나 알아챘다. "연주어머니의 전화를 받고 많은 생각을 했어요. 부끄럽기까지 했습니다. 정말 중요한 사실을 알게 되었어요. 왜, 연주가 반듯하고, 예의바르고, 자기주관 뚜렷하고, 밝은 아이인지를 알게 되었습니다"라고 선생님은 나에게 고백을 했다. "기분 나쁘게 받지 않으시고 이렇게 말씀해 주시니 오히려 감사합니다."라며 서로 힘을 주고받았다.

학기 초에 그 일이 있은 후로 둘째는 학교생활을 더욱 잘했다. 엄마에게 이해받은 둘째는 그 일로 인한 억울한 감정찌꺼기가 남아 있지 않았다. 학교에서 선생님을 만났을 때, 대처방법에 대해서도 미리 나와 이야기를 나누었기에 편안한 마음이었던 거다.

인간의 삶은 희로애락이 함께한다. 특히 청소년 시기에는 슬플 때나 화가 날 때도 부모에게 말을 할 수 있어야 한다. 자녀들이 부모에게 말하지 않는 이유는 첫째, 혼날까 봐. 둘째, 부모님에게 걱정 끼치고 싶지 않아서. 셋째, 말해 봐도 소용없으니까, 이렇게 세 가지라고 한다. 실제 내가 상담 시에도 내체로 문제가 생기는 가장 큰 이유 중에 하나가 누군가에게 말할 수 없어서 도움을 받지 못하는 경우가 많았다. 엄마로서 나는 둘째의 속상함을 들어줘야 했다. 무엇보다도 둘째 딸이 엄마가 걱정할까 봐 말을 하지 못하거나, 엄마한테 혼날까 봐 말을 하지 못했다면 어떻게 되었을까? 생각만 해도 아찔하다. 남편도 내 편이 아니라는 우스갯소리가 있지 않던가? 언젠가 내 편은 바로 나 자신밖에 없다는 것을 알게 되는 그날까지 나는 내 딸들의 편이 되어주어야 했다. 이때 선생님과 함께 편 먹어야겠다는 나의 작전은 대성공이었다. 엄마 혼자 키우기보다는 선생님과 편 먹고 함께했더니 덜 힘들었다.

살면서 내 편이 있다는 것은 천군만마를 얻은 것과 같다. 그것도 사랑스런 내 아이를 키우면서 내 편이 되어주는 사람을 만난다는 것은 행운이다. 이제 내 편을 만나기 위해 기다리지만 말고, 내 편을 만들어야 한다. 보자기 한 장을 한 사람이 수평으로 들 수는 없다. 수평으로 들려면 네 사람이 함께 들면 된다. 내 아이를 키울 때도 이렇게 함께하는 내 편을 만들자. 구겨져 있는 보자기가 수평이 되듯, 내 아이도 수평으로 안정감 있게 살아갈 수 있게 된다. 이쯤 되면 엄마는 내 딸들의 편이라고 입 아프게 말하지 않아도 된다.

반장만 쳐다보는 선생님의 마음을 읽은 딸

둘째가 전화를 했다.

"엄마, 나 햄버거 먹고 싶어."

대뜸 인사도 없이 햄버거 타령이다. 평소와는 다른 목소리다. 이건 진짜 햄버거가 먹고 싶다는 뜻이 아니다 싶었다.

"밥이 있는데 갑자기 햄버거가 먹고 싶어? 서랍(딸들과의 비밀장소)에 돈 꺼내서 사먹어."

급하게 처리해야 하는 업무 중이었다. 나는 서둘러 전화를 끊으려고 하는 순간, 둘째가 부르는 소리가 들렸다.

"엄마, 오늘 친구들은 K엄마가 햄버거 사줬는데, 나는 못 먹었어."

속상함이 역력하다.

"그랬구나. 속상했구나. 햄버거가 부족해서 양보했어?"

"아니, K엄마가 나는 빼고 친구들만 사줬어. 그런데 그 친구들은 K를 괴롭히고 잘 도와주지도 않는 애들이었어."

이제야 나는 둘째의 사연이 추측되었다.

"서운했겠네, 우리 딸. 일단 엄마 지금 바쁘니까 저녁에 가서 얘기하자. 미안해."

"알았어, 엄마."

전화를 끊었다. 이건 완전 드라마에서나 나오는 대사 아닌가 싶지만, 나와 둘째의 관계는 이랬다. 바쁘다는 핑계로 어떤 상황에서건 나는 둘째를 그저 믿어주고 또 믿어주었다. 또 둘째의 이야기를 들어주고 또 들어주었다. 그런 결과로 중학생이 된 둘째는 일단 엄마에게 속상한 감정 쓰레기를 던져놓았다는 것만으로도 안심이 되었던 것이다. 나는 두 딸들에게만큼은 기꺼이 안전한 감정 쓰레기통이 되고자 했다. 엄마는 언제나 내 얘기를 들어주는 사람이라는 믿음이 있었기 때문에 가능했다고 본다. 그럼에도 불구하고 '알았어, 엄마.' 하며 전화를 끊어주는 둘째에게 그저 고맙고 감사했다.

퇴근 후에 낮에 있었던 일을 이어갔다. 같은 반에 장애가 있는 특수반 친구의 엄마가 학교에 와서 딸을 잘 봐달라고 친구들 몇 명에게 햄버거를 사준 모양이었다. 반장이던 둘째는 늘 그 친구를 챙기고 있었다. 체육시간에 친구의 체육복 갈아입는 것부터 생리대 갈아주는 것까지 같이 도와주곤 했다고 한다. 물론 그 친구의 엄마도 둘째의 고마움을 잘 알고 있었다. 선생님의 심부름 등으로 바빴던 둘째를 그 엄마가 미처 챙기지 못한 것이었다. 특수반 친구를 늘 도와주는 둘째가 햄버거를 먹어야 되는 상황이었는데, 자기만 빠졌다는 생각에 서운했던 것이다. "당연히 나도 햄버거를 먹어야 하는 거 아니야?"라는 둘째의 이야기를 다 들어준 후에 나는 또 둘째를 위로해 주었다.

"그래, 서운했겠다. 햄버거는 이번 주에 엄마랑 데이트하면서 먹으러 가자."

그리고 내가 진짜 하고 싶은 말을 했다.

"연주야. 그 친구엄마는 너에 대해서는 많이 믿고 있는 거야. K를 잘 돌봐주지 않고 놀리는 친구들에게 부탁한 거 같다. 내가 그 엄마라도 그렇게 했을 거 같아. 내 딸이 학교생활 잘하려면 친구들의 도움이 필요한 친구니까."

"알겠어, 엄마."

엄마인 나에게 이해받으며 상대방의 입장을 알려주니까 역시나 오늘도 수긍하고 받아들이는 둘째다.

며칠 후에 둘째가 친구 K의 이야기를 또 했다. 그날은 한 달씩 짝꿍을 바꾸는 날이었다고 한다. 반 친구들이 서로 K와 짝을 안 하려고 한단다. 선생님은 그럴 때마다 힘들어하시는 게 보

내 딸들, 자존감 부자로 키웠다

인다고 했다.

"엄마, 오늘도 선생님께서 내 눈만 쳐다보셨어."

선생님이 힘들어 보여서 손을 들었다고 한다. 반장인 둘째만 쳐다볼 수밖에 없는 선생님의 힘든 모습을 알아보는 둘째가 참으로 대견하다. 나는 둘째에게 조용히 손을 잡고 말해줬다.

"이 세상에 태어날 때 장애를 가지고 태어나고 싶은 사람은 없어. 내가 선택하지 않은 문제 때문에 누구라도 차별을 받으면 안 되는 거야. 그런 친구에게 도움을 주고 함께하는 우리 딸, 정말 멋지고 자랑스럽다. 고마워!"라는 내 말에 고개를 끄덕이며 앞으로 더 잘 챙겨주고 도와주겠노라고 말한다. 어렸을 때부터 둘째는 감정이나 생각을 충분히 말하도록 했었다. 자기의 감정을 잘 알아차리니까 타인의 감정도 잘 이해하게 된 것이다.

「사람들이 그들의 가장 바람직한 모습이 될 수 있도록 도와주어라. 그리고 그들이 가장 바람직한 모습이 된 것처럼 대하라.」 괴테의 말을 보면서 둘째의 마음을 생각했다. 일하는 엄마라서 바쁘다는 핑계로 잘 돌봐주지도, 지원해 주지도 못하고 있는데, 건강하고 따뜻한 마음을 가진 소녀로 잘 커주고 있는 게 무척 고마웠다. 오늘도 나는 엄마랍시고 고맙다는 말을 한 아름 전했다. 말로만.

한동안 서번트 리더십에 대한 이야기가 유행할 때가 있었다.

둘째에게도 알게 모르게 서번트 리더십이 몸에 배어간다는 게 기특했다.

우리 몸의 평균 체온은 36.5도이다. 체온이 1도씩 낮아지면 면역력은 30퍼센트 떨어진다고 한다. 건강한 삶을 살고 싶다면 체온을 1도씩 올리는 의식주를 실천해야 한다고 전문가들은 말한다. 몸을 따뜻하게 하기 위해서 겨울철에는 장갑이나 머플러 등으로 체온을 유지한다. 여름에도 너무 덥다고 차가운 음식보다는 이열치열이라고 하면서 따뜻한 음식으로 보양을 하기도 한다. 이렇게 몸의 온도를 유지하기 위해 여러 가지 노력을 한다. 마찬가지로 몸의 체온이 중요하듯이, '마음의 체온을 유지하기 위해 어떻게 해야 하는가?'라는 질문에는 더불어 살아가는 법을 배우는 것이라고 말하고 싶다.

《내 마음의 온도는 몇 도일까요?》라는 책이 떠오른다. 'SBS 영재발굴단'에서 '문학영재'라고 소개된 정여민 군이 쓴 그림시집이다. 제목만 들어도 마음이 따뜻해진다. 저자가 쓴 43편의 시 속에는 가족의 정과 자연의 아름다움이 담겨있다. 거기에 '마음의 온도'에 대한 글귀가 마음에 와닿았다.

「너무 뜨거워서 다른 사람이 부담스러워하지도 않고, 너무 차가워서 다른 사람이 상처받지도 않는 온도는 '따뜻함'이라는 온

내 딸들, 자존감 부자로 키웠다

도라는 생각이 든다.」 책의 내용 중에 한 구절이다. 나는 내 딸들에게 따뜻한 엄마이고 싶다. 내 딸들이 힘들고 어려울 때마다 따뜻한 말 한마디로 위로해 주고 싶었다. 언제 어디서나 당당하게 자신의 인생을 개척해 나가는 딸들이길 바란다. 마음이 추운 사람들에게 따뜻한 말을 전할 줄 알고, 주변을 돌아볼 줄 아는 딸들이면 더욱 좋겠다. 선생님의 마음을 읽어내고, 친구를 도와주던 내 딸들로 인해서 이 세상이 더 따뜻해지면 좋겠다.

엄마가 훔쳐 간 내 딸의 마음은 타인의 마음을 읽을 줄 알게 되었다. 더 따뜻해져서 다른 사람들까지 따뜻하게 해줄 수 있었다.

공부보다 더 중요한 세 가지

내 아이가 공부를 잘하는 것은 모든 부모들의 꿈이다. 나도 한때는 그런 마음이었다. 공부를 잘하려면 어떻게 해야 될까? 학원에 보내는 방법, 과외를 시키는 방법, 가정교사를 두는 방법, 엄마가 직접 옆에 끼고 앉아 가르치는 방법 등을 동원해서 끊임없이 공부를 하도록 해야 한다. 나는 돈도 없었고, 시간도 없었다. 더더군다나 아이들을 끼고 앉아서 가르쳐줄 실력도 전혀 안 되었다. 그래서인지 그렇게 할 생각이 없었다. 왜냐하면 앞서도 말했지만 내가 공부를 잘하지 못했기 때문이다. 내가 잘하지 못했던 것을 내 딸들에게 억지로 시키기는 싫었다. 다만 중간만 가도 좋다고 생각했다. 학교 다닐 때 공부를 잘했던 동창들이 성공한 경우보다, 공부는 썩 잘하지 않았던 친구들이 성공한 경우가 더 많았다. 이것만 봐도 난 공부에는 소질이 없는데 공부를 강요하는 것은 폭력이나 다름없다는 생각까지 했다.

공부를 잘하게 하려면 아이큐가 높아야만 되는 것도 아니다. 우선 공부를 해야 하는 이유나 목표도 정할 줄 알아야 한다. 해내겠다는 끈기도 있어야 하고, 시간과 노력이 들어가야 한다. 누구나 다 공부를 잘할 수는 있지만, 아무나 잘하는 건 아닌 것 같다. 왜냐하면 공부는 재미도 없다. 힘들다. 무엇보다도 당장 효과가 나타나는 게 아니기 때문이다. 특히 나를 닮아서 관계 중심적인 딸들은 공부보다는 친구를 더 좋아했다. 공부만을 열심히 하라는 것은 무리라는 것을 직감으로 알 수 있었다. 공부를 가르쳐줄 능력이 안 되는 엄마지만, 이런 점을 깨달았다는 것만으로도 참으로 다행이지 싶다.

내가 일을 시작하고 나서부터 언니와 다섯 살 나이 차이가 나는 둘째는 거의 매일 혼자서 지내야 했다. 집에서, 또 밖에서 친구들과 노는 일도 많았다. 아파트 안에서 놀다 보니 이웃의 어른들을 나보다 더 자주 접하게 되었다. 나는 두 딸들에게 '공부 잘하라고는 안 하겠다. 딱 세 가지만 지켜 달라.'고 당부를 했다. 첫 번째는 '언제 어디서 누구를 몇 번을 만나던지 인사를 잘해라.'였다. 두 번째는 '동네 어른들이나 학교 선생님들이 무엇인가 물어볼 때는 무조건 대답을 잘해라.'였다. '예' 또는 '아니요'라고 대답하라고 했다. 또 모르는 것에 대해서는 '잘 모르겠습니다.'라고 말해라. 우물쭈물하지 말고 예의바르게 모르는 것은 잘 모른다고 대답하라고 부탁했다. 그리고 마지막 세 번째는 앉거나 서 있을 때 자세를 바르게 하고, 대답하거나 대화할 때는 '말끝을 흐리지 마라.'였다. '그랬습니다.' 또는 '그랬어.' 등 말끝을 확실하게 발음하라는 것이었다. 내가 생각한 공부란 지식만을 넓히는 게 아니라 삶의 태도를 배우는 것이라고 생각했다. 두 딸들에게 늘 부탁하고 요구한 내용은 딱 이 세 가지였다. 인사 잘하기, 바른 자세로 대답 잘하기, 말끝 흐리지 않기, 이 세 가지는 학교 생활하는 데도 아주 큰 효과가 있었다. 두 딸들은 복도에서 선생님들을 만나면 큰소리로 '안녕하세요?' 인사를 한 것이다. 한두 번이 아니고 매번, 몇 번을 마주쳐도 인사를 하는 딸들은 그때마다 칭찬을 안 들을 수가 없었다. 친구들과 인사하는 것은 두말할 것도 없었다. 점점 인사 잘하는 학생이라고 선생님들 입에 오르내리게 되었다. 또, 수업시간에도 선생님의 질문에 모르면 모른다고 대답했고, 알면 알겠다고 대답을 했더니 선생님에게 칭찬을 받았다고 한다. 모르면 모른다고 자신감 있고 당당하게 대답하는 둘째에게 선생님들은 아낌없는 칭찬을 주었다고 한다.

상담현장에서 만나는 내담자들은 대체로 자기 생각이나 느낌을 말하지 못했다. 그럴 때마다 내담자들이 안쓰럽고 안타까웠다. 그 내담자가 못나서 못하는 것이 아니다. 어려서부터 자신의 생각이나 감정을 말할 기회가 없었던 것이라고 생각한다. 자

내 딸들, 자존감 부자로 키웠다

기의 생각이나 감정을 말할 때는 부모로부터 비난이나 폭력이
돌아오는 경우가 많았다.

　중학생이던 어느 해 방학이 시작되자마자 둘째는 나에게 제
안과 동시에 부탁을 했다.

　"엄마, 나 갈색으로 머리염색을 하고 싶어. 오늘 염색하고 개
학하기 전날에 다시 검정색으로 할게. 엄마 부탁이야, 꼭 들어줄
거라고 믿고 말하는 거야. 엄마 나 믿지?"

　둘째는 나를 아무 말도 못 하게 했다. 늘 자신이 하고 싶은
일과 요청할 일에는 계획을 세우고 그 계획을 말하면서 허락해
달라고 하니까, 번번이 둘째의 요청을 들어주지 않을 수가 없었
다. 속으로 내키지는 않았지만, 그날도 허락해 줄 수밖에 없었
다. 그리고 나도 둘째에게 부탁을 이어갔다.

　"어른들은 대체로 우리들만의 기준이 있단다. 학생의 머리색
은 이래야 한다는 기준이 있어. 어떤 어른들은 그 기준을 가지
고 눈에 보이는 것만 보기도 한단다. 네가 노는 애라고 오해할
수도 있다. 그래서 부탁인데 머리염색하고 있는 동안에는 더욱더
말이나 행동 조심하길 바란다. 지금처럼 대답 잘하고, 인사할 때
는 더욱 공손하고 예의바르게 해야 돼."

　어릴 때부터 들어왔던 말이기에 나의 이런 부탁쯤은 둘째에
게는 어렵지 않는 일이었다. 방학이 끝날 무렵 개학을 앞두고 나

의 재촉 없이 알아서 머리 색깔은 원상복귀가 되었다. 애꿎은 머리카락만 고생하고 있었을 뿐 둘째와 나 사이에는 아무런 문제가 되지 않았다.

공부 좀 한다는 애들에게는 방학기간이 노는 시간이 아니다. 미리 예습하며 꾸준한 공부를 위해 눈에 불을 켜고 공부를 한다. 나는 공부하느라 놀지 못하는 아이들 걱정 반, 공부는 뒷전으로 하고 놀기만 하는 내 딸 걱정 반이었다. 누구는 노래를 잘 부르고, 또 어떤 아이는 손재주가 좋고, 그림을 잘 그리기도하고, 피아노를 잘 치기도 한다. 이렇듯 공부하는 것도 특기 중에 하나라고 생각하며 애써 스트레스를 받지 않으려고 한다. 방학을 의미 없게 보내는 것보다는 캠프에 참석하도록 했다. 지역 보건소에 갔다가 중학생을 위한 여름방학 2박3일 캠프 포스터를 봤다. 둘째에게 캠프의 프로그램에 대해서 설명해 주었다. 2박3일 동안 새로운 친구들도 사귈 수 있다고 권했다. 프로그램 내용은 공부하는 것만큼 중요하다는 것도 알렸다. 혼자 가지 말고 친하게 지내는 친구들과 같이 가라고 했더니, 세 명의 친구와 가기로 했단다. 둘째의 친구들에게도 설명을 다시 해줬다. '여름방학을 의미 있게 보낼 수 있다. 친구들과 함께하며 집을 떠나서 여행하는 시간이 될 수도 있다. 맛있는 밥도 먹는다. 프로그램을 진행하는 사람들을 보면서 리더십도 배울 수 있다.' 등의 이야기를 해줬다. 후문을 들어보니 캠프에 참여한 학생들 모두는 많은 선물도 받았다고 한다. 더 중요한 것은 캠프 선생님들의 지지와 격려 속에서 자신감도 생겼고 자존감도 키워졌다고 한다. 무엇보다도 둘째와 같이 간 친구들에게 두고두고 이야기할 추억으로 남았다. 둘째는 이 캠프 참가로 해마다 캠프에 참가하였고, 고등학생이 되어서는 프로그램에 보조교사로 활동하게 되었다. 이렇게 공부 이외에도 많은 경험을 통해서 성취감도 느끼며 성장하기도 한다. 내가 내 딸들에게 해주는 말처럼, 언제 어디서 누구를 만나 무엇을 하더라도 안전하고, 발전적이고, 행복하면 그만 아닌가?

고등학교 다닐 때는 베트남으로 열흘간 자원봉사를 다녀왔다. 둘째는 베트남으로 자원봉사 가는 정보를 가지고 왔다. 당연히 가고 싶다고 했다. 신청도 스스로 했다.

자원봉사활동을 가기 위한 준비물 리스트를 작성하더니 하나하나 준비물을 챙긴다. "이건 엄마가 며칠까지 준비해줘야 할 것들이야."라며 나에게 메모지를 건넨다. 둘째가 천재여서 잘한다고 생각하지 않는다. 다만 어려서부터 실수해도, 조금 늦게 해도, 어설프게 해도 기다려주고, 칭찬해 주고, 믿어준 것밖에 없다. 어린이집에 다니던 시절부터 혼자 스스로 해본 경험이 많기에 준비물 챙기는 건 일도 아닌 것 같았다. 곁에서 지켜보는 나는 그저 신기하고 대견스럽기만 하다. 미리 일정표를 꼼꼼히 챙겨보며 전체적인 일정을 파악하기도 한다. '이거 챙겨라. 저거 챙겨라.' 이런 잔소리를 해 본 적이 결단코 없다. 내가 챙겨줄 시간이 없었다는 것이 더 맞는 말이다. 스스로 챙겨간 준비물로 인해서 부족했거나 아쉬웠던 경험치가 많다. "운전면허에 떨어져도 괜찮다. 그런 경험이 다 실력이 된다."라고 하신 친정아버지의 말씀과 그 마음을 나도 그대로 전달할 수 있었다. 이어서 나는 "정말 잘했다." "수고했어." "멋지다." "짐을 꼼꼼히 잘 챙겼네." "역시 뭐든지 잘하는 딸!" "부족한 거 없니?" "엄마가 도와줄 거 없니?" 이런 말밖에는 다른 할 말이 없었다. 학교 다니면서 아람단 활동 등 완벽하게 짐을 싸지 못하기도 하고, 미처 챙겨가지 못해서 불편했던 적도 있었을 것이다. 그때마다 나는 이렇게 물어봤다. "불편했겠네." "빌려준 친구에게 고맙다고 했지? 잘했다." 나는 칭찬과 격려의 말만 하면 되었다. 공부보다 중요한 세 가지를 실천하고 있던 둘째는 동네에서나, 학교에서나, 캠프에서나, 자원봉사활동에서나 칭찬과 격려를 받으며 오늘도 당당하고 자신감에 가득한 딸로 성장하고 있었다.

3이라는 숫자의 의미는 참 많다. 물론 좋은 의미가 많다. 삼세번이란 말을 자주 한다. 만세도 세 번 부른다. 세 살 버릇 여든까지 간다고 하고, 서당 개 3년이면 풍월을 읊는다고 한다. 구슬이 서 말이라도 꿰어야 보배라고도 한다. 이렇게 3이라는 숫

내 딸들, 자존감 부자로 키웠다

자는 참 의미가 있다. 내 아이에게도 공부보다 중요한 세 가지의 주문으로 자신감 있는 아이가 되었다. 더도 말고 덜도 말고 내 딸이 행복해지고 잘할 수 있는 일로 세 가지만 주문하자.

제4장

내 딸을 살리는

엄마표 성교육

유치원생 딸에게 하는 엄마표 성교육

'아는 것이 힘이다.'라는 말이 있었다. 하지만 성(性)에 대해서 만큼은 '모르는 게 약이다.'라고 했었다. 또 이런 말도 있다. '배워서 남주냐?' 이젠 시대가 바뀌었다. 배워서 남을 줘야 먹고 사는 시대다. 성(性)에 대해서는 모르는 게 약이 아니라 어려서부터 제대로 알고 있어야 한다. 특히 이 시대를 살아가는 딸들에게는 더 필요하다. '뭘 제대로 알아야 된다는 거지?'라고 의문이 생길 수도 있다. 지금까지 아들과 딸에게 같은 내용으로, 같은 잣대로 성교육을 했는지 생각해보자. 아직도 대체로 성(性)하면 부끄럽다고 생각한다. 지금 유치원생 딸들이 있는 엄마들은 딸이라고 차별을 받고 자란 세대는 아니다. 공주처럼 자란 세대이다. 남동생이나 오빠 공부시키기 위해서 대학교를 못 간 일도 없다. 오빠나 남동생 먼저 주기 위해서 계란프라이 하나 제대로 못 먹고 자라지도 않았다. 모든 것이 풍족한 상태에서 성장했다. 한마디로 왕자와 공주처럼 자랐다. 무엇 하나 아쉬운 게 없었다.

나는 둘째가 초등학생이 되기 전에는 제대로 된 성교육을 시키지 못했다. 내가 일을 시작하면서 상담공부를 하고 성교육에 대한 강의를 하면서 새롭게 다시 알게 된 부분이다. 나는 성에 대해서는 매우 보수적이었다. 두 딸들 앞에서 남편이 속옷만 입고 거실에 나오게 한 적이 없었다. 내가 불편했었다. 요즘 딸들은 아들과 차별 없이 키우고 있다. 하지만 성교육은 어떨까? 특히 딸을 키우는 엄마들은 성교육을 어떻게 받았었나? 나 또한 성에 대해서 부끄럽고 금기시했었다. 그래서 내 딸들에게도 은연중에 나의 생각이 주입되었다고 생각된다. 나도 '아들은 남자답게, 딸은 여자답게'라는 생각이 있었다. 그래서 첫째 딸에게는 공주처럼 키우려고 예쁜 드레스를 입히는 것을 자랑스럽게 생각했었다. 내가 내 부모와 스승과 사회로부터 받았던 성교육 그대로 내 딸들에게도 가르쳤다. 나처럼 아쉬운 마음을 가진 엄마들에게 다정한 목소리로 들려주고 싶다. 이제 딸들에게 하는 성교육은 달라야 한다고 말하고 싶다.

실제로 강의현장에서 들은 사례들을 나누고자 한다. 한 엄마의 질문이 있었다. 요즘 엄마들은 독박육아를 하지 않는다. 남편과 함께한다. 남편이 아들과 딸을 데리고 목욕도 시켜 준다. 네 살 된 딸이 아빠와 언제까지 목욕을 같이 해야 되는가? 또 딸은 아빠와 오빠의 몸을 물끄러미 쳐다보고는 자기 몸도 쳐다본다고 한다. 엄마에게 질문을 한다.

"엄마, 나는 왜 고추가 없어?"

그 엄마는 이렇게 말했다고 한다.

"으응, 너는 여자라서 고추가 없어."라고.

이건 내가 우리 할머니에게 들었던 성교육이다. 나의 친정엄마가 둘째 딸에게 늘 했던 말이다.

"그 녀석 고추 하나 달고 나왔으면 얼마나 좋았을까나."

참 듣기 싫은 말이었지만, 나도 그때는 따로 반박하지 못했었다.

"여자라서 고추가 없는 게 아니고 남자와 여자는 성기 모양이 다르단다."라고 말해준다.

한 엄마도 비슷한 질문을 한 적이 있었다. "남편이 두 딸들을 목욕시켜 주고 있는데 언제까지 같이 목욕해도 되나요?라고.

네 식구 중에 한 사람이라도 불편하다면 가족회의를 하는 것이 좋겠다. 주로 엄마가 불편하다. 아들을 키울 때는 기저귀를 풀어놓고 키워도 자연스럽게 봤지만, 딸들에게는 기저귀를 풀어 놓지 않도록 했다. 이런 양육방법은 아들과 딸에게 어떤 영향을 줄까? 생각해보게 된다. 또 다른 한 엄마는 매우 조심스럽고 부끄럽다는 듯이 질문한다. 남편이 워낙 열이 많은 사람이라서 목욕을 하고는 옷을 입지 않고 거실 밖으로 나온다고 한다. 거실에서 놀고 있던 네 살, 일곱 살 아들과 딸이 아빠의 모습을 쳐다보는데, 그 걸 본 엄마는 불편한 나머지, 남편에게 한마디 한다. "옷 좀 입고 나와. 애들 보는데, 으이그!" "뭐 어때. 내 아들딸이고 아빠인데. 자연스러운 성교육도 필요해."라고 당당히 나오는 남편에게 뭐라고 말해야 하는지 모르겠다고 한다. 어떻게 했냐고 물어보면, 애들 앞에서 남편과 티격태격 싸우는 경우가 많았다고 한다. 엄마 아빠가 싸우게 되면 이 시기의 아이들은 나 때문에 싸운다고 생각한다. 내가 아빠를 쳐다봤기 때문에 싸운다고 생각한다. 이럴 때는 남편에게 조용히 다가가 불편하다고 말해야 한다. 가족탕에 가서 목욕도 얼마든지 할 수는 있다. 하지만 목욕을 하고 나올 때는 큰 수건이라도 두르고 나오는 게 부모 자식 간에도 예의라고 생각한다. 가족 중에 단 한 사람이라도 불편하다면 가족회의를 열어야 한다. 내가 불편하다. '가족 간에도 예의는 지키자.'라는 소통이 필요하다.

또 한 가지, 유아기 때의 아이들이 많이 하는 질문이 있다. 바로 "엄마, 나 어디로 나았어?"이다. 내가 클 때는 "엄마, 나 어떻게 태어났어?"였다. "응, 배꼽으로 낳았지. 다리 밑에서 주워 왔지. 병원에서 사왔지. 너희 엄마, 저기 다른 데 있다."라는 협박에 가까운 말까지 들었다. 나도 또렷하게 기억한다. 요즘 아이들은 어린이집과 유치원에서 이미 이론은 다 배운다. "아빠의 몸속에 있는 정자와 엄마의 몸속에 있는 난자가 만나서 내가 태어난 것은 알겠어. 도대체 어떻게 만났는지 궁금해."라고 한다. 이 말을 듣고 정확한 정보를 이야기해 주는 엄마는 드물다. 난감한 일이다. 그래도 요즘 엄마들은 이렇게 말한다. "응, 좋은 질문이야. 엄마랑 아빠가 사랑해서 널 낳았단다."라고 이야기한다. 아이들은 이쯤에서 물러서지 않는다. "알아. 엄마 아빠가 사랑해서 날 낳은 건 알아. 어떻게 사랑했냐고 그게 궁금해. 내가 어떻게 엄마 배 속에 들어갔었어?"라고 질문한다. 이럴 때 어떻게 말해줘야 할지 모르겠다고 하소연한다. 우선 궁금한 점을 질문한 아이에게는 칭찬을 아끼지 말아야 한다. "와, 궁금했구나. 정말 좋은 질문이다. 엄마한테 물어봐 줘서 고마워!"라고 진심으로 말해줘야 한다. 질문한 아이에게 해야 하는 말 중에 열 번, 백번 강조해도 부족한 말이다. 이때 "이다음에 크면 다 알게 돼."라고 회피하거나 "쪼끄만 게 벌써부터 별걸 다 물어."라고 면박을 주는 시대는 갔다. 충분히 질문한 것에 대해서 칭찬을 하고 나서 설명해 줄 수 있는 만큼 해줘야 한다. 이때는 솔직하고, 과학적이고, 정중하게 말해줘야 한다.

엄마가 화가 났을 때의 표정이 있고, 기쁠 때의 표정이 있다. 성에 관한 이야기를 할 때만큼은 친절하면서도 정중하게 해야 한다. 그래야 장난스럽게, 부끄럽게 받아들이지 않는다. 만약 설명해 주기 어렵다면 엄마는 아이에게 제안을 한다. "이번 주 토요일에 엄마가 시간이 되니까 그때 같이 도서관 가서 책 찾아보자. 정말 좋은 질문이야."라고 시간을 벌어보는 것도 좋다. 약속한 날에 아이와 함께 도서관에 가서 책을 찾아보는 거다. 아이를 책상에 앉혀놓고 엄마가 다 찾아오기보다는 같이 고를 수 있도록 기회를 주는 것도 좋다.

성에 대한 궁금증이나 태도에 대해서는 어릴 때부터 제대로 알려주는 게 중요하다. 성에 대한 질문을 하는 것을 민망해 하는 엄마들이 종종 있다. 민망해하지 않아도 된다. 아직 내 아이가 성에 대해서 부끄럽다고 생각하지 않는 아주 좋은 기회이다. 궁금한데도 질문을 하지 않는다는 것은 이미 부끄럽고 창피하다는 것을 어디선가 들었을 수도 있다. 백지 상태의 아이에게 올바르게 알려주는 일이다. 부끄럽다고 생각하는 것은 아이의 질문 때문이 아니라 이미 엄마가 가지고 있는 성에 대한 태도 때문이다. 어떤 질문을 하더라도 따뜻하게 말해주어야 한다. 그 아이의 호기심을 인정해 주는 거다. 아무 때나 성교육 하자고 나서지 않는다. 내 아이가 성에 대한 질문을 할 때, 바로 그 순간이 엄마가 성에 대해 대화를 해야 하는 시기이다. 아이들은 개인의 성숙에 따라 다 다름도 잊지 말아야 한다. 문화센터나 강좌를 찾아다니면서 엄마부터 성교육을 다시 받는 것도 필요하다.

엄마에게 묻기보다는 클릭만 하면 엄청난 정보들이 쏟아진다. 바람직한 정보만 쏟아진다면 좋겠지만, 그렇지 못하기 때문에 문제다. 성에 대해서도 마찬가지이다. 내 아이들이 어렸을 때부터 엄마는 이미 준비되어 있어야 한다. 궁금한 것을 인터넷에 질문할 줄 모르는 유아기 때가 바로 엄마표 성교육을 해야 하는 때이다. 유아기에 엄마표 성교육 맛을 알게 해주면 평생을 간다. 엄마와 내 아이의 관계가 좋아지는 것은 덤으로 따라온다.

초등학생 딸에게 하는 엄마표 성교육 1

엄마들이 아이들의 학습을 도와주는 것은 중요하게 생각한다. 나의 지인 중에도 초등학생 때부터 공부를 시키고 곁에서 뜨개질을 했다고 한다. 뜨개질 작품으로는 거실 커튼과 식탁보 등을 떴다고 한다. 대단한 열정이다. 이제는 그 어떤 교육보다 중요한 것이 있다. 바로 ㈜성교육이다. 부모들에게는 어려운 숙제 중에 하나다. 설사 부모가 올바른 성에 대해서 배웠다고 해도 내 자식에게 성교육을 한다는 건 민감한 문제라고 생각한다. 성교육을 학교에만 맡겨놓을 수도 없다. 민감한 문제라고 해서 언제까지 피할 수만은 없다. 성교육은 일상생활에서 모두 필요한 내용이다. 피하지 말고 당당하게 대처할 수만 있다면 참 좋겠다는 생각이 든다. 그래서인지 요즘은 엄마들이 그룹으로 아이들을 모아놓고 성교육강사를 초빙해서 아이들에게 과외처럼 성교육을 한다고 한다. 엄마가 먼저 점검해 보면 좋겠다. 나는 과연 성에 대해서 스스럼없이 말할 수 있는가? 대부분 그렇지 못하다. 실제로 초등학생을 둔 부모들에게 한 설문에서 성교육을 할 때 어려운 점으로는 지도 방법을 모르는 경우와 쑥스럽고 부끄러워서, 그리고 교육 자료가 부족해서 순으로 나왔다. 이것이 엄마들이 먼저 성에 대해서 올바로 알아야 하는 이유다. 제일 중요한 것은 성에 대한 지식을 알려주는 것보다 엄마가 어떤 태도로 성을 대하느냐가 내 딸에게 영향을 미친다. 내 딸이 갖게 되는 성에 대한 태도는 엄마가 어떤 태도를 보이느냐에 따라 달라진다. 이제 내 딸들에게 당당하고 안전해지는 성교육을 시키고 싶다면 엄마들의 성의식 점검이 먼저다. 특히 앞서도 말했듯이 성교육은 인성교육이어야 한다.

오래전의 일이다. 어떤 아이가 쌍꺼풀이 아주 진하게 있었다. "쌍꺼풀 좀 봐. 예쁘다."라고 말했었다. 물론 그 아이 엄마도 좋아했던 기억이 있다. 만약 그 옆에 홑꺼풀의 눈을 가진 아이가 있었다면 어쩔 뻔했을까? 누구나 예쁘다는 말을 싫어할 사람은 없다.

외모에 대한 이야기라면 아픈 추억이 하나 있다. 내가 초등학교 4학년 때 있었던 일이다. 시골에서 삼촌이 오셨다. "형수님, 얘가 애숙이예요? 애기 때는 뽀얗고 엄청 예쁘더니 왜 이렇게 달라졌어요. 애숙이 인지 몰랐네요!"라고 하셨다. 삼촌의 말이 떨어지기 무섭게 엄마의 한마디에 나는 기절하고 싶었다. 지금도 귓가에 생생히 들려오는 말이다.

"그러게 말이에요. 클수록 미워지네요."

무언가 쇳덩어리가 머리를 툭 하고 치고는 내 심장에 와서 또한 번 부딪치는 듯했다. 열 살인 나에게는 충격과 공포 그 자체였다. 결혼하고 사회생활을 다시 시작하기 전까지 나는 굉장히 못생겼다는 생각으로 살아왔었다. 얼굴이 못생겼다고 생각을 하고 있으니 매사 자신감이 없었고, 자존감도 낮았었다. 나는 내 딸들에게 칭찬을 많이 해줬다. 얼굴만 예쁘다고 하는 게 아니라 하는 행동, 말, 태도 등을 많이 칭찬했다. 지금도 교사직에 있는 친구들을 만나면 "외모에 자신 없어 하는 학생들에게는 행동이나, 태도나 말하는 것 등 장점을 찾아서 칭찬을 많이 해주라고 부탁하곤 한다. 그 이후로 외모보다는 태도에 대한 칭찬을 의식적으로도 많이 해주려고 노력하는 편이다. 나도 부지불식간에 외모평가는 수시로 튀어나온다. 그때마다 스스로 성찰한다. 어른들의 말 한마디는 매우 중요하다. 이제부터라도 제대로 된 인성교육이라면 외모평가는 하지 않았으면 좋겠다. 한 사람을 평가할 때 외모로 평가하기보다는 그 사람의 능력, 성실성, 잠재력, 역량, 태도 이런 것으로 평가하면 어떨까? 어려서부터 딸들에게 '예쁘다, 예쁘지 않다'로 평가하면 외모지상주의를 부추기게 된다. 텔레비전에는 온통 예쁜 연예인들만 나온다. 누군가는 "예쁘니까 예쁘다고 하는 건데, 그런 말도 하면 안 된다는 거야?"라고 반문할 수도 있다. 예쁘다고 하는 것이 무조건 나쁘다는 것은 아니다. 외모만 중요하다고 생각하게 되는 것이 문제라는 것이다.

남자아이에게는 외모평가에 더해서 또 다른 평가를 한다. 한 번은 이런 일이 있었다. 아파트 엘리베이터를 타고 내려오는데 한 어르신이 옆집에 사는 유치원생 남자아이를 보더니 "그놈 참 잘생겼다. 너희 반에 여자 친구 있어? 없어?"라고 하였다. 남자아이는 "없어요."라고 수줍게 대답했다. "이렇게 잘생겼는데 여자 친구도 없어? 에이…"라고 장난스럽게 웃으면서 말했다. 그 아이의 엄마와 어르신이 함께 웃으면서 엘리베이터에서 내렸다. 나도 그때는 아무 생각이 없었다. 흔히 별생각 없이 덕담으로 한다고 하는 말들이다. 이제는 생각하고 말해야 하지 않을까? 여자아이들에게는 무조건 예뻐야 한다는 생각을 갖게 한다. 남자아이들에게는 여자 친구 없다는 말에 의문의 일패를 주게 된다. 이성에 대한 태도를 제대로 배우지 않은 어린아이들에게 무조건 짝짓기 문화부터 가르쳐 주는 것이 아닐까? 텔레비전 예능 프로에서도 이런 모습을 흔히 본다. 연예인들이 모여서 커플에게 "첫 키스는 언제 하셨어요?, 주로 데이트는 어디에서 했나요?" 등 서슴없이 묻고 박수치고 즐거워한다. 이런 모습을 보고 듣고 자란 아이들이 중·고등학생이 되어 수업시간에 또 물어본다. "선생님, 남친 있어요? 선생님 첫날 밤 얘기해 주세요." 어찌 아이들만 문제라고 할 수 있을까? 문제 부모는 있어도 문제 청소년은 없다는 말이 성에 대해서도 예외는 아니다. 어른들이 하는 대로 따라 하고 있다. 마찬가지로 엄마가 성에 대해서 어떻게 받아들이고 있느냐에 따라 내 딸의 성의식도 따라간다. 엄마가 하는 말은 매우 중요하다.

아들이 뛰어가다가 넘어져서 무릎에서 피가 났을 때와 딸이 뛰어가다가 넘어져서 무릎에서 피가 나서 울 때, 엄마들에게 어떻게 대처하며 말하는가를 물어본 적이 있다. "울지 마. 뚝, 괜찮아. 그 정도로 뭘 울어."라고 말한다고 한다. '장군감이다.'라고 했었던 예전과 별반 다르지 않았다. 그런데 딸들이 넘어졌을 때는 조금 다르게 말한다고 한다. "아휴, 속상해. 어떡해, 상처 났네. 미코 못나가겠다. 조심하지."라고 한다. 아들에게 말할 때와 목소리 톤도 다르다. 상상이 갈 거다. 더 심한 말도 있다. "어휴, 이놈의 계집애. 그러니까 뛰지 말라고 했지? 왜 이렇게 조심성이 없니?"라고 속상한 마음이 지나쳐서 야단치듯 한다. 딸들에게 '여장군감이다. 일어나라.'라고 말한 엄마는 못 만났다. 이렇게 일상에서 엄마들의 아들과 딸에 대한 성교육이 다르다. 어려서부터 '여장군감'이라는 말을 끊임없이 듣고 자랐다면 이 땅의 소녀들은 어떻게 되었을까?

아이들을 키우다 보면 넘어지고 다칠 때가 있다. 이제 아들이라고 '씩씩하다.'고 하고, 딸이라고 '조심하지.'라고 말하기보다는 아들이든, 딸이든 넘어져서 피가 나고 울 때 "많이 다쳤구나. 아프겠다. 약 바르자."라고 하면 어떨까? 남자라고 무조건 씩씩해야 하고, 여자라고 무조건 내숭을 떨어야 하는 시대가 아니기 때문이다. 아들들은 울고 싶어도 못 울게 한다. 남자는 세 번만 울라는 말을 요즘 초등학생들도 안다. 아빠한테 들었다고 한다. 독일의 메르켈 총리가 16년 동안 총리를 하고 물러났다. 독일의 청소년들이 "남자도 총리를 할 수 있어요?"라고 질문했다고 한다. 어릴 때부터 총리라고는 한 명만 봐 왔기 때문이다. 무엇을 보고 자라는가? 무슨 말을 듣고 자라느냐가 큰 영향을 준다. 성교육은 정자와 난자 등 성에 대한 지식이나 명칭만을 알려주는 교육이 아니다. 태도를 배우게 해야 한다. 일상에서 어릴 때부터 아들과 딸에게 같은 잣대로 알려주는 것이다.

"사내놈이 계집애처럼 왜 찔찔 짜냐? 계집애가 선머슴같이 그러냐. 여자는 얌전해야지."

혹시 이 세상에 둘도 없이 귀한 공주처럼 키우고 싶은 내 딸에게 이런 말은 하고 있지 않은가? 아들은 남자답게, 딸은 여자답게 키우는 시대는 갔다. 이제는 그 아이의 특성에 맞게, 그 아

내 딸들, 자존감 부자로 키웠다

이다운 '인간답게' 키워야 한다. 엄마가 가진 성에 대한 인식이 그대로 나오는 것이 바로 엄마의 말이다. 말 한마디로 사람을 살리고 죽이기도 한다. 특히 성에 대해서도 엄마의 말은 매우 중요하다. 공부 못지않게 중요하게 가르쳐야 하는 것이 바로 ㉑ 성교육이다. 내 딸들이 엄마보다 더 당당하고 자신감 있게 살기를 원하는 엄마라면 더욱 그렇다. 말에는 힘이 있다. 특히 엄마의 말에는 엄청난 힘이 있다. 물론 말에 좋은 힘을 전달하려면 엄마만의 자기철학이 있어야 한다. 그래야 신뢰를 부른다. 말의 힘을 갖기 위해서는 엄마의 감정그릇을 비워야 내 아이의 감정그릇을 자신감과 당당함으로 채울 수 있다. 아이가 성장해 가는 매 순간 순간마다 엄마의 말의 힘이 내 아이를 당당하고 자신감 있는 아이로 성장하게 한다면 못 할 것도 없다.

5.

초등학생 딸에게 하는 엄마표 성교육 2

오래전에 방송되었던 예능 프로그램에서 사회자가 유치원생 여자아이가 나오면 너무 예쁘다고 하면서 뽀뽀를 해달라는 경우가 있었다. 남자아이에게 해달라는 경우는 거의 없었다. 꼭 여자아이에게만 해달라고 했다. 이 어린이는 그 사회자에게 과연 뽀뽀를 해주고 싶었을까? 아마도 추측건대 유치원에 있는 남자친구랑 뽀뽀하고 싶었을 것이다. 함께 방송에 나와 있는 패널들이 귀엽다며 '뽀뽀해!'라며 박수치고 응원했다. 이 여자아이는 잠시 망설이다가 뽀뽀를 했다. 이때 사회자는 물론, 패널들까지 박수치고 웃으면서 예쁘다고 난리법석을 치며 즐거워했다. 이런 분위기에서는 싫다고 말하기 쉽지 않다.

어릴 때부터 성적자기결정권을 스스로 행사해 본 경험이 필요하다. 그런데 집에서부터 부모들이 기회를 준 적이 있는가? 나도 딸들이 어렸을 때 그랬었다. 친구들과 재미있게 소꿉놀이하며 놀고 있는 딸에게 예쁘다면서, 사랑한다면서 무조건 안아주고 뽀뽀해 달라고 요청했다. 뽀뽀해 달라고 하는 게 문제가 아니다. 얼마든지 뽀뽀해 달라고 할 수 있다. 여기서 중요한 것은 뽀뽀해 달라고 했을 때, 내 딸이 거절할 경우이다. 거절할 수 있도록 허락하는 것이 중요한 것이다. 거절할 때도 끝까지 해달라고 조르거나 강제로 뽀뽀를 시키는 것이 문제인 거다. 물론 나도 부모는 그래도 된다고 생각했었다. "엄마한테 뽀뽀 좀 해줄래?" "싫어. 안 해. 나 지금 소꿉놀이하고 있단 말이야."라고 하면 여기서 중단하면 된다. "그래, 네가 하기 싫으면 안 해도 돼. 그래도 엄마는 너를 사랑한다."라고 말해주면 된다. 그리고 중요한 성교육이 되는 한마디가 있다. "네가 싫다고 하는데도 계속 요구하는 사람은 너를 사랑하는 사람이 아니다. 자기의 욕구에만 충실한 사람이다."라고 덧붙여 주는 거다. 이런 말을 듣지 못하고 자란다면 사랑과 욕구를 구별하지 못하게 될 수도 있다.

특기를 보여주기 위해 방송에 나간 여자아이가 집에서부터 성적자기결정권을 학습하지 못했다면 뽀뽀해 달라는 어른의 요청에 거절하기 힘들다. 거절 못 하는 그 아이의 잘못이라는 것이 아니다. 어른이라는 권력 앞에 선 어린아이이기 때문이다. '내가 내키지 않아도 억지로라도 뽀뽀를 해주니까 모두들 이렇게 좋아하는구나. 집에서도 나를 사랑하는 엄마 아빠에게도 그렇게 했었지.'라고 생각하지 않을까? 그 모습을 본 여자아이들은 '예쁜 아이에게는 뽀뽀해 달라고 하는구나. 모두가 저렇게 좋아하고 사랑해 주는구나. 나도 부럽다.'라고 생각할 수 있지 않을까? 그렇다면 이 모습을 본 남자아이들은 어떻게 생각할까? '아, 그렇군. 예쁘고 내 맘에 드는 사람 있으면 저렇게 하면 되는구나.'라고 배우게 되지는 않을까?

어릴 때 주로 남자아이들이 여자아이들의 치마를 들추는 장난을 했다. "엄마, 우리 반 남자애가 또 내 치마 들어 올렸어. 짜증 나."라고 하소연한다. 이때 엄마는 뭐라고 해야 할까? 이 문제도 요즘 엄마들에게 물어봤다. "선생님한테 일러."라고 하는 경우가 가장 많았다. 실제로 요즘은 치마를 들추는 아이는 없다. 그런데 요즘 엄마들이 어렸을 때는 부모로부터 이런 말을 많이 들었다고 한다. "응, 걔가 너 좋아해서 그러는 거야. 장난이야."라고. "너 좋아해서 그러는 거야."라는 말을 듣고 자란 엄마라면 내 딸이 같은 일을 겪었을 때 어떻게 말해줄까? 요즘은 아들 가진 엄마들이 오히려 아들들이 피해를 본다고 하소연한다. '여자애들이 자기 아들을 더 때리고 더 장난치고 있다. 당하기만 하고 있다. 아들들은 요즘 여자애들한테 손도 못 댄다.'라고 한다. 여자아이와 남자아이를 서로 대립하게 하자는 얘기는 아니다. 상대방의 성적자기결정권을 인정해야 한다는 것을 알려주자는 말이다.

사춘기가 되면 이성에 관심이 가는 것은 지극히 당연한 일이다. 아주 잘 성장하고 있다는 증거이다. 부모가 이 성장하는 아이들과 발맞춰 나가야 한다. 특히 성에 대해서만큼은 성적 자기결정권을 강조해야 한다. 요즘은 초등학교 고학년이면 이성에 대한 호기심과 관심이 많다. 이성에게 좋아하는 감정을 전할 때 나도 안전하고 상대도 안전해야 한다고 알려주어야 한다. 아들에게 '너를 좋아해서 한 행동'이라고 가르쳐서는 안 된다. 딸들에게 '네가 행실이 나빠서 이런 일을 당했다.'고 자책하게 가르쳐서는 더더욱 안 된다.

좋아하는 사람에게 좋다고 말하는 것은 내 권리이다. 내 권리가 있는 만큼 상대방이 거절할 권리가 있다는 것을 알려주자는 말이다. 남녀 누가 먼저 뽀뽀하자고 해도 말한 사람이나 들은 사람 모두가 안전해지도록 가르쳐야 한다. 그러려면 엄마인내가 가지고 있는 성에 대한 태도를 점검해 봐야 한다.

결혼이라는 제도 안에 들어오면 자유로운 성생활이 보장되었다고 생각한다. 특히 남편들에게 더 권력이 있다. 문화센터에가서 자녀 성교육에 관심 있는 엄마들을 만나 물어보니, 대체적으로 그렇다고 한다. 여기서부터 이제 잘못된 성교육이었다. 어떤 엄마가 질문을 한다. "남자의 성은 본능이잖아요. 남자들은 느낌이 없다고 콘돔도 안 하려고 해요." "참 좋은 질문 감사합니다."라고 말해준다. 이어서 "내 딸들에게는 물려주지 맙시다."라고 호소하며 다음과 같이 이어갔다.

인간의 기본 욕구하면 크게 세 가지를 말한다. 식욕, 수면욕 그리고 성욕이라고 알고 있다. 나도 오래전에는 그렇게 생각하고 있었다. 이젠 아니라고 단언한다. 이렇게 가정해 보자. 만약에 한 달 동안 먹지도 않고 잠도 안 자면 죽을까? 안 죽을까? 모두 '죽는다.'고 대답한다. 그렇다면 한 달간 성관계를 하지 않았다면 죽을까? 안 죽을까? 중·고등학교 학생들에게 이 질문을 했다. 어떤 고등학생이 "죽을 거 같아요."라고 했다. 교실 안은 웃음바다가 됐다. 엄마들은 "안 죽네요."라며 웃었다. 맞다. 죽지는 않는다.

인간은 동물과 다르다. 동물은 발정기가 되면 무조건 교미를 해야 한다. 인간은 다르다. 만약 상대방과 합의 없이 했다면 범죄라고 알려야 한다. 우리 인간도 성욕이 본능이라면 아무 곳에서나 막 해야 한다. 운동장에서, 사무실에서, 기차 안에서, 버스 안에서 막 하지 않는다. 다 숨어서 한다.

이제 인간의 기본욕구는 식욕, 수면욕 그리고 성욕이 아니라 배설욕이라 생각한다. 오늘 하루 동안 화장실에 가지 말라고 하

내 딸들, 자존감 부자로 키웠다

면 어떻게 될까? 남자의 성이 본능이라는 것은 남성 중심적인, 성기 중심적인 성교육이 만들어 놓은 허구이다. 성욕을 해소하지 않으면 죽을 것 같다고 가르친 우리 사회의 성문화가 바뀌어야 우리 아이들이 안전해진다. 성기 중심적인 성교육이 아니라 인간 중심적인 성교육으로 바꾸는 거, 나부터 실천하자고 맘먹어 본다. 그래서 남학생과 여학생이 함께 있어도 안전한 사회를 만들면 좋겠다. 내 딸을 어떻게 키울 것인가? 예쁘게 커서 괜찮은 남자에게 간택 받는 걸 기다리게 키울 것인가? 스스로 괜찮은 남자를 간택할 수 있게 키울 것인가? 이건 엄마가 어떤 생각을 가지고 있느냐에 달려있다.

공부에서만 주도적인 학습이 있는 건 아니다. 주도적인 삶을 사는 것도 중요하다. 더불어 성에 대해서도 주도적인 관점을 가지는 것도 중요하다. 내가 주도적인 생각과 행동을 한다면 타인의 주도성도 인정할 수 있게 된다. 내가 소중하다는 것을 아는 사람은 타인에게 함부로 강요하거나 함부로 대하지 않게 된다. 그러기 위해서는 태도가 중요하다. 인생을 살아가는 태도, 사람을 대하는 태도, 성(性)을 올바로 이해하는 태도는 내 아이의 삶을 선택하고 책임지는 힘을 갖게 한다.

중·고등학생 딸에게 하는 엄마표 성교육

공적인 자리에서 성에 대한 토론이나 대화를 할 때는 대체로 꺼리거나 조심스럽다. 그런데 사적인 자리에서 뒷담화할 때는 편하게 하곤 한다. 특히 음담패설을 많이 한다. 나도 성에 대해 새롭게 공부하기 전까지는 음담패설을 했었다. 지금 생각하면 아찔하다. 그때는 음담패설이 성희롱이라는 것을 몰랐다. 유머라고 오해했다. 친구들이 네가 무슨 얘기를 하면 왜 이렇게 재미있냐며 칭찬과 함께 부추겼다. 그 시절은 아무런 문제의식이 없던 나였다. 어디선가 알게 모르게 자연스럽게 배웠다. 학교에서나 가정에서 가르치는 성은 '조심해라'였다. 아들들에게는 '꽃뱀 조심해라.', 딸들에게는 '아빠하고 오빠 빼고 다 늑대니까 조심해라.' 이렇게 양쪽 모두에게 상대방을 조심하라고만 가르쳤다. 조심하라고만 배운 덕분에 언제나 행실 탓을 들었어야 했다.

먼저 '사랑'에 대해서 말하고 싶다. 학생들에게 "사랑이 무슨 뜻인지 아는 사람? 사랑해 본 적 있어요?"라고 질문한다. 사랑이라는 말만 했는데도 책상을 치거나, 소리를 지르거나, 부끄럽다며 고개를 떨어뜨리는 등등 여러 가지 반응들이 나온다. 엄마들에게도 질문해 봐도 반응은 학생들과 별반 다르지 않다.

'사랑'하면 느낌과 감정이 있고 행동이 있다. 느낌은 생각만 해도 설렌다. 구름 위를 걷는 것처럼 들뜨기도 한다. 행동도 있다. 사랑할 때의 행동은 상대방이 싫어하는 행동은 하지 않는 거다. 상대방을 내가 통제하려고 하지 않는 거다. 내가 한 행동은 내가 책임지는 거다. 예전에는 간혹 사랑이라고 착각하는 경우도 있었다. 헤어지자고 하니까 문자를 수도 없이 보내는 행동, 문자에 답을 안 하니까 전화를 계속하거나, 전화도 안 받으니까 집 앞에서 기다리고 있는 행동은 사랑이 아니다. 이젠 스토킹 범죄가 될 수 있다. 나의 제안이나 요구는 상대방이 무조건 들어줘야 하는 게 아니라고 엄마가 말해주자. 내 지인 중에도 대학교 때 미팅한 남자에게 사귀지 않겠다고 거절하니까 산속 절벽으로 데리고 가서 같이 떨어져 죽자고 했단다. 너무 무서워서 이불을 뒤집어쓰고 학교도 가지 못했단다. 일주일이 지나니까 "내가 얼마나 좋으면 그랬을까?"라는 생각이 들었다고 한다. '이 남자, 내가 인간 만들어 보자.'라는 측은지심 발동이다. 똑똑하고 어디 내놓아도 손색없는 내 딸들에게 평강공주병은 안 된다.

「사랑이란 빠지는 것이 아니라 참여하는 것이다. 받는 것이 아니라 주는 것이다. 사랑이란 열정과 정서감정이고, 상대방의 성장과 행복을 증진시키는 모든 행동양식이다. 사랑이란 인간의 가장 근원적인 감정으로서 순간적인 정서감정 이상의 인격적인 교제다. 가치의 교류를 가능하게 하는 힘이다. 사랑은 자신의 욕구나 충동을 만족시키는 쾌락과는 구별된다. 어떤 의미에서는 생존과도 밀접한 관련이 있다. 특히 성숙한 사랑은 상대방의 자아를 성장시킬 뿐 아니라 자신도 성숙해 가는 소중한 경험이라는 것을 알 수 있다. 사랑은 성장한다. 사랑은 많은 경험을 통하여 성장하는 것이다.」

에릭 프롬이 말하는 '사랑론'에 있는 사랑에 대한 멋진 말이다. 사춘기 시절에는 성에 대한 호기심이 높다. 이성과 같이 있을 때, 손만 잡아도 찌릿한 전율을 느낀다. 내가 만난 학생들이 이 경우 사랑이라고 알고 있었다. 사랑에 대해서 잘못 알고 있는 경우에는 이런 전율을 사랑이라고 착각한다. 그것은 사랑이 아니라 몸의 반응이고 욕구이다. 사랑과 욕구에 대해서 구별할 줄 알아야 한다.

남녀학생 둘이 밤하늘에 별을 보면서 데이트를 하고 있었다. 여학생은 좋아하는 오빠랑 같이 있으니까, 자신이 드라마 속의 여주인공 같다는 생각을 했었다고 한다. '남학생은 무슨 생각을 할까요?'라고 질문을 던진다. 많이 하는 대답이 있다. '지금 키스를 할까, 조금 있다 할까.'라고 한다. 또 한 남성이 한 말이다. "진도 나갈 생각하지요." 요즘 고등학생들에게 물어봐도 비슷한 답변이 나온다. 가끔 "선생님, 우릴 왜 가해자 취급하세요?"라고 항의하는 남학생도 있다. "오늘 너랑 자고 싶어."라고 어떤 남학생이 말하자 "분위기 깨지게 뭘 물어요."라고 맞장구를 친 여학생도 있다. 나는 상대방의 의사를 물어봐야 한다고 강조한다.

'이 밤에 나를 따라왔으니 이미 반은 승낙일 거라고 생각하지 않아야 내가 안전해진다. 묻지도, 따지지도 않는 것이 아니라 물어봐야 내가 안전해진다. 이제 상대방의 의사를 물어보는 아들딸로 키우자. 나의 의사를 물어오는 친구에게 내 의사를 말할 수 있는 아들딸로 키우자. "안 돼!"라고 말할 수 있어야 하고, 안 된다는 말을 들어주는 데이트를 하게 해야 한다. 상대방이 나의 요청을 거절한다면 누구라도 기분이 좋지 않을 수는 있다. 이제 기분 나빠하지 않아야 한다고 알려주는 엄마들이 많아졌으면 좋겠다.

실연을 당한다면 더욱 속상할 수 있다. 이제 내 딸들은 물론 아들들에게도 들려주고 싶은 말이 있다. 예를 들어, 누군가가 나의 요청을 거절했다면 그 거절로 인해 자존심을 상해하지 않아도 된다. 그 거절은 내가 요청한 그 행동에 대한 거절이지, 나 자신을 거절한 것은 아니기 때문이다. 조금 서운하고 속상할 수는 있다. 그 이상도, 그 이하도 아니다. 특히 상대방이 성적인 행동을 거절할 때는 더욱 자존심 상해하지 않아도 된다. 성적인 행동을 거절한 거지, 인간자체를 거절한 것이 아니기 때문이다. 성적자기결정권을 인정해 주지 않는다면 스스로 위험질 수도 있다.

내가 강의할 때 교육용으로 사용하는 영상 중에 〈동의의 의미〉라는 영상이 있다. '섹스 할래?'라는 말을 '차 마실래?'로 바꾸어서 만든 영상이다. 내용인즉슨 이렇다.

「'차 마실래?'라고 물었는데 '아니, 안 마실래'라고 하면 물을 끓이지 말라는 것이다. '너 나랑 차 마실래?'라고 물었는데 '응, 마실게.' 그래서 차를 끓여왔더니 갑자기 안 마신다고 했다면 수고롭게 차를 끓여왔는데 안 마신다고 했다 해서 짜증 내지 말고, 강제로 차를 들이붓지 말라는 것이다. 또 '차 마실래?'라고 물었는데 마신다고 해서 끓여왔더니 반쯤 마시고 기절했다고 해서 나머지 반을 강제로 들이붓지 말라는 것이다. 지난주에

내 딸들, 자존감 부자로 키웠다

나랑 차를 마셨다고 해서 오늘도 나랑 차를 마실 거라고
생각하지 말라는 것이다.」

이것이 〈동의의 의미〉 영상의 줄거리다. 상대방의 제안에 '예
스 또는 노라고 말할 수 있게 키우려면 어떻게 해야 할까? 용기
를 내서 '안 돼'라고 말했는데도 들어주지 않는 경우가 있다. 외
국에서는 'No'라고 하면 'No'라고 받아들이는데, 우리는 'No'를
'안 돼'가 아닌 '싫어'로 받아들이는 경우도 있다. 그래서 싫다고
하는 상대방에게 선물공세를 하거나 협박을 해서 끝내 '좋게' 만
들어야 한다는 생각은 위험하다. '안 된다.'고 말하면 '안 돼요,
돼요. 돼요, 돼요. 열 번 찍어 안 넘어가는 나무가 어디 있냐'라
는 잘못된 생각, 바로 통념이다. 이 통념을 깨면 좋겠다. '안 돼'
라는 말을 들어줄 줄 모르는 친구는 한 트럭으로 와도 버려도
아깝지 않다. 거절을 받아들여 주는 사람이 진짜 멋진 사람이
다." 내가 내 딸들에게 했던 내용 중에 하나이다.

부부는 일심동체가 아니다. 이것을 알기 위해서는 사춘기 시
기부터 사랑이 무엇인지, 동의의 의미는 무엇인지를 정확하게 이
해해야 한다. 사람은 다른 사람과 한 몸으로 존재할 수 없다. 부
부 사이이든, 부모 자식 간이든, 데이트하는 남녀이든, 그들 사
이에는 늘 거리가 있다. 그 거리를 인정하고 받아들여야 실망할
일도 없고, 후회할 일도 없다. 그래야 안전한 관계가 된다. 사랑

보다는 믿음을 더 귀히 여기는 것을 배워야 한다. 사춘기 때부터 나와 다른 타인을 인정하고 받아들이는 관계를 훈련하는 연애여야 한다. 사춘기 아이들이 칼릴 지브란의 〈결혼 축가〉라는 시를 읽고 나서 데이트를 하고, 연애도 많이 했으면 좋겠다. 지금 당장 검색해 보고 내 아이에게 건네주길 바란다.

디지털 이주민이 알아야 하는 성교육 1

둘째가 초등학교 4학년 때 있었던 일이다. 둘째에게 메일이 와있어서 클릭해 봤는데 음란물(지금은 불법 영상물이라고 한다.)이 떴다고 한다. 아무리 클릭해서 꺼도 계속 팝업창이 열렸다고 한다. 매우 당황한 둘째는 엄마인 나에게 "엄마 미안해. 내가 보고 싶어서 본 게 아니라 친구가 보낸 메일인 줄 알고 클릭했는데 이상한 게 나왔어."라고 말했다. 나는 "놀랐겠구나. 엄마한테 말해줘서 고마워. 그건 잘못된 방법으로 돈을 벌려는 사람들이 만들어 놓은 잘못된 영상이야. 혹시 또 앞으로 이런 거 보게 되더라도 지금처럼 놀라지 않아도 돼."라고 말해줬었다. 그때 만해도 지금처럼 단톡방이나 메타버스 같은 것이 없을 때였다. 요즘 아이들은 거의 대부분 휴대폰을 가지고 있다. 그리고 컴퓨터도 있다. 배우지 않아도 생득적으로 사용방법을 안다. 말을 하지 못

하는 영유아도 스마트폰을 손가락으로 긋는다. 식당에 가보면 아이들에게 스마트폰으로 유튜브를 틀어 주어야 식사를 편하게 할 수 있다. 이 정도로 디지털문화에 밀착되어 살고 있다. 그래서 신조어로 요즘 아이들을 '디지털 원주민'이라고 한다. 휴대폰과 컴퓨터가 없던 시대에 태어난 기성세대를 '디지털 이주민'이라고 한다. 나는 휴대폰에 앱 하나를 깔려고 해도 뭐가 그리 복잡한지 어렵게 느껴지기도 한다. 원하지 않아도 이제는 디지털 문화 속에서 살아가고 있다. 요즘 청소년들은 마주 앉아 있어도 카톡으로 대화를 한다. 문화 자체가 다르다. 단 한순간도 인터넷이나 휴대폰 없이는 살아가기 어려운 세상이다. 얼마 전 카카오톡 회사에서 불이 나는 바람에 카톡이 마비되어 우리 모두 어려움을 경험한 바 있다. 두말하면 잔소리다. 디지털 세상에 올바른 것만 있다면 문제가 없다. '이 사이트에는 접속하지 마라.' '여긴 접속해도 괜찮다.'라고 부모가 일일이 쫓아다니면서 가르쳐줄 수도 없다. 설사 된다 해도 쫓아다니면서 '해라' '마라' 하면 안 된다. 물고기를 잡아주는 대신 물고기를 잡는 법을 가르치라는 말은 성교육에도 해당되는 말이다. 디지털 세상에서 스스로 옳고 그름을 판단할 수 있게 해주는 교육이 절실히 필요하다.

몇 년 전에 초등 5학년 딸을 둔 엄마와의 상담내용이다.

딸이 친구들 대여섯 명이 모여 있는 단톡방(추측건대 오픈채팅방

내 딸들, 자존감 부자로 키웠다

인 듯하다.)에서 대화를 했다고 한다. 모르는 사람이 들어와서 성기 사진을 보냈다고 한다. 눈 깜짝할 사이에 벌어진 일이었고, 다들 놀란 와중에 한 여자아이가 친구들에게 "오늘 있었던 일을 엄마 아빠한테는 절대로 말하지 말자. 엄마 알면 혼나잖아."라고 했다고 한다. 상담해 온 엄마의 딸은 이런 사실을 엄마에게 말한 것이다. 그 엄마는 "일단 괜찮다고는 했는데요. 더 뭐라고 말해줘야 할지 모르겠어요."라고 걱정스러운 듯이 말했다. 딸을 혼내주고 싶은 마음도 있었다고 한다. 우선 "놀랐겠구나. 네 잘못은 아니야. 엄마한테 말해줘서 정말 고맙다."라고 해야 한다. "인터넷에는 좋은 사람들만 있는 게 아니다. 신체 사진을 올리고 나간 사람은 범죄를 저지른 거다. 더 위험한 상황에 노출될 수도 있다. 지금 같은 상황이 언제 어디서 또 일어날 수도 있다. 그때마다 너무 놀라지 말고, 지금처럼 엄마한테 말해도 된다."라고 말해주어야 한다. 조금이라도 아이를 혼내거나 겁을 주면 안 된다. 생각해보면 알지 않는가? 단톡방에서 대화하는 아이들이 잘못인가? 성기 사진을 올린 사람이 잘못인가? 삼척동자도 다 알 수 있는 일이다. 그런데 혼날까 봐 부모님에게 말하지 말란다. 심각하게 생각할 문제다. 혼을 내게 되면 아이는 죄책감을 가지게 된다. 다음부터는 엄마에게 말하지 않게 된다. "많이 놀랐겠다."라고 인정해 주어야 한다. 아이와 자연스럽게 대화할 수 있는 계기가 된다. 부모에게는 어떤 위험한 상황도 말할 수 있어야 한다. 오래전에는 음란물이라고 했었다. 그때는 각본에 따라 연기를 했다. 한 컷 한 컷 찍어서 편집해서 모아놓은 것이다. 쾌락만을 비정상적으로 모아놓았기 때문에 호기심을 자극하기 쉽다. 요즘은 불법 촬영물이다. 실제로 성폭력 하는 장면을 불법으로 찍고, 성관계하는 장면을 찍은 것들이다. 불법 촬영과 불법 유포, 유포 협박 등은 모두 디지털 성범죄에 해당된다.

수년 전에 고등학교 3학년 학생들을 대상으로 성교육을 할 때 일이다. 음란물과 불법 촬영물에 대한 폐해를 말했다. 심각하게 듣는 아이들, 건성으로 듣는 아이들, 설마 하는 표정의 아이들 등 다양했다. 마무리하면서 질문 있는 사람은 질문하라고 했다. 한 남학생이 손을 들었다. "선생님, 자위하면 안 돼요?" 엥? 이런 질문은 이젠 중학생도 안 하는 질문이다. 지금 고3이다. 나는 어처구니가 없었다. 놀라웠다. 순간, '어처구니가 없는 일이 아닐 수도 있지. 이렇게 순진한 고3 남학생이 있다니.' 하며 부드럽고 친절하게 설명을 이어갔다. "자위하면 머리 나빠진다. 키 크지 않는다. 이거 다 거짓말이다. 걱정하지 말고 손 깨끗이 씻고 아무도 안 보는 데서 해도 된다. 이것은 본인만의 사생활이니까 누구한테 자랑할 일도 아니다. 다만 자위하는 횟수가 너무 많아서 수업시간에 졸거나, 공부에 지장이 있거나, 일상생활이 안 될 정도로 자위 생각만 난다면 전문가에게 상담을 받으면 된다."고 정중하고 따뜻하게 일러줬다. 대개는 이쯤 되면 "아, 그렇구나. 감사해요, 샘!"이라는 말이 나올 줄 기대하고 있었다. 그때 질문한 학생이 '뭔 개소리예요.'라는 표정과 목소리로 "선생님, 자위는 해도 된다고 하면서 음란물을 못 보게 하면 어떻게 자위를 해요?"라고 따지듯 말하는 것이었다. 나는 그 순간 기절할 뻔했다. '내가 이렇게 순진한 성교육 강사라니…'라며 반성 모드로 갔었다.

성은 비정상적으로 발전하고 있다. 더 비정상적인 것, 더 폭력적인 것을 찾는다. 미국의 심리학자 '빅터 클라인'이 말한 음란물의 중독 4단계가 있다. 1단계는 호기심에 보는 단계, 2단계는 더 강한 영상을 찾는 단계, 3단계는 음란물의 내용이 일반적인 모습이라고 생각하는 단계, 4단계는 실제로 경험해 보고 싶은 욕구를 느끼는 단계로 구분했다. 안 보면 허전한 단계를 넘어서서 음란물을 안 보면 자위가 안 된다고 하는 정도라면 심각한 단계다.

인간이라면 누구나 불안을 느낀다. 불안은 좋은 불안과 나쁜 불안이 있다. 좋은 불안은 다음 주가 시험기간인데 불안하지 않으면 시험공부를 하지 않는다. 횡단보도 앞에서 자동차가 달려오는 데도 불안하지 않으면 위험해진다. 나쁜 불안은 가정폭력이 심한 가정에서 두렵고 불안한 경우이다. 이때는 게임을 한다든지 우연히 접하게 된 음란물이나 불법 영상물, 불법 촬영물을 보게 된다. 이 순간만큼은 불안을 잊어버리게 된다. 안타깝게도 게임이나 음란물은 중독성이 있다. 더 강한 거, 더 폭력적인 것을 찾게 된다. 위의 고3 남학생처럼 음란물을 봐야 자위를 할 수 있다면 심각하지 않은가? 디지털 세상에서 살아가는 우리 아이들에게 더 이상 위험한 것에 노출되지 않도록 해줘야 하는 것이 어른들의 역할이다. 이제 더 이상 '휴대폰 그만 보고 공부해라.'라는 말은 통하지 않는 세상이다. 오죽하면 디지털 원주민이라는 신조어가 생겼겠는가? 그 아이들에게 옳은 것과 잘못된 것을 구별하고 선택할 수 있는 힘을 길러주는 방법을 찾는 것이 어른인 우리들의 몫이 아닐까라고 생각한다.

위험한 상황에 노출된 아이들에게 도움을 주어야 하는 것이 부모이다. 부모에게 알려지는 것이 협박으로 통하는 세상에서 아이들이 안전할 수 있는 방법은 없다. 어른들이 만들어줘야 한다.

이런 우스갯소리가 있다. "아버지, 옛날에는 인터넷도 없고, 컴퓨터도 없고, 휴대폰도 없고, 카톡도 없고, 드론도 없었는데 어떻게 사셨어요?라고 아들이 물었다. 아버지가 대답했다. "오늘날 너희 세대는 인간미도 없고, 품위도 없다. 휴대폰, 인터넷, 게임 그런 거 없었지만 진정한 친구가 있었다."라고 말하는 것이 과연 요즘 아이들에게 먹힐 것인지 생각해봐야 한다. 꼰대 소리 듣기 십상이다. 안전한 디지털 세상을 취사선택할 수 있도록 힘을 주는 것이 더 먼저다. 디지털 성범죄자들에게는 강력한 처벌이 따라야 한다. 어른으로서 책임감이 느껴지는 대목이다.

내 딸들, 자존감 부자로 키웠다

6.

디지털 이주민이 알아야 하는 성교육 2

엄마 낮잠 자는 모습 몰래 찍고, 엄마 샤워하고 옷 갈아입는 장면 몰래 찍어서 단톡방에 공유하는 일은 이미 오래전에 초등학생들의 놀이였다고 한다. '하지 마라. 위험하다.' 이런 말로 협박하는 엄마보다는 왜 나쁜 것인지 말해주는 엄마가 더 많아지면 좋겠다.

한동안 '우리 사회가 몰카'라고 했었다. '몰카'라는 말은 이제 쓰지 않는다. 몰카는 장난스럽고 그래도 되는 것처럼 가볍게 생각된다. 몰카는 찍는 사람 기준에서 하는 말이다. 찍히는 사람 기준에서는 불법 촬영이고 범죄다. 연예인 단톡방 사건으로 떠들썩할 때다. 지인이 카톡을 보냈다. 재미있는 거라고 하면서 보냈다. 열어봤다. "곧 삭제 예정. 빨리 보삼"이라는 제목 아래로 링크 주소창이 세 개 있었다. '김하나 동영상, 무삭제 영상, 성인물' 이런 제목이었다. 열어봤더니 김하나 동영상 제목에는 김 한 장이, 무삭제 영상에는 무 하나가, 성인물에는 생수에 성인물이 라고 적혀있는 사진이 있었다. 우리 사회가 이렇게 저급하다. 문제의식이 없다. 범죄까지도 유머로 소비하고 있다는 생각에 씁쓸했다.

초등학생을 대상으로 디지털 성범죄 강의가 있었다. '불법 촬영물은 범죄다. 친구의 얼굴이나 몸도 허락 없이 찍는 것, 찍은 사진 유포하는 것, 유포하겠다고 협박하는 것 모두 범죄다. 내가 찍지 않았더라도 절대로 봐서도 안 된다. 만약에 보게 되었다면 이건 공범이 될 수도 있다. 범죄라는 것을 잊지 않으면 된다.'라고 단단히 일렀다. 열심히 듣던 한 학생이 손을 들고 질문을 했다. "선생님, 그렇게 나쁘다면 못 만들게 하면 되잖아요. 그리고 불법 촬영물을 찍고 유포한 사람들을 체포해서 벌주면 되잖아요. 왜 우리 보고만 못 보게 해요?"라고 진지하게 말했다. 또박또박 예의바른 모습이 보기 좋았다. 어른으로서, 성교육하는 강사로서, 부모로서 부끄럽기까지 했다. 나는 "참 좋은 생각이다. 차분하게 발표하는 모습이 참 훌륭하다. 반 친구가 질문하는 동안 잘 들어준 나머지 친구들도 훌륭하다."고 감사 표시를 먼저 했다. 그리고 말을 이어갔다. "조물주가 동물과 다르게 인간에게는 생각하고 선택을 할 수 있는 능력을 주었다. 우리는 디지털

내 딸들, 자존감 부자로 키웠다

세상과 함께 살고 있다. '이것은 범죄구나. 불법 촬영물을 내가 찍지 않았어도, 다른 사람이 찍은 것을 본다는 것은 공범이나 마찬가지다.'라고 생각하면 된다. 동물들은 선택을 못 한다. 하지만 우리는 '선택'이라는 것을 할 수 있다. 아침에 5분 더 잘 것인가, 일어날 것인가도 내가 선택할 수 있듯이, 우리는 불법 촬영물을 내가 볼 것인가 말 것인가를 선택할 수 있단다."라고 말했다. 내가 말하고도 참 빈약하구나 싶긴 했다. 범죄자들은 놔두고 아직 어리고 힘없는 어린이들에게 잘 알아서 피해 가라고 하는 것 같아서 미안한 마음이 들었다.

디지털 성범죄에 어린 학생들이 노출된다. 처음부터 사진을 찍어 보내라고 하지 않는다. 처음에는 그루밍을 한다. 초등학생부터 고등학생까지 예외는 없다. 범죄자들은 순순히 말 잘 듣는 어린아이를 타깃으로 한다. 디지털플랫폼에는 좋은 사람만 있는 것이 아니다. 예를 들어, 버스정류장에 서있다고 치자. 위험한 상황이 되면 어쨌든 피할 수가 있다. 하지만 디지털플랫폼은 눈으로 보이지 않는다. 더 위험하다.

"너의 부모와 학교에 뿌린다."라고 협박을 한다. 이때 누구에게도 도움을 요청할 수 없는 아이는 어쩔 수 없이 또 보내게 된다. 엄마 아빠에게 이른다는 말이 협박이 되고 있다. 이건 아니지 않는가? "엄마 아빠에게 말해도 돼요. 우리 엄마 아빠는 나를 믿어요. 내 편이에요."라고 말할 수 있게 해주는 사회가 되었으면 좋겠다. 엄마 아빠와 선생님에게 말한다는 것이 협박으로 통하는 세상은 분명 바꾸어야 할 세상이다.

나의 아들과 딸들이 접하고 있는 디지털 성문화는 매우 위험하다. 위험한 상황에 빠진 아이들이 마음 놓고 털어놓을 분위기를 만들어 줘야 한다. 아이들은 부모나 스승 이외에 물어볼 곳이 없다. 요즘 아이들은 디지털 세상에 엄청난 왜곡된 정보를 만난다. 오프라인보다 온라인에서 더 많이 생활하고 있다. 스스로 판단하고 선택할 수 있도록 해줘야 한다. 그리고 디지털 성범죄자들은 강하게 처벌해야 한다.

학부모 대상 성교육을 할 때 강사인 나에게 강의 잘 들었다고 하면서 "이 교육, 우리보다 학생들이 들으면 좋겠네요."라고 말한 경우도 있다. "어른들이 먼저 바뀌어야 해요. 부모로서 먼저 바뀌면 아이들은 저절로 따라합니다."라고 했다. "사람들은 세상을 바꾸고 싶어 하지만 자신을 바꾸려는 생각은 하지 않는다." 톨스토이가 한 말이다.

힘들고 어렵더라도 엄마의 역할을 포기하진 말아야겠다. 선택을 할 수 있는 힘을 갖게 해주자. 더 이상 내 아들딸이 안전해지는 일에 물러섬은 없어야 한다. 범죄의 대상이 된 아이들을 탓하는 사회가 아니라 매일 청소년을 대상으로 하는 범죄자들은 강력히 처벌하는 사회가 되어야 한다. 그래서 디지털 성범죄자들이 언제든지 잡힐 수 있다는 것을 매일 보게 해줘야 한다. 그래야 우리 아이들이 안전한 디지털 세상을 살 수 있게 된다. 성숙한 사회는 아이들을 탓하지 않는다.

돈을 많이 번 사람들, 다이어트에 성공한 사람들, 인생 성공한 사람들의 공통점이 '고통'을 겪는다고 한다. 하지만 게임이나 음란물 등은 순간적인 쾌락만 있다. 끝이 좋지 않은 경우가 있다. 아이들이 노는 놀이터는 안전하고 재미있어야 한다. 안전하지 않으면서 재미만 있으면 위험하다. 고통이 따르지 않는 일은 아무 의미가 없는 일이다. 인터넷 게임이 바로 그렇다. 디지털 세상이다. 어쩌면 아이들이 손에 쥐고 있는 인공지능에 가까운 기계로 인해 '손안에 지옥'을 쥐고 있는 것이나 다름없다. 디지털 세상의 흑과 백을 제대로 알려줄 수 있는 어른들이 많이 있었으면 좋겠다.

드라마 같이 보며 딸에게 하는 성교육

이 책에서 말하는 성교육은 엄마들에게 하는 거다. 엄마들이 먼저 성에 대한 관점을 재정립한다면 내 딸들과 성에 대해서 허심탄회한 대화를 할 수 있게 된다. 성에 대해서는 가르친다는 생각보다는 함께 대화를 통해 토론해 가는 과정이라고 생각한다. 내 딸과 대화의 주제가 된다면 이보다 좋을 순 없다.

내가 지금까지 본 드라마의 내용은 한결같았다. 의사는 남자, 간호사는 여자였다. 요즘은 많이 바뀌었다. 숫자는 적지만 여자 의사가 나오는 드라마, 여자 검사가 나오는 드라마가 있다. 다양한 역할을 보여주는 모습이 보기 좋다. 개인적으로 운동과는 거리가 멀어서인지, 요즘 텔레비전에 나오는 예능 중에 〈골때리는 그녀들〉에 나오는 여자 연예인들이 참 멋지게 보인다. 그런데 아직까지도 남녀의 사랑에 대해서만큼은 달라진 게 없다.

나는 〈겨울연가〉 세대이다. 그때는 남자주인공이 '실장님'이었다. 요즘 드라마의 남자주인공은 거의 재벌 집 아들이고 본부장이다. 여자주인공은 가난하지만, 얼굴 예쁘고 성격 좋고 착하게 그려진다. 온갖 어려움을 헤쳐나가며 연애를 해야 한다. 이 연애를 무지막지하게 훼방 놓는 사람이 있다. 상상이 가듯이 바로 남자주인공의 부모다. 여기에서도 아버지는 합리적이고 이성적인 캐릭터다. 문제는 엄마다. 남자주인공의 엄마는 온갖 방법을 동원해서 여자주인공을 괴롭힌다. 지고지순하게 당하고 끝까지 온갖 수모를 겪어낸다. 고구마 열 개는 먹은 기분이 되곤 한다. 결혼을 해도 또 다른 시련이 기다린다. 대체로 이런 내용이다. 현대판 신데렐라라고 해도 과언이 아니다.

나처럼 평범한 집 딸들이 재벌을 만나서 결혼할 확률은 얼마나 될까? 장마철에 벼락 맞을 확률보다도 낮다고 한다. 그럼에도 끊임없이 보여주는 드라마로 '여자라면 힐러리처럼' 살고자 하는 딸들보다는 재벌을 만나서 한순간 신데렐라가 되고 싶은 꿈을 가지게 하는 현실이 있다.

이뿐만이 아니다. 드라마에서 남녀가 싸우는 장면이 나온다. 서로 말로 싸우다가 남자주인공이 말이 막히면 갑자기 기습키스를 하는 장면이 나온다. 이때 아름다운 백 뮤직이 나온다. 보는 이로 하여금 설레게 만든다. 현실에서 남자친구랑 싸우다가 갑자기 남자친구가 키스를 한다면 과연 설레일까? 현실이라면 절대 설레지 않는다. 기분 나쁘다. 때론 폭력이 될 수도 있다. 여학생들에게 물어봤다. "드라마 〈미안하다 사랑한다〉에서 남자주인공 소지섭이 여자주인공과 차 안에서 '너, 나랑 밥 먹을래? 죽을래?'라고 말하며 과속으로 달린다. 만약 드라마가 아니고 현실이라면 어떨까?" 대부분 여학생들이 "무서워요. 끔찍해요."라고 현실을 직시한다. 목숨이 위태로울 정도로 무서운 일이었음을 알게 된다. 드라마 다시 봐야 된다. "선생님, 소지섭이면 괜찮아요."라며 좋아서 웃는 여학생도 더러 있다. 드라마에서 여자 친구를 벽에 밀치며 기습 키스를 하는 경우도 종종 나온다. 싸우다가 기습키스를 하는 경우도 많다. 이때 여자주인공은 얼어붙은 듯이 꼼짝도 못 하고 있다가 달콤한 음악이 깔리는 순간, 스르르 눈을 감고 두 팔로 남자주인공을 감싸 안는다. 이런 장면을 그저 아름다운 장면이라고만 보는 것, 과연 괜찮을까? 만약 상대가 원치 않았다는 전제를 깔고 본다면 폭력적인 장면이다. 아름다운 음악이 흐르면서 위화감을 못 느끼게 하는 이 지점을 간과해서는 안 되겠다. 드라마는 한 컷 한 컷 슬레이트를 치고 찍어서 편집해서 모아놓은 거다. 우리는 다음 장면이 안전하다는 것을 알고 본다. 만약 현실에서 똑같은 일이 벌어진다면 이건 무서운 상황이 될 수도 있다. 이제 드라마도 엄마와 딸이 함께 보며 대화거리도 많이 만들어 보면 어떨까? 더불어 관계도 좋아진다면 금상첨화다.

"드라마를 드라마로 안 보고 너무 비약하는 거 아닌가요?"라고 하는 사람도 있었다. 소년분류심사원에서 만난 아이들이 한 말이 생각난다. "옛날 여자 친구는 음란물에 있는 것처럼 해주니까 좋아했는데요. 지금 여자 친구가 나를 신고했어요. 나가면 가만 안 둘 거예요."라고 억울해하며 볼멘소리로 한 말이다.

10대 여성이 출산한 아기를 버렸다는 뉴스를 접한다. "말세다 말세야. 쟤네 부모는 열 달 동안 배부른 것도 모르고 뭐했다냐?"라며 혀를 찬다. 그런데 아무도 상대 남학생 얘기는 하지 않는다. 임신한 여학생의 행실만 탓하는 문화에서는 우리 딸들이 안전할 수 없다. 임신한 여학생은 자퇴를 유도하고, 임신하는 데 함께한 남학생은 학교를 그대로 다니게 하든지, 아니면 다른 학교로 전학을 시킨다. 같이 만들었으니, 같이 책임지게 해야 하는 것이 아닌가 싶다. 학부모들에게 질문한다. "미혼모가 생기려면 누가 있어야 할까요?" "아빠요, 남자요."라는 대답이 나온다. "미혼부"라는 대답은 없었다. 인식조차도 없다. 요즘에는 간혹 '미혼부'라고 말하는 사람도 있긴 하다.

이제 성관계에 대해서도 딸들에게 제대로 알려줘야 한다. 학생들에게 '성관계'라는 단어를 들으면 떠오르는 것이 무엇인지 물어봤다. 대부분 '성관계'하면 섹스가 떠오른다고 한다. 성관계는 인간관계라고도 할 수 있다. 성관계는 손잡기, 악수하기, 어깨동무하기, 포옹하기, 키스하기 등 이 모든 것들이 성관계이다. 이런 성적인 행동을 할 때 여자가 주도하는가? 남자가 주도하는가? 정답은 힘이 있는 사람이 주도한다. 그 힘을 아직까지는 남자에게 더 많이 줬다. 남자가 주도한다. 청소년들도 다르지 않다. 드라마에서처럼 낭만적인 데이트를 꿈꾸고 있다. 게다가 폭력이라는 위화감을 느끼지 못하고 있다. 이제 엄마는 내 딸과 드라마를 같이 봐야 한다.

성관계 중에서도 섹스의 의미는 남녀에게 다르게 학습되었었다. 남자는 정액을 배출하고 쾌감을 느끼면 끝! 고등학생 정도 되면 "테크닉 알려주세요."라고 당당하면서도 장난기 가득한 표정으로 질문한다. "여자에게는 어떤 의미가 있을까요?" "......." 대답이 없다. 여자에게는 "생리, 피임, 임신, 임신중단, 출산, 육아 등의 의미가 있는 겁니다."라고 말해준다. 이 엄청난 의미를 듣고는 고개를 끄덕이는 학생들도 적지 않다.

우리나라도 미혼모가 생기면 끝까지 미혼부를 찾아서 미혼부와 함께 아이를 키우면서 학교를 다닐 수 있도록 시설을 갖춰 놓는다면 어떨까? 여학생만이 아니라 남학생들에게도 센서가 있는 아기인형을 키우며 시간 맞춰서 우유도 주고, 기저귀도 갈아주며 학교생활을 하게 하면 어떨까? 제시간에 아이를 잘 돌보지 않을 때, 그 센서가 울려서 아기 보는 시간을 일주일씩 연장하는 것은 어떨까? 성에 대한 힘을 더 가진 남학생들에게 정액을 배출하는 것은 이렇게 책임이 따르는 일이라는 것을 알게 해 주는 거다. 물론 여학생에게도 올바른 성교육이 필요함은 당연하다.

내 딸과 드라마를 같이 보기 위한 준비로 한 가지 더 말하자면, 성관계에 대한 네 가지 에티켓이다. 첫 번째는 사랑하는 사람하고만 성관계를 한다. 사랑이라는 단어의 뜻은 쾌락과는 다르다는 전제가 있다. 두 번째는 상대방에게 동의를 얻는다. 세 번째는 피임을 확실하게 한다. 네 번째는 자기가 한 행동은 자기가 책임지는 것이고, 책임질 수 있을 때 행동한다. 이 네 가지 에티켓도 꼭 내 딸과 함께 나누는 시간을 가지면 멋진 엄마가 저절로 될 수 있다. 나의 경험이다.

때로는 드라마 같은 인생을 살고 싶어 한다. 영화 속 주인공이 되고 싶어 하기도 한다. 이미 내 인생이라는 드라마에는 주인공임을 잊지 말자. 카메라의 시선이 누구의 시선인지도 볼 수 있어야 한다. 드라마의 여주인공만 부러워할 시간에 내 삶의 드라마에 실제 주인공임을 인식한다면 드라마보다 더 드라마틱하게 살 수 있다. 여기에 내 삶의 각본도 내가 쓰는 것은 필수다.

8.

전래동화 속에 숨어 있는 성교육

'벼는 익을수록 고개를 숙이지만, 책은 읽을수록 똑똑해진다.'라는 말이 있다. 참 잘도 만들어낸다 싶다.

책을 많이 읽어야 한다. 책 속에 길이 있다. 책을 읽어야 성공한다. 성공한 사람들은 모두 독서를 많이 한 사람들이다. 글을 잘 쓰기 위해서도 독서는 필수다. 인간만이 독서를 할 수 있다. 독서의 중요성은 두말하면 잔소리다. 독서를 하면 지식만이 아닌 지혜도 생긴다. 사고능력이 향상된다. 독해력이 생기고, 어휘력도 증가한다. 시야도 넓어진다. 머리가 좋아진다. 상상력이 풍부해진다. 아이디어도 생긴다. 집중력도 높아진다. 상상력을 발휘한다. 공감능력이 향상된다. 이렇게 독서의 좋은 점은 셀 수 없이 많다. 아이들에게 어려서부터 독서하는 습관을 갖게 하고 싶어 엄마들은 많은 노력을 기울인다. 다양한 장르의 책이 있다.

그중에서 어린이들을 위해서 전래동화도 많이 읽게 한다. 전래
동화는 선과 악에 대한 이야기다. 착한 일을 하면 복을 받고, 나
쁜 일을 하면 벌을 받는다는 권선징악의 내용이 많다. 등장인물
의 삶을 간접 경험하면서 생각의 폭을 넓히게 된다. 또 내가 등
장인물이었다면 어땠을까를 생각해 보기도 한다. 그러면서 공감
능력도 키운다. 이 나이가 되었는데도 수십 년 전인 어렸을 때
읽었던 〈해와 달이 된 오누이〉가 생각난다. 너무 무섭고 슬펐던
기억이 지금도 있다.

또 하나 기억에 남는 전래동화가 있다. 바로 〈선녀와 나무꾼〉
이다. 홀어머니를 모시고 살면서 장가도 못 간 착한 나무꾼이 사
냥꾼에게 쫓기는 사슴을 구해주었다. 장가를 가고 싶다는 소원
을 들은 사슴이 방법을 알려주었다. 선녀가 목욕하고 있는 연못
에 가서 선녀의 날개옷을 훔치라고 말이다. 집으로 데리고 가서
살면 된다고 했다. 딱하나, 아기를 세 명 낳을 때까지는 절대로
날개옷을 주지 말라고 당부했다. 아이를 두 명 낳고 사는데도
선녀는 늘 하늘나라를 그리워했다. 마음씨 착한 나무꾼은 슬퍼
하는 선녀에게 날개옷을 주었다. 선녀는 날개옷을 입더니 두 아
이를 데리고 하늘나라로 올라가 버렸다. 선녀가 너무 그리운 나
머지 나무꾼도 두레박을 타고 하늘나라로 올라갔다. 대충 이런
내용이다. 나는 나무꾼이 참 불쌍했다. 착한 나무꾼을 두고 아

이들까지 데리고 하늘나라로 가버린 선녀가 야속하기까지 했었다. 착한 나무꾼이 끝까지 복을 받지 못한 것에 안타까운 마음도 들었었다. '동화 다시쓰기'라는 학습을 통해서 누구의 관점으로 보느냐에 따라 달라진다는 것을 깨달았다. 그 동화는 나무꾼의 입장으로 쓰여졌고, 나무꾼의 입장으로만 읽혀졌다. 나도 나무꾼의 입장으로만 세상을 보고 살았던 것이다. 나무꾼의 입장에서는 아무 문제가 되지 않는다. 이제 바야흐로 성인지 감수성이 요구되는 21세기를 살고 있다. 성인지 감수성이 필수인 사회가 되었다. 내 딸들과 동화 다시 읽기를 시작하자.

다른 사람의 옷을 훔쳐왔다. 무슨 죄인가? 절도죄이다. 그런데 이 책에서는 절도죄라는 것을 알려주지 않았다. 선녀가 목욕하는 것을 몰래 훔쳐봤다. 성폭력 중의 하나가 될 수 있다. 다른 선녀들은 하늘나라로 올라갔는데, 옷이 없어져서 울고 있는 선녀를 친절하게 집으로 데리고 갔지만, 선녀가 원치 않았다면? 납치다. 선녀가 나무꾼과의 사이에 아이 낳는 것이 싫었다면? 강간이다. 선녀가 날개옷을 입고 하늘나라로 아이들을 데리고 올라가자, 나무꾼이 두레박을 타고 따라 올라갔다. 선녀가 나무꾼이 따라오는 게 싫었다면? 스토킹 범죄이다. 선녀가 행복했다면 나무꾼을 두고 하늘나라로 올라갔을까? 선녀는 나무꾼과 사는 동안 하늘나라에 있는 부모, 형제, 친구들, 고향이 얼마나 보고 싶고, 가고 싶었을까? 그 누구도 선녀의 마음을 헤아리지 않았다. 친구들과 목욕하러 갔다가 돌아오지 않는 선녀를 기다린 부모의 입장은 어땠을까?

나도 어렸을 때 이 전래동화를 읽으면서 선녀의 입장을 전혀 생각하지 못했다. 나무꾼의 입장만 생각했었다. 선녀의 입장을 알고 난 다음부터 나도 적지 않은 충격을 받았었다. 여학생들에게 물어봤다. "내가 목욕을 하고 있는데, 모르는 남자가 몰래 훔쳐본다면 기분이 어떨까?" "무서워요. 끔찍해요."라고 소리를 지른다. 같은 질문을 남학생들에게도 해봤다. "목욕을 하고 있는데, 모르는 여자가 훔쳐본다면 기분이 어떨까?" 여학생들하고 똑같이 "무서워요."라고 말하면서 웃기 시작한다. "이상한 여자예요. 미쳤나 봐요." "와, 좋지요. 들어와, 들어와."라며 책상을 치고 웃으면서 난리다. 이렇게 같은 상황인데도 다르게 받아들이고 있다. 누가 가르쳐 주지 않았지만, 알게 모르게 여자와 남자는 서로 다른 잣대로 성교육을 받고 있었다. 요즘 초등학생들도 선녀와 나무꾼의 이야기를 알고 있었다. "나무꾼은 어떤 사람이지요?" "착한 효자요."라고 대답하는 아이들이 아직도 많다. 몇몇 아이들은 "변태요. 범죄자요."라고 한다. 초등학생 남자아이가 나에게 질문을 했다. "선생님, 선녀가 그 연못으로 목욕하러 온 것이 잘못 아닌가요? 누가 거기로 목욕하러 오랬나요?" 이 학생은 자신의 질문이 여자의 행실을 탓하게 되는 질문이라는 것을 알고 한 것은 아닐 것이다. 이제부터 가해자를 옹호하고, 피해자의 행실을 탓하는 잘못된 통념을 그대로 학습하지 않게 해야겠다. "좋은 질문 해줘서 고맙다. 맞다. 선녀도 그 연못에 가서 목욕을 하면 자기의 옷을 훔쳐간 그 남자를 따라가서 살아야 한다는 정보를 알았다면 안 왔겠지." 그러면서 남학생들에게 질문했다. "만약에 너에게 목욕하고 있는 선녀의 옷을 숨기고 데리고 가서 결혼하라면 하겠니?" "어휴 미쳤어요? 모르는 여자인데요."라고 대답한다.

"나무꾼보다 더 약자가 선녀였다면 선녀보다 더 약자가 또 있다. 바로 선녀의 아이들이다. 아이들 입장에서 보면, 어느 날 알고 보니 우리 엄마가 사람이 아니고 선녀였단다. 매우 놀랄 일이다. 엄마를 따라 하늘나라 외갓집에 갔다. 처음엔 해외여행 온 것처럼 즐겁고 신기했다. 그런데 시간이 좀 지나니까 땅에 있는 할머니와 아버지가 보고 싶어진다. 그리고 하늘나라에 있는 애들하고 말도 통하지 않는다. 왕따를 당하고 있다. 어떤가? 나무꾼만이 아닌 선녀와 아이들의 입장에서 다시 쓴 동화가. 여기서 선녀와 나무꾼의 이야기는 끝이 아니다. 이 동화에 나오는 또 다른 주인공, 바로 사슴이다. 만약 사슴이 사람이었다면 사슴도 범죄가 최소 세 개 있다. 첫째, 목욕하는 장소와 선녀의 옷을 훔쳐가라고 알려준 알선죄, 또 나무꾼의 범죄를 모른 척한 방조죄,

또 하나는 타인의 개인정보 유출이다.

무조건 읽히지 말라기보다는 책을 읽고 상대방의 입장에서 다시 보는 감수성을 키워야 한다. 실제로 문화센터에서 만난 엄마들이 걱정을 한다.

"예전 전래동화는 무서워서 읽힐 수가 없어요."

아버지를 위해서 인당수에 몸을 던진다는 〈심청전〉의 이야기는 아동학대가 아니냐고 하는 엄마도 있었다. 부모에 대한 효를 강조한 내용이었는데, 어린 심청이의 입장에서 다시 보니 끔찍하다. 그렇다면 이제부터 전래동화는 절대로 읽히지 말아야겠다고 다짐하라는 말은 아니다. 내 딸과 함께 읽으면서 성에 대한 감수성을 키울 수 있는 학습 자료가 되어도 좋겠다. 어디서도 배울 수 없는 엄마표 성교육이 될 수 있다.

중학생 아들을 키우는 엄마가 걱정스럽게 성교육의 중요성을 말한다.

"지금 공부가 중요한 게 아니에요."

지하철 화장실에서 여성을 살해한 범죄를 보고 놀라서 달려온 거다. 어떤 엄마는 고등학생 아들에게 "엄마는 할머니 빨리 되기 싫다. 어느 날 갑자기 애기를 안고 들어오는 것만은 하지 말라."고 애원한다고 한다. 한바탕 웃음을 짓게 한 이야기지만, 이 엄마의 말이 남의 일이 아니라고들 한다. 물론 동화책만 다시 읽으면 성교육이 완성되는 것은 아니다. 다만 전래동화를 통해서 상대방의 입장에서 볼 수 있는 눈을 가지길 바라는 것이다.

이제 당당히 내 딸들에게 말할 수 있다. 막연히 걱정만 하는 엄마들이 있다면 안심하라고 말해주고 싶다. 내 딸에게 자신의 생각과 감정을 언제든지 말하게 하면 된다. 전래동화 중에 '이것은 이래서 읽지 마. 저것은 저러니까 읽지 마.'라고 잔소리처럼 하라는 게 아니다. 상대방의 입장에서 읽어보면 답이 나온다. 내가 아는 만큼 다른 사람에게 휘둘리지 않을 수 있다. 성에 대해서만큼은 더 이상 터부시하고 감춰서는 안 된다. 내 딸을 위해서라면 엄마가 먼저 공부해서 입장을 정리해 놓는 센스, 위험한 상황임을 알아차릴 수 있고, 도움을 요청할 수도 있는 딸로 키우게 된다. 내 딸이 주도적으로 자기 인생을 개척하게 하는 지름길이 된다. 뺏고 뺏긴다는 것으로 생각하지 않고, 서로 나누고, 즐기고, 각자 책임지는 것으로 배워야 한다. 남녀가 함께 있어도 안전하고 행복하다면 얼마나 좋겠는가.

사물을 관찰할 때, 그것을 바라보는 방향이나 생각하는 입장을 갖는다는 것은 또 하나의 눈이 생긴다는 것이다. 물론 사람을 볼 때도 마찬가지다.

동화 속에 공주가 아닌 현실 속에 공주 만드는 법

동화 속에 나오는 공주들은 정말 행복했을까? 나도 어렸을 때 그 공주들이 부러웠다. 우리 엄마 아빠는 싸우기도 하고, 돈 걱정도 하고 살던데, 동화에 나오는 공주들은 모두 행복하기만 했다. '공주로 태어나지 못한 나는 저렇게 행복할 수 없겠지.'라는 생각도 했었다. 한 번도 공주처럼 드레스를 입어본 적도 없다. 그래서인지 첫째 딸을 낳고 나는 깔 맞춤으로 공주처럼 드레스를 화려하게 입혔던 것 같다. 내가 못 해봤기에, 내 딸을 공주로 만들고 싶었다. 그러나 '임꺽정 여자 친구'라는 별명을 얻었던 둘째가 오히려 더 공주 대접을 받았다고 말한다. 옷만 예쁘게 입는다고 공주가 되는 것이 아니라는 것을 그때 깨달았다.

부모들은 내 자식을 다 잘 키우고 싶어 한다. 상담현장에서 만난 사람들 중에 아버지 없이 자라거나, 부모의 사랑을 못 받고 자란 사람들은 더 잘 키우고 싶어 하는 경우가 많았다. 그래서 자기 자식에게 더 집착했다. 본인 자신은 그것이 집착인 줄 모르고 있었다.

'내가 다 너 잘되라고 하는 거다. 나는 아버지 없이 어려서부터 고생하고 살았다. 내게 아버지가 계셨다면 지금보다 더 잘 살았을 거다. 내 말을 잘 들어야 한다고 다그치고 혼내고 때리기까지 한다. 그래놓고 또 때려서 미안하다고 한다. 아이들은 혼란스러울 뿐이다. 자기 상처는 자기가 해결해야 한다. 그 상처는 아버지와 해결해야 한다. 혹 아버지가 돌아가시고 없다고 해도 상담을 받는다든지 해서 스스로 해결해야 한다. 자식들에게 대리만족하려고 하면 자식이 힘들어진다.'

상담현장에서 만난 어느 아버지와의 이야기이다. 이건 엄마들도 마찬가지다. 나도 내가 공주처럼 예쁘게 입어 본 적이 없어서 첫째 딸을 내 만족으로 입히고 꾸며주었었다. 지금도 첫째가 말한다. 머리 묶을 때도 눈꼬리가 양쪽으로 올라갈 정도로 꼭 묶어줘서 엄청 아팠단다. 아프다고 하면 엄마가 큰 빗으로 내 머리를 때리면서 예쁘게 해줄 거니까 참으라고 했단다. 그래서 아이는 울 수밖에 없었다. 미안하다고 첫째 딸에게 사과했지만, 지금도 무언가 건수만 생기면 그때 그 일을 들추어낸다. 아직도 상처로 남아 있다는 것을 알기에 "엄마도 엄마가 처음이라서 그랬어. 미안해!"라고 또 사과한다. 내 딸이 진짜 공주로 살게 하고 싶은 엄마라면 이제 동화 속의 공주의 입장이 되어 보자. 백설 공주, 잠자는 숲속의 공주, 엄지공주 등 참 많다. 그들은 하나 같이 왕의 딸이고 능력도 있지만, 자기 인생은 스스로 개척하지 못한다. 백설 공주는 독이 든 사과도 먹는다. 나보다도 더 취약한 일곱 명의 난장이들의 도움을 받으며 살고 있다. 백마를 탄 왕자가 나타나서 키스를 해줘야 마법이 풀리는 인생이다. 내 딸만큼은 동화 속의 공주 신드롬에서 깨어나게 해야 한다. 그래야 내 딸이 더 빨리 행복해질 수 있다. 동화 속의 공주가 행복하지 않았다는 것을 알게 되면 부러워하지 않는다. 내 행복은 내가 찾아가는 당당한 진짜 공주가 될 수 있다. 동화 속 백설 공주의 새엄마는 마녀라고 한다. 실제로 마술을 부린다는 것은 요즘 말로 하면 능력이 있는 거다. 동화 속의 새엄마는 모두 나쁜 사람으로 그려 놓았다. 새엄마는 백설 공주와 누가 더 예쁜지를 확인한다. "거울아, 거울아. 이 세상에서 누가 제일 예쁘니?"라고 묻지 않아도 '나는 이 세상에 단 하나밖에 없는 소중한 사람이고, 중요한 사람이다.'고 느끼게 해주면 되지 않을까? 이 세상 모든 딸이 다 왕의 딸이 될 수 없다. 또 모두 예쁘게 생길 수도 없다. 그럼에도 불구하고 당당하고 자신감 있는 딸이 되게 해야 한다.

"아름다운 동심을 무참히 짓밟는 거 아닌가요? 동화 속의 왕자를 꿈꿀 수도 있어야지요."라고 묻는 엄마가 있었다. "질문하는 본인은 꿈을 이루셨나요? 살아 보니 마냥 행복하던가요? 남편이 백마를 탄 왕자가 맞나요?"라고 물어보니, 아니라고 대답하여 한바탕 같이 웃었다.

동화 속에 나오는 '오랫동안 행복하게 살았답니다.'라는 해피엔딩 문구에 마음을 뺏긴 시절이 있었다. '나는 왜 왕의 딸이 아닐까?'라며 부러워했던 적도 있었다. 그런 마음이 내 인생에 도움이 하나도 되지 않았다는 것을 경험했다. 나는 공주가 아니었음에도 남편이 백마를 탄 왕자인 줄만 알고 결혼했다. "그 후로 행복하게 살았답니다."라는 동화의 마지막을 철썩같이 믿었다. 내 발등 내가 찍었다는 말이 맞았다. 물론, 내가 이 정도로 생각한다면 내 남편 또한 마찬가지 생각일 게다. 이미 늦었었다. 남편이 백마를 탄 왕자가 아니었다는 것을 깨닫는 데는 그리 오래 걸리지 않았다. 나는 꿈을 깨고 나서 나의 행복은 내가 스스로 찾아야 한다는 것을 알았다. 꿈을 꾸는 건 좋지만, 동시에 현실도 직시하도록 해야 한다. 공주가 독이 든 사과를 구별할 줄 알게 키우면 어떨까? 새엄마가 백설공주보다 더 예뻐져야 하는 경쟁을 안 한다고 가정해 보면 어떨까? 어쩌면 나보다 더 취약할 수 있는 난장이들을 내가 도와주는 이야기로 만들어 보면 어떨까? 마법에 걸려 잠들어 있는 공주에게는 왜 늘 왕자만 나타날까? 평범한 남자가 나타나서 키스를 해준다면 어떻게 될까? 다양하

내 딸들, 자존감 부자로 키웠다

게 내 딸과 함께 대화해 볼 수 있다. 여학생들에게 질문을 했다. "만약 잠자고 있는데 모르는 남자가 와서 키스를 한다면 기분이 어떨까?" "캬악, 싫어요."라고 비명을 지른다. 그러면서 "왕자라면 좋아요."라고 말한다.

내가 '공주'인 만큼, 딱 그만큼의 '왕자'인 남편을 만나게 된다. 아프지만 내 경험이다. 둘째가 어릴 때 남편과의 갈등이 심했던 적이 있었다. 다니던 교회의 전도사가 교회에 가서 하나님 앞에 엎드려 울며 기도하라고 말했다. 나는 그 순간, 이런 생각이 들었었다. "사고는 남편이 쳤는데 왜 하나님에게 와서 기도를 해야 할까?" '이건 내 문제니까 내가 해결해야지.'라는 생각이었다. 그런데 하나님은 정말 계셨다. 내가 힘들어하고 있는 그때 목사님의 설교를 듣게 되었다. "성도 여러분, 구역예배 드리고 나서 시집식구들 흉보지 마세요. 남편도 욕하지 마세요. 하나님께서 나하고 딱 맞는 수준의 남자를 짝 지워 주신 거예요. 계속 욕하는 것은 누워서 자기 얼굴에 침 뱉는 겁니다."라고 하시는 게 아닌가? 나는 그 자리에서 얼어붙었다. 그리고 절벽 끝에 매달려 안간힘을 쓰던 내가 절벽 아래로 무참히 떨어지는 느낌이었다. 끝도 없이 곤두박질치는 내 마음을 추스르느라 한참을 애썼다. 도저히 용서할 수 없는 내 남편의 행동에 이글이글 불타고 있던 나에게 찬물을 끼얹는 듯한 설교 말씀이었다. 믿기 싫었다. 안 믿었다. 그럴 리가 없다고 생각했다. 그 후로 세월이 흘렀다. 내가 대학원에서 상담공부를 하면서 목사님의 말씀이 아프게 들렸지만, 아주 틀린 말이 아니었다는 것을 다시 또 확인했다. 내가 분화된 만큼 딱 그만큼의 배우자를 만나는 것이었다. 내 딸이 공주 대접을 받고 살게 하고 싶다면, 내가 배우자에게 공주 대접을 받는 모습을 보여줘야 하는 것이다. 내 아들이 왕자 대접을 받게 하고 싶다면, 내가 배우자에게 왕자대접을 하는 모습을 보여줘야 하는 것이었다. 공주 옷만 입힌다고 되는 게 아니었다.

내 인생을 스스로 개척할 수 있는 게 진짜 공주임을 보여주어야 한다. 더 이상 동화 속의 공주에게 홀려서 있지도 않는, 오지도 않을 왕자만을 기다리게 할 순 없다. 내 딸에게 힘든 삶은 싫다고요? 엄마는 내 딸이 넘어지면 손을 잡아주면 된다. 굳이 공주가 되어야 할까? 공주가 아니면 어떤가? 내가 나로 만족하는 삶이면 족하다. 달걀도 남이 깨주면 프라이밖에 안 된다. 스스로 깨고 나와야 병아리가 된다.

제5장

엄마와 딸은

함께 성장한다

1.

유치원생 딸, 이것만 챙기면 된다

첫째 딸이 태어나고 신기하기만 했다. 엄마가 되었다. 밤잠을 설치며 우유를 먹이고, 기저귀를 갈아주며 금이야 옥이야 키웠다. 꼬물꼬물 움직이는 손과 발을 보고 있으니 세상을 다 가진 것 같았다. 첫째 딸과 나를 한마음 한몸으로 생각했다. 잘해주고 싶었던 만큼 어떤 엄마가 되어야겠다고 생각해본 적도 없다. 내가 낳았으니까 내 맘대로, 내가 해주고 싶은 대로 다 해주면 된다고 잘못 생각했었다. 내 딸이 원하는 것이 무엇인지 생각하지 않았다. 내 마음대로 해도 된다고 생각했다. 잘해주고 싶은 마음만으로는 안된다는 것을 알기까지 많은 시행착오가 있었다. 그 덕분에 나는 둘째 딸을 잘 키울 수 있었는지도 모른다.

둘째를 키울 때는 딱 두 가지만 챙겼다. 하나는 잘 먹이는 것이었다. 또 하나는 다치지 않나, 위험하지 않나, 이것만 챙겼다.

내 딸들, 자존감 부자로 키웠다

나는 육아 전문가가 아니었다. 하지만 나의 시행착오는 큰 경험이 되었다. 나와 비슷한 고민을 하는 엄마들에게 나 같은 시행착오를 겪지 않았으면 하는 마음이다. 특히 일하는 엄마들은 아이들에게 미안한 마음 대신 고마운 마음으로 대해도 된다고 말해주고 싶다.

소아정신과 전문의와 소아청소년과 전문의가 출연하여 알려주는 유튜브(우리 동네 어린이병원, 우리 어린이) 채널을 보고 〈Path Follower〉란 이름의 블로그 주인이 정리한 글이 있어서 소개해 본다.

「인간의 뇌는 태어나서부터 3년까지가 뇌 발달의 결정적 시기라고 한다. 이때 많은 노력이 필요하다. 아기들의 뇌 발달에 필요한 5가지 요소가 있다. 적절한 영양섭취, 원활한 애착 형성, 충분한 수면, 다양한 경험과 적절한 자극, 즐거운 놀이라도 한다. 듣고 보니 어느 하나 중요하지 않은 것이 없다. 적절한 영양섭취를 위해서는 특별한 음식을 먹여야 하는 건 아니다. 영양소를 골고루 먹이는 게 핵심이다. 많이 먹이는 게 중요한 게 아니라 부족하지 않게 골고루 먹이는 게 핵심이다. 다음으로는 먹는 것만큼 중요한 게 애착이다. 아이는 주 양육자와의 관계에서 내가 필요할 때 기댈 곳이 있다고 느낄 수 있는 정신적인 안식처가 애착이다. 아기는 인형이 아니다. 살아 움직일 때 안전하다는 믿음이 필요하다. 안전기지가 필요한데 이게 주 양육자와의 애착인 것이다. 애착을 바탕으로 공감과 정서조절까지 발달하게 된다. 연령별로 충분한 수면을 하게 해준다. 다양한 경험과 적절한 자극도 중요하다. 아기들은 여러 활동을 하면서 에너지를 발산하게 한다. 과다한 자극도, 너무 적은 자극도 좋지 않다. 적절한 자극을 주어야 한다. 아기에게 놀이는 본능이다. 손 빨기, 걷기 모든 게 놀이이다. 역할 놀이와 장난감을 통해 간접적인 경험을 하고 상상의 나래를 펼치는 것 등 자극을 주는 활동이다. 영유아 시기에는 감각적인 경험 자체가 놀이가 된다. 바람을 느끼는 것, 바람에 나뭇잎이 흔들리는 것, 개미가 기어가는 것 등 자연에서 볼 수 있는 일상적인 것들이 즐거운 놀이가 되고, 아기 뇌 발달에 자극을 줄 수 있다.」

자존감이 높은 아이로 키우고 싶은 엄마들에게 도움이 될 만한 글이 있어 가져왔다. 다음은 〈엄마의 취미생활〉이라는 이름의 블로그에서 가져온 글이다. 육아할 때 꼭 알아두어야 할 0~5세 영유아의 자존감 특징이다. 요약해 본다.

「자존감이 큰 아이일수록 실패해도 일어설 수 있는 힘이 커지고, 세상을 살아가는 데 나의 중심을 잡는 것이 곧 자존감이다.

자존감은 태어나자마자 바로 생기지는 않는다. 자존감은 엄마를 비롯해서 아이를 키우는 모든 사람들이 아이에게 만들어 주어야 할 첫 번째 육아이다. 아이가 울 때, 배가 고픈지 기저귀의 문제인지, 졸린 지 등등 섬세하게 반응해 줄 때에는 사랑받고 있다고 느낀다. 아이의 울음에 무심하게 반응하거나, 일관성 없는 반응을 보인다면 어린아이지만 내면에 불신이 쌓일 수도 있으니 아이에게 집중하는 게 좋다. 아이의 욕구를 빠르게 해결해주고 따뜻하게 상호작용해주는 것이 가장 중요할 때이다. 주변사람들과의 따뜻한 관계를 통해 '세상은 나를 좋아하는 사람이 많구나! 안전!하구나'라는 느낌을 받을 수 있게 해주어야 한다. 해도 괜찮은 일, 해서 좋은 일, 하지 말아야 할 일 등을 구분할 수 있는 훈련을 해야 한다. 그렇다고 너무 강하게 훈육하는 것이 아니라 위험한 것들과 나쁜 행동들에 대해 자꾸 설명해 줘야 한다. 스스로 해낸 것에 대해서는 '잘했다. 해냈구나.'라는 자기 유능감을 높여줄 수 있는 말도 많이 해줘야 한다. 자아가 만들어지는 때가 되면 소유욕이 높아지게 되는데, 인정해줘야 한다. 친구나 다른 사람들에게 양보하는 행동을 할 수 있도록 유도해 보는 것도 좋다. 주변 어른을 따라하는 시기에는 주 양육자를 많이 따라 한다. 질문을 많이 할 때는 긍정적인 반응을 해주면 아이들의 자존감과 자기주도 능력이 올라간다. 혼자 놀기도 하지만, 또래와 노는 것을 좋아하는 시기에는 경쟁심, 수치심, 좌절감 등도 많이 경험할 수 있으니 아이의 행동에 대한 과정을 잘 살펴봐야 한다. 격려를 해주면 자존감이 내려가지 않을 것이다. 특히 조심할 것은 초등학교 들어가기 전 한글 떼기, 숫자 세기 등 학습을 할 때 불안한 마음과 초조한 모습을 보이지 말아야 한다. 이때 아이가 열등감이 생길 수 있으니 조심해야 한다. 만 7세까지는 아이를 주로 양육하는 사람과의 관계가 아이에게 절대적으로 큰 영향을 준다. 이 시기에 형성된 애착과 상호작용 등을 통해 갖게 된 자존감으로 친구나 선생님 등 많은 사람들과 관계를 맺기 시작하기 때문에 만 84개월까지는 아이의 자존감을 높일 수 있도록 애착 형성을 많이 해두어야 한다. 연령대별로 자존감 특징을 알아두면 적절한 행동과 말을 해줄 수 있다.」

내가 어린 첫째 딸에게 화를 내고 있을 때는 누구보다 잘 키우겠다는 욕심이 앞섰다. '혹시 내가 잘못 키우면 어쩌지.' 하는 두려움이 있었다. 엄마인 내 말을 안 들으면 잘못될지도 모른다는 기우였다. 내가 둘째 딸을 키울 땐 무조건 믿었다. 설사 잘해주지 못해도 저절로 잘 클 거라고 믿었다. 화를 낼 일이 없었다. 믿고 있으니까 좋은 말이 저절로 나왔다. 말은 같은 말이었는데 첫째 때는 내가 잘하지 않으면 안 된다고 생각했다. 둘째 때는 내가 잘하지 못해도 잘 클 거라고 믿으면서 말했다. 이것저것 가르친 게 아니라 좋은 말로 대화를 했다. 그리고 열 번, 백 번 끝까지 믿어주는 마음으로 무장했다. 통제하려고 무리한 힘을 썼을 때, 그 힘은 나에게도, 첫째 딸에게도 아무 도움이 되지 않았던 경험을 얻었다. 믿는 마음으로 하는 말과 믿지 않는 마음으로 하는 말은 억양이나 목소리 톤부터 다르다. 듣는 이가 다르게 받아들일 수밖에 없다. 첫째 딸의 이름을 부를 때와 둘째 딸의 이름을 부를 때의 목소리 톤이나 억양부터 달랐다고 한다. 가족들의 이 증언이 있은 후에야 나는 내 모습을 돌아볼 수 있었다.

'메라비언의 법칙'을 잊지 말아야겠다. 따뜻하고 부드럽게 하는 "밥 먹어"와 신경질적이고 짜증 내는 마음으로 "밥 먹어"는 완전 다르다. 구슬이 서 말이라도 꿰어야 보배라지 않던가, 아무리 좋은 내용의 육아서적을 읽어도 내가 내 딸을 믿지 않으면 소용이 없다. 내가 잘 키워야 한다는 부담을 갖고, 무리하게 힘을 쓰기보다는 내 딸을 믿어주는 방법이 더 효과가 있었다. 나는 둘째 딸을 키울 때는 영양가 있게 잘 먹이고, 베란다에 떨어져 죽나 안 죽나, 안전한 것만 봤다. 거기에 더한 것이 있다면, 반복하지만 둘째의 잠재력을 믿어주고, 긍정적인 말과 따뜻한 말투가 다였다. 믿으니까 '잘했다. 해냈구나. 고마워!'라는 말도 저절로 나왔다.

살아가면서 누가 시켜서 하는 것이 아니라 저절로 하게 된다면 그보다 좋은 일은 없다. 저절로는 일부로 노력하지 않고 자연적으로 되는 거다. 그렇다면 유치원생인 내 아이를 인위적으로 만들려고 하지 말고 자연스럽게 봐주면 된다. 대신 안전에 대해서는 의식적인 노력을 해야 하는 것은 당연하다.

2.

초등학생 딸, 스스로의 기적 만드는 법

소아정신과 전문의 김붕년 교수의 강의에서 마음에 와닿는 부분이 있었다.

「아이들의 '알아서 할게.'라는 말까지도 응원해 주라고 했다. 아이들의 침묵, 무시, 반항도 인정해야 한다. 앞에서 끌고 가려고 하지 말고 뒤에서 응원하는 여행 가이드 역할을 해라. 끌고 가려는 순간, 갈등과 다툼이 많아진다. 내 자녀의 기질과 엄마와의 애착, 자기조절 능력을 제일 잘 아는 건 부모다.」

나는 첫째 딸이 유치원 시절에는 다해주었지만, 초등학교에 들어가면서부터 다 큰 아이 취급을 했다. '이제 다 컸으니 스스로 해야 한다.' '언니가 잘해야 동생도 잘하게 된다.' 등 수없이 많은 말로 다그치고 부담을 주었다. 어쩌면 둘째가 혼나는 언니를 보면서 알아서 긴 것일 수도 있겠다 싶을 때마다 첫째 딸에게는 한없이 미안한 마음이다. 다행히 잘 자라주고, 당당하고 멋지게 잘 살아 주어 엄마로서 고맙고 감사하다. 지금도 첫째에게는 어린 시절 못해 준 점을 생각해 따뜻하게 품고 또 품어주려 노력하고 있다. 일곱 살까지는 사파리 안에 있었다면, 초등학생이 되는 순간 세렝게티에 서 있는 느낌이지 싶다. 엄마의 손길에서 벗어나 친구들과 사귀는 일부터 새로운 것이 한두 가지가 아니다. 거기에다 공부까지 해야 한다. 살아가면서 20대에는 30대를 준비해야 하고, 30대가 되면 40대를 준비하라고 전문가들은 말한다. 마찬가지로 유아기에 애착 형성이 잘 되어 자존감이 높다면 수월하게 초등학교에 적응할 수 있다. 초등학교에 입학하면 일하는 엄마들의 불안은 더 높아질 수밖에 없다. 사실 이 불안은 내 아이가 주는 게 아니고, 엄마 스스로 만드는 것이 더 많다. 믿어주고 또 믿어주고, 격려해주는 엄마의 역할이 불안을 줄여준다. 적어도 나는 그랬다. 초등학생이 된 둘째와의 관계는 이미 애착 형성이 잘 되어 있었다. 초등학생이 된 후에는 더 많은 대화거리가 있었다. 내가 한 것은 둘째의 끝없는 이야기를 경청해주고 질문을 많이 하는 것이었다.

초등학생이 된 둘째에게 질문을 많이 했다. 가령 "지금 연주 마음은 어때?"와 같은 질문을 많이 했었다. 편안하게 자신의 생각을 말할 수 있게 된 둘째는 언제나 엄마가 내 편이라는 안정감을 가졌다. 내 편이 있다는 것은 세상을 살아갈 힘이 된다. "연주 생각은 어때?"라는 질문으로 생각을 자유롭게 말할 수 있게 했다. "연주야 고마워! 연주 덕분이야."라는 말을 했다. 엄마에게 도움이 되고 기쁘게 했다는 성취감을 느낀 둘째는 자연스럽게 자존감도 높아졌다. "어떤 사람이 되고 싶니?"라고 질문하고 "그랬구나" 법칙을 사용했다. 친구랑 다투고 속상할 때도 "그래, 속상했겠구나. 엄마한테 말해줘서 고마워!"라고 했다. 궁금한 점이 있어 물어봤을 때도 "궁금했구나. 엄마한테 말해줘서 고마워!"였다. 이렇게 궁금할 때, 속상할 때, 언제든지 엄마에게 말할 수 있어야 위험한 상황이 되었을 때도 엄마한테 말할 수 있게 된다. 초등학생이 된 딸에게는 그 어떤 이야기도 엄마에게 할 수 있어야 한다.

둘째와 대화를 할 때는 눈 맞추기, 고개 끄덕여주기, 감탄사 말하기, 질문 던지기였다. 엄마인 나도 잘못한 것이 있을 때는 사과하기도 중요하게 실천했다. 아들과는 다르게 딸들은 친구들과 치고받고 싸우는 경우는 상대적으로 적다. 내 딸들도 누군가와 심하게 싸운 경우는 없었다. 주로 "오늘 반에서 남자애들 누구누구가 쉬는 시간에 싸웠어. 한 친구가 주먹으로 때렸어."라고 학교에서 있었던 일을 말하는 경우는 많았다. 이때가 바로 엄마표 친절한 교육에 들어가야 하는 타임이다. 나는 폭력이 나쁜 이유를 차분하게 일러줬다.

"폭력을 쓰는 이유는 대화하는 방법, 의사소통 기술이 없어서 그런 거야. 내가 한 행동은 내가 책임지는 것이라는 걸 알아야 해. 폭력은 폭력을 한 사람이 책임저야 하는 거란다. 누구나 화가 난다고 해서 상대방을 다 때리지는 않거든."

고개를 끄덕이며 듣고 있는 둘째에게 한마디 더 해줬다.

"폭력이 나쁜 이유는 나보다 약한 사람한테 하기 때문이야. 비겁한 거지, 폭력은 범죄야. 범죄는 처벌을 받아야 해. 어려서부터 자기가 한 행동은 자기가 책임지는 걸 배워야 해."

자유에는 책임이 따르는 법을 말해주고 싶었었다.

오래전에 들었던 이야기다. 외국의 한 대학에서 '어떤 사람들이 성공을 할까?'에 대한 연구를 했다고 한다. 어떤 사람들이 성공하는지 태어나서부터 오십대에 이르기까지 추적한 연구였다. 성공한 사람들은 부모가 돈이 많은 사람도 아니었고, 공부를 잘한 사람도 아니었고, IQ가 높은 사람도 아니었다고 한다. 크게 세 가지가 기억난다. 첫 번째는 타인과 잘 어울리는 능력이었다. 상대가 싫다고 하는데도 무조건 다가가라는 말은 아니다. 사람들은 재미있는 사람을 좋아한다고 한다. 그보다 더 좋아하는 사람은 내 말에 웃어주는 사람이라고 한다. 이렇게 타인과 잘 어울리는 능력이 성공의 첫 번째 요인이었다. 두 번째는 자기감정

내 딸들, 자존감 부자로 키웠다

을 통제할 줄 아는 능력이라고 한다. 많은 사람들이 알고 있는 마시멜로 실험 이야기가 있다. 더 좋은 것을 위해 참을 줄 아는 능력, 바로 자기 통제력이 성공요인이었다. 마지막 세 번째가 좌절을 극복할 줄 아는 태도였다. 성공한 사람들은 실패를 한 번도 안 한 게 아니라 실패할 때마다 좌절하지 않고 다시 일어나고, 또다시 일어나는 태도였다고 한다. 학생들을 만나 강의할 때, 자주 해주는 이야기다. 더불어 내 딸들에게도 전했다. 마치 옛날이야기를 해주듯이 재미있게.

축구는 많은 사람들이 좋아하는 운동 중에 하나이다. 나도 다른 운동보다 축구 중계방송 때는 관심이 많다. 축구선수였던 이영표 해설위원의 기사를 읽었다. '정신력'에 대해서 말한 내용이었다. "정신력이란 상대를 거칠게 다루거나, 부상 당한 머리에 붕대를 감고 뛰는 것이 아니다. 이것은 멘탈의 일부일 뿐 전부는 아니다. 경기장 안에서 자신의 감정을 통제할 수 있는 능력, 졌을 때 빗발치는 여론의 비난을 묵묵히 이겨내는 것, 이겼을 때 쏟아지는 칭찬을 가려들을 줄 아는 것이다." 결론적으로 나보다 강한 상대를 만나도 주눅 들지 않는 것, 나보다 약한 상대를 만나도 얕보지 않는 것, 이것이 진정한 정신력이라고 한다. 이 글이 축구선수에게만 해당되는 말은 아니다. 마냥 어리기만 할 것 같았던 딸들도 초등학교에 들어가면서 끝없는 항해가 시작된다. 내 딸들에게도 이런 정신력을 길러주고 싶다면 이제부터라도 믿어주고, 경청해주고, 공감해 주면서 안정감을 갖게 해주면 어떨까? 세상에는 나를 믿어주는 사람이 있다는 걸 알게 해주는 방법도 좋다. 혹시 정신력을 키워야 한다는 의욕만으로 내 딸이 버티지 못할 만큼의 강압적인 힘을 쓰고 있다면 힘을 빼자. 믿어주면서.

골프를 배울 때도 힘을 빼라고 한다. 수영을 할 때도 몸에 힘을 빼라고 한다. 물에 빠지지 않으려고 몸에 힘을 줄수록 물에 빠졌다. 물을 믿고, 나를 믿고 힘을 빼니까 그제야 물에 뜰 수 있었다. 내 딸에게도 힘을 빼자. 유아기를 벗어나서 초등학생이 된 딸들의 마음은 아직 두부처럼 보드랍고 연약하다. 두부를 사오라는 심부름을 할 때, 두부를 떨어뜨릴까 봐 걱정되어 잘 들고 가려고, 손으로 두부 자체를 꽉 쥐고 가면 다 부서지고 만다. 그냥 두부를 넣은 비닐봉투의 끈만 잡고 가면 된다. 초등학생이 된 내 딸의 손도 그렇게 살살 잡아주기만 하면 된다.

살아가면서 기적을 꿈꾼다. 기적이란 상식을 벗어난 기이하고 놀라운 일이다. 상식을 벗어난 일이 기적이라면 난 기적을 꿈꾸지 않아야겠다. 평범함이 얼마나 위대한지를 나이가 들어서 알게 되었다. 기적이 일어나지 않는 것이 기적인 거다. 기적은 대단한 것이 아니다. 바다를 항해하는 배는 목적지를 향해 비가 오나, 태풍이 부나, 파도가 일거나 오직 앞으로만 나아간다. 매일 기적을 만드는 법은 바로 정신력을 갖는 거다.

내 딸들, 자존감 부자로 키웠다

사춘기 딸, 이거 하나면 만사 오케이

나는 '다 들어줄개'(다 들어줄게가 아니라 '개'다. 문법에 맞지 않는다고 논란은 있었으나 요즘 청소년들이 '개 좋다.' '개 싫다.' '개 재밌다.' 등 '개'라는 말을 쓰니까, 청소년의 눈높이에 맞춰 만들었다고 한다.)라는 청소년모바일상담센터 청소년 위기문자 상담원으로 자원봉사를 했었다. 그때는 자살 시도, 자해, 친구관계, 학업문제, 진로문제 등 수많은 문제를 가지고 상담을 요청했다.

다양한 문제의 원인으로는 부모와의 갈등이 제일 많았다. 초등학교 시절까지는 엄마 아빠와 관계가 좋았는데, 중학교 들어가면서부터 갈등이 생겼다는 거다. 나는 유아기 때는 잘 먹이고 안전한가 아닌가만 보면 된다고 했다. 초등학생이 되면 규칙을 잘 지킬 수 있도록 믿어주며, 돌봐주는 역할만 하면 된다. 그렇다면 중학생이 되고 사춘기가 오면 그때 엄마는 상담가가 되어야 한다. "요즘 힘든 일은 없니?, 요즘 기분은 어때?, 요즘 친구관계 어려운 점 없니?, 힘든 일 있으면 언제든지 말해줘."라고 물어봐야 한다. 상담을 요청한 학생들에게 "지금 이 문제를 의논할 수 있는 사람은 누가 있나요? 부모님과 의논해 본 적은 있나요?"라고 물어보면 "엄마 아빠는 나를 사람 취급도 안 해요."라며 그때부터 화를 낸다. "사람 취급을 안 한다는 것은 어떤 의미일까요?" 조심스럽게 물어본다. 대체적으로 하는 공통적인 말은 '엄마가 나를 귀찮아한다. 아빠가 너무 무섭다. 부모님이 나에게 욕을 한다. 내가 하는 말을 안 들어준다. 나에게 짜증만 낸다. 엄마 아빠가 늘 싸운다. 언니만 예뻐한다. 화가 나면 집을 나가라고 한다. 그래서 나왔다. 내가 집을 나와도 나를 찾지도 않는다. 학교에서도 나는 왕따다.' 이렇게 학생들이 하는 말을 들어볼 때면 부모의 말과 행동이 참으로 중요함을 다시 느끼게 된다. 일하는 엄마가 바쁘다는 이유로 목소리가 좀 높거나 인상이라도 쓰게 되는 경우를 조심해야 할 것 같다. '누가 낳아달라고 했나? 저희들이 좋아서 나를 낳아놓고서'라는 말까지 뱉어버리는 목소리에는 분노가 켜켜이 쌓여 있다는 것이 느껴졌다. 상담을 통해서 안전한 곳에 자신의 분노를 표출하는 그들에게 미안한 마음이었다.

엄마들이 화를 내고 야단을 치는 경우는 아이들이 죽을죄를

내 딸들, 자존감 부자로 키웠다

지었기 때문이 아니다. 내 경험으로 비추어보면 엄마 자신에 대한 불신 때문이었다. 내가 나 자신을 믿지 못했다. 내가 지금 자기 아이를 잘 키우고 있다는 자신이 없을 때 화를 내고 있었다. 스스로 불안하기 때문이다. 엄마의 불안도는 내 아이에게 그대로 전이된다. 내 아이를 이기려고 하지 말고 차라리 무조건 믿으라고 말하고 싶다. 자식은 이기는 게 아니고 함께하는 거다. 자녀양육에 전문가가 아닌 나도 했다면 누구라도 할 수 있다. 물론 양육자인 엄마도 당연히 스트레스가 있을 수밖에 없다. 하지만 엄마의 높은 스트레스는 아이한테 푸는 게 아니라 안전하게 풀어야 한다. 아이들만 상담해서는 문제해결이 안 된다. 부모도 같이 상담이 이루어져야 한다. 아이문제를 해결하기 위해서는 부모가 변해야 하는 것을 TV에 나오는 부모교육 전문가들에게서도 매번 보게 된다.

「청소년을 둔 부모로서 청소년들이 이해가 되지 않으면 자신의 어린 시절을 떠올려라. 그러면 '얘가 이래서 불안이 있구나.'라고 생각할 수 있다. 부모, 선생님, 친구 중에 가장 중요한 것이 부모다. 부모는 자녀의 태도에 대해 문제 삼지 말라. 말의 의도를 파악하고 문제 해결을 해야 한다. 부모가 바쁠 때 중요한 문제는 다루지 말고, 화가 나도 부정적인 단어를 쓰지 마라. 함부로 판단하고 비난하지 않아야 한다. 성장과정일 뿐 고정된 게 아니다.

부모의 사고방식이나 틀에 맞춰 내 아이를 비난하지 말자. "내가 감히 다 알지는 못해도 너와 같이 문제를 나누고 싶어. 같이 풀어 가면 안 될까?"라고 해라. 이것은 관심, 공감, 이해를 원한다는 것을 표현하는 것이다.」

소아정신과 의사인 김붕년 교수의 말이다. 니는 이 중에서도 자녀의 태도에 대해 문제 삼지 말라는 말이 와닿았다. 엄마에게 눈을 똥그랗게 뜨고 쳐다보는 아이에게 엄마가 "너, 어디서 엄마한테 눈을 똥그랗게 뜨고 쳐다보니?"라고 말했다. "그럼, 엄마는 눈을 네모나게 뜰 수 있어요?"라고 아이가 대답했다는 우스갯소리가 생각난다.

중·고등학교에 가게 되면 학생들에게 아주 재미없는 옛날이야기라고 하면서 들려준다. 얼마나 재미없는지 들어보라고 하면 귀를 쫑긋한다.

옛날에 '에릭슨'이라는 할아버지가 살고 있었다. 이 할아버지가 청소년 시기에 세 가지만 잘하면 성공한다고 했다. "무엇일까요?"라고 물으면 "공부요."라고 아이들이 대답한다. 아이들도 이미 공부를 해야 한다는 것은 잘 알고 있었다. 첫 번째, 사회관을 가져라. 사회관이란 "에이, 이 세상은 나 없이도 잘만 굴러가더라. 나 같은 건 있으나 마나야."라고 생각하지 말고, "70억이 넘는 인구 중에 내가 태어났다는 것은 정말 대단한 일이야."라고 마음만 먹으라는 거다. 마음만 먹는 일은 어렵지 않다. 두 번째는 직업관이다. "에이, 나 같은 게 무슨 직업을 가지겠어. 대충 알바나 하다가 말지 뭐." 이렇게 생각하지 말고 "나는 어떤 직업을 가져볼까? 유튜버, 소방관, 선생님, 기자, 변호사, 네일아트 등 생각만 하면 된다." 생각만 해라. 고민만 해라. 세 번째가 이성관이다. "에이, 나 같은 게 무슨 여자친구, 남자친구가 생기겠어."라고 생각하지 말고 "올바른 성의식으로 내 안목을 높이면 안목이 높은 이성 친구를 만날 수 있다." 이렇게 생각만 하라는 거다. "사춘기 시절에 이렇게 고민하고 생각만 하는 거 쉽지요?"라고 하면 쉽다고 한다. 우리가 운동화를 사고 싶으면 다른 친구들이 신은 운동화만 보인다. "관심을 가지면 그것이 보이게 마련이다."라며 아주 재미없는 옛날이야기라고 읍소하다시피 하면서 핏대를 세운다. 고개를 끄덕이며 들어주는 학생들을 볼 때면 감사한 마음에 입가에 미소가 흐른다. 그 아이들이 어느 곳에서 누구를 만나든지 안전하고 행복하고 건강하길 마음으로 빌어준다.

중국 어느 지방에서 자란다는 모소대나무 이야기도 있다. 이 대나무는 씨앗을 심고 4년 동안 3센티까지밖에 안 자란다고 한다. 5년째 되는 해부터는 하루에 30센티 넘게 폭풍 성장을 해서 6주 만에 무려 15미터 넘게 엄청나게 자라서 울창한 대나무 숲을 이룬다고 한다. 열심히 하지만 좀처럼 성과가 나오지 않을 때 큰 위안이 되는 말이다. 힘들어하는 내 딸에게 "너는 모소대나무처럼 될 거야."라고 격려해주었다. 조급함으로 힘든 엄마들에게도 모소대나무 이야기를 전해주고 싶다. 모소대나무뿐만이 아니라 이 세상에서 함부로 하지 말아야 할 것이 두 가지 있다. 바로 '나무와 아이'다. 이 나무가 어떻게 자랄지 아무도 모른다. 마찬가지로 내 아이가 어떻게 자랄지 모른다. 함부로 해서는 안 된다. 특히 사춘기 시절에는 엄마가 상담가가 되면 좋겠다. 이 세상에는 엄마 말고도 선생이 너무 많다. 엄마까지 가르치려고 하지 않아도 내 딸들은 숨이 찰 수 있다. 마찬가지로 사춘기가 되었는데도 엄마가 모든 것을 다 해주려고 해도 안 된다. 어디선가 읽은 "강을 재촉하지 말라. 강은 스스로 흐른다."라는 글귀가 생각난다. "사춘기 딸을 재촉하지 말라. 딸은 스스로 흐른다."로 주어를 바꾸어서 읽어보니 입가에 미소가 지어진다. 온전히 믿어주고 흐르는 대로 두자. 혹시 상담 못 한다고 걱정하는 엄마가 있다면 이렇게 말해주고 싶다.

엄마라는 사람은 인공지능 AI도 못 하는 것을 할 수 있다. 바로 내 딸이 '엄마'라고 부르면 무엇 때문에 부르는지 엄마는 단박에 알 수 있다. 하지만 인공지능이라고 하는 AI는 절대 모른다. 이보다 더 멋진 상담가가 또 어디 있단 말인가? 스스로를 믿어야 한다. 엄마라는 이름은 이미 상담가이다. 품위와 전문성,

책임, 그리고 비밀보장이라는 원칙까지 있다면 더욱 좋긴 하다. 영재를 키운 부모들의 비결은 무엇일까? 여기 마음을 울리는 이야기가 있다. 여러 방면의 영재들의 부모는 어떤 사람일까에 대한 이야기다. 다방면에 천재성을 띠는 영재가 있었다. 그의 부모는 청각장애인이었다. 아이가 무슨 말을 하더라도 매번 웃음으로 대했단다. 이래라저래라하지 않았다. 그저 매번 고개를 끄덕이며 미소를 지으며 웃어주었다고 한다. 대부분의 엄마들과 다른 모습이 떠오른다. 무슨 의미인지 와닿았다. 마음을 쿵하고 울리는 울림이 있지 않은가?

대학생 딸, 내 친구 만드는 법

태어나서부터 어느 한 시기도 중요하지 않은 때는 없다. 그중에서도 대학생이 된 이 시기도 만만치 않게 중요하다. 흔히 부모들은 내 자식들에게 고등학교 때까지는 공부만 열심히 하라고 한다. 그리고 대학 가서 실컷 놀라고 한다. 나도 공부를 강요하지는 않았지만, 내 딸들에게 대학생이 된 이 시기만큼 자유로울 때가 없으니 충분히 즐기라고 말했다. 고등학생 때까지는 학교에서 정해놓은 시간대로 움직였지만, 대학생이 되고 나서는 학점관리도 스스로하고, 수강신청도 스스로 하는 등 스스로 시간을 운영할 수 있게 된다. 다양한 동아리 활동도 하고, 방학 중에는 여행도 가는 등 할 일이 많다. 대학 가서는 실컷 놀아도 된다고 했던 그 부모들이 또 걱정을 한다. 대학생 되더니 술을 많이 먹고 너무 늦게 다녀서 걱정이라고 하소연한다.

내 딸들, 자존감 부자로 키웠다

대학생이 된 아들이 술 마시고 늦게 들어왔을 때와 대학생이 된 딸이 술 마시고 늦게 들어왔을 때, 엄마들은 어떻게 대처하는지 물어봤다. 아들이 늦게 들어왔을 땐 "일찍 다녀라. 웬 술을 그렇게 많이 마시냐? 밥은 먹었냐?"라고 한다. 딸이 늦었을 때는 "이놈에 계집애, 왜 이렇게 늦게 다녀? 내가 못 살아. 무섭지도 않니? 정신 차려. 내일부터 늦게 들어오면 알아서 해." 말하는 어감도 느낌이 올 거다. 아들과 딸에게 다른 동기부여를 하고 있다. 물론 세상이 험하니까, 내 딸의 안전을 걱정하는 마음이라는 건 충분히 안다.

두 딸을 키우면서 이런 일이 있었다. 나는 어려서부터 '언제, 어디서, 누구와, 무엇을 하더라도 안전하고 행복하고 발전적이면 좋겠다.'고 말한 터라 그래도 믿고 있었다. 반면에 남편은 내 탓을 한다. "도대체 엄마라는 사람이 딸들 단속을 안 하고 뭐하는 거냐."고 성화를 하더니 나중에는 딸 교육을 잘못시킨다고 혀를 찼다. 어느 날은 나를 믿지 못하겠다고 하면서 직접 전화를 해서 혼을 내기도 하고, 빨리 들어오라고 소리치며 협박도 한다. 그럴 때마다 남편과 나는 전시상황을 방불케 하는 분위기가 됐다.

남편이 화를 내는 것을 이해 못할 바는 아니다. 워낙 세상이 험하니까, 불안해서 그런다는 것까지는 이해한다. 그런데 단지 불안함 때문이라면 소리 지르며 당장 들어오라고 소리칠 일은 아니지 않는가? "걱정하는 마음은 알지만 지금 당신이 하는 말과 행동은 우리 딸들에게 아무 도움이 안 돼." "이 여자가 혼자 잘난 척하네."라며 남편은 맞받아친다. "적어도 부모라면 딸들을 믿어줘야지. 어쩜 그렇게 무식하게 그러냐."고 한마디 더한다. "내가 우리 딸들을 못 믿어서 그러는 거냐?"라며 남편도 나의 말에 수긍하지 않는다. "우리 두 딸은 12시가 되면 마법이 풀리는 신데렐라가 아니야. 대학생이면 이제 성인이야. 언제까지 못 믿고 안달할 거야?"라고 쐐기를 박아버린다. "어디서 말도 안 되는 소리를 들고 나오냐? 거기서 신데렐라가 왜 나오느냐?"며 나의 쐐기에 물러서지 않는다. 이럴 때일수록 엄마인 나만이라도 내 딸들의 편에 서서 입장을 대변해 주어야 했다. 남편이 그렇게밖에 말할 수 없는 입장을 모르는 바는 아니기 때문이다. 한국에서 대학 입시에 성공하려면 "조부모의 재력, 엄마의 정보력, 아빠의 무관심"이라는 우스갯소리가 있다. 엄마와 아빠의 한목소리가 중요하다는 뜻이다. 우리 집도 예외는 아니었다.

대학생이 된 둘째와는 더욱 대화를 많이 했다. 둘째가 초등학교 5학년 때 일이다. 친구들과 놀이터에 모였다고 한다. 도대체 엄마와 아빠들은 왜 이렇게 싸우고 사는지에 대해서 토론을 했단다. 그 이유가 세 가지가 나왔다면서 말해준다. "엄마 아빠들이 싸우는 이유가 크게 세 가지로 나왔어. 제일 큰 이유가 아빠의 술, 두 번째가 돈, 세 번째가 여자문제였어."라며 세 번째 이유는 잠깐 망설이더니 말했다. 나는 그 말을 듣고 내가 초등학교 5학년 때는 무슨 생각을 하고 뭘 하고 놀았었지?라는 생각을 한 적이 있다. 이렇게 둘째와 나의 대화주제는 가리는 것이 없었다. 그랬던 둘째가 대학생이 되어서도 여전히 나와는 긴밀하고 못할 말이 없었다. 어리다고 해서 몰라도 된다고 감추거나, 일부러 아닌 척할 필요도 없다. 적어도 내 딸들에게는 가족 안에서 일어나는 일은 객관적으로 볼 수 있어야 한다고 생각했다.

"아빠가 어제 이런 일로 엄마 속상하게 했다. 그래서 싸웠어. 그래도 걱정은 하지 마. 엄마가 이혼을 하거나 어떤 결정을 내릴 때는 너희들한테 꼭 의논하고 할 거야."라고 말했었다. 아마도 이때부터 내 딸들은 일찍이 "아하, 우리들은 부모를 믿고 살 수는 없을 것 같구나. 내 인생은 내가 알아서 개척해야겠구나."라고 생각했는지도 모른다. 내 친구들이 딸들 잘 컸다고 칭찬해줄 때마다 내가 하는 말이다.

둘째가 대학에 들어가서는 엠티다, 동아리모임이다 하면서 집에 늦게 들어온다. 내가 어떻게 남편의 말을 듣고 일찍 다니라고 할 수 있었겠나? 언제 어디서나 누구와 함께 있더라도 안전하게 있다는 소식을 주고받으면서 믿어주는 게 제일이었다.

보통은 자식들에게 좋은 모습만 보여야 한다고 생각한다. 나는 엄마이지만 나의 치부라고 할 수 있는 부분까지도 딸들과 함께 털어놓고 지냈다. 남편과의 언쟁이 있을 때도 대학생이 된 딸들에게 하소연도 했다. 아빠 흉도 봤다. 어쩌면 누군가는 '무슨 저런 엄마가 있느냐'고 할 수도 있겠다. 하지만 나는 내 딸들에게 솔직하게 살았다. 오히려 내 딸들이 다 알고 있다는 생각을 할 때면 더 잘 살아야겠다고 결심했었다. 그렇게 살아 온 덕분에 성인이 된 딸들과는 이 세상에 둘도 없는 친구이며 벗이 되었다. 나도 내 딸들에게 고민을 상담하고 있다. 누구든지 자기문제에 빠져있을 때는 해결책이 잘 안 보이기 마련이다. 교통정리를 해주는 딸들에게 나는 말한다. "역시 내 딸들에게 말하길 잘했어. 고민 완전 해결됐어. 고마워!"라고. 고명딸인 나는 자매가 있는 친구들이 제일 부러웠다. 두 딸들이 때론 다투는 모습까지 보기 좋을 때도 있었다. 딸들은 이러한 나의 마음을 잘 아는지, 친구처럼 내 곁에 있어준다. 성인이 된 딸과 친구처럼 지낸다는 것은 그 무엇과도 바꿀 수 없이 행복하다.

이 시대의 지성 고 이어령 교수의 인생조언이 있다.

「'하나밖에 없는 사람이 돼라.' 모든 사람은 천재로 태어난다. 그 사람만이 할 수 있는 일이 있다. 자기는 하나밖에 없는데, 왜

내 딸들, 자존감 부자로 키웠다

남들과 똑같이 살아? 남의 생각 쫓아가지 마라. 자기 삶은 자기 것이기 때문에 남이 어떻게 할 수 없다. 늙어서 그걸 깨달으면 큰일 난다. 학교 들어가면 학교에서 덮어주고, 직장에서는 상사가 덮어주고. 남들이 다 덮어버린다. best one이 되려고 하지 마라. only one으로 살아라.」

좋은 남편 만나서 결혼 잘하는 것을 최종 목표로 하는 딸들이 꼭 기억했으면 하는 말이 있다. '나를 리드하고 세상을 리드하라.' 혼자 살든, 둘이 살든, 결혼을 했든, 하지 않았든 무조건 행복하게 살아야 한다. 내 인생의 주인은 나 자신임을 잊지 않고 삶을 개척해 나가야 한다. 특히 내 딸들이 이렇게 살아가면 좋겠다고 생각한다. 친구 같은 엄마만 되려 하지 않고, 내 딸을 친구로 받아들이니까 내가 행복해졌다. 부모 자식 간에도 우정을 쌓아가면 어떨까? 그러려면 친구가 되어야 한다. 우정이라는 꽃은 어느 한순간 피었다가 지지 않는다. 우정은 사계절 피어나는 유일한 꽃이다.'라고 한 마더 테레사의 말을 빌리지 않아도 알 수 있다. 때론 친구들도 다툰다. 하지만 우정이라는 시멘트는 엄마와 딸을 단단하게 묶어준다. 어쩌면 마법 같기도 하다.

어쩜 이렇게 잘 컸니?

　이 책에서 주로 둘째 딸에 대한 이야기만 했다. '첫째 딸 얘기는 왜 없을까?'라고 궁금해하지 않을까, 하는 생각이 문득 들었다. 첫째 딸 이야기를 하고 싶다. 나는 첫째에게도 간호대를 지원하거나 군인을 해보는 등 다양한 직업군에 대해서 같이 이야기했었다. 며칠 후, 첫째 딸이 행정 인턴직을 알아보고 왔다. 그 시절에는 행정 인턴이라는 제도가 있었다. 경찰서 지구대, 그리고 국민연금공단에서 인턴으로 근무했다. 특히 경찰서 지구대에서 인턴으로 근무하면서 동기부여가 된 것이다. 첫째 딸은 "엄마, 학창시절에는 몰랐는데 경찰서에서 인턴을 하면서 깨달은 게 있어." 무엇을 깨달았는지 궁금했다. 눈을 맞추며 듣고 있었다. "내가 요즘 경찰이 되고 싶은데, 그걸 하려면 내가 학교 다닐 때 안 한 것, 세 가지를 해야 된다는 걸 알았어." 궁금한 내 마음을

내 딸들, 자존감 부자로 키웠다

알아챈 듯 거침없이 말했다. "영어, 공부, 운동이었어." 순간, 엄마인 내가 첫째의 학창시절, 필요할 때 제대로 뒷받침해 주지 못했다는 자괴감이 들어서 미안했다. 지금 그것을 깨달았다는 그 자체도 기특했다. "대단하다. 중요한 것을 깨달았네. 훌륭하다. 지금 이렇게 깨달았기 때문에 앞으로 무슨 일을 하든지 잘할 수 있어. 축하해!"라고 말했다. 그렇게 말하고 나니 첫째 딸이 대견스럽기 그지없었다. '나는 그 나이에 그런 생각도 못했는데.' 하는 마음마저 들고나니 그렇게 말하는 첫째를 보면서 행복했다. 그러고는 영어공부를 하더니 혼자서 유럽여행도 다니며 당당히 세상에 발을 내딛고, 부딪치며 즐겁게 살고 있다. 첫째 딸은 안정적인 직장에 취업을 하여 잘 다니고 있다. 결혼을 하여 아들도 낳았고, 육아를 맡아주시는 시부모님 덕분에 복직하여 일과 육아를 잘 해내고 있다. 물론 지금까지 10년째 주1회 영어 공부를 계속하고 있다. 스스로 필요하다고 생각한 공부에는 끈기가 저절로 따라다니는 듯했다.

이런 첫째 딸에게 미안한 일이 있었다. 지금도 미안하다고 진심으로 사과하는 이유이기도 하다. 나는 두 딸들과 편지를 자주 주고받았다. 첫째 딸은 둘째 딸과 다섯 살 터울이다. 첫째가 중학생일 때다. 두 딸들이 초등학생 시절에 각각 써준 편지를 읽다가 뜻밖의 것을 발견했다. 나는 적잖은 충격을 받았다.

한참을 그 편지를 들여다보면서 울컥하고 말았다. 나는 첫째 딸의 손을 잡고 미안하다고 사과하고 또 사과했다. 그래도 여전히 씩씩하고 밝은 첫째가 오히려 나를 위로해 주던 날이었다. 편지의 마지막에는 항상 날짜를 쓰고 그 아래 '누구누구가'라고 썼다. 한두 개의 편지에만 쓴 게 아니라 모든 편지 마지막에 다 적혀있었다. "엄마를 너무 사랑하는 딸 올림", "엄마가 너무 사랑하는 딸 올림" 그날따라 그 문구가 보였었다. 내 눈을 의심했다. "이게 왜 이제 보이지?" 가슴에 바윗돌이 하나 떨어지는 기분이었다. 엄마에게 늘 사랑한다는 말을 들었던 둘째는 "엄마가 너무 사랑하는 딸 올림"이었다. 너는 큰딸이니까 더 잘해야 한다고. 너는 언니니까 더 양보해야지. 너는 언니니까 더 참아야지라며 지금보다 더 잘해야 한다는 말을 많이 들었던 첫째는 "엄마를 너무 사랑하는 딸 올림"이었던 것이다. 뭘 해도 잘했다고 인정받고 살았던 딸과 나름 열심히 하는데도 더 잘하라는 말을 들었던 딸이 같으면서도 다른 의미로 자신을 밝혔던 것이다. 인정받고 싶었던 딸의 마음이 그대로 드러나 있는 그 문구를 보고 나 자신이 부끄럽고 눈물이 났다. 그 후로 나는 첫째에게 늘 속죄하는 마음이다. 그리고 언어도 바꾸었다. "언니가 잘하니까 동생이 언니 따라서 잘하네."라고. 지금도 첫째 딸은 둘째 동생을 무척 좋아한다. 자랑스러워한다. 동생을 위해서는 뭐든지 응원하고 밀어준다. 그런 자매의 모습을 보면 입가에 미소가 절로

내 딸들, 자존감 부자로 키웠다

지어진다. 잘 키우려고 하지 않았다. 잘 크게 했다. 방목하여 키운 닭에서 나온 달걀이 더 영양가 있다고 한다. 신발장만 한 크기의 철장 속에서 움직이지도 못하며 가둬놓은 닭도 있다. 가둬놓고 키울 때 엄청난 스트레스를 받는다고 한다. 드넓은 초원에서 한가로이 풀을 뜯고 있는 소를 생각해봐도 편안하다. 하물며 인간은 오죽하랴 싶다. 이렇게 방목을 하면서 두 딸들에게 당부한 말이 있었다. "일일이 쫓아다니면서 잔소리하지 않는 것은 엄마가 너희들을 믿기 때문이야." 내 말이 떨어지기 무섭게 "알지 엄마."라고 합창을 한다. 이런 두 딸들에게 "학년이 올라갈수록 친구도 많이 생기고, 하고 싶은 일도 많이 생긴다. 일일이 엄마한테 허락받지 못할 수도 있어. 무슨 일이든지 잘 판단하고 해도 돼. 만약 잘못되면 엄마가 도와줄게. 단, 엄마에게 거짓말은 절대 하지 말았으면 좋겠어." 아무리 좋은 말이고 부드럽게 말했지만, 실제로 어떻게 거짓말을 안 하고 살 수 있을까 싶었다. 그래서 한마디 더 보탰다. "거짓말은 절대 안 돼. 하지만 너희들만의 비밀은 있어도 돼." 나는 말로는 이 세상에 모든 것을 다해주는 엄마였으니까 잘난 척하며 한마디 더해줬다. 물론 실없는 빈말은 아니었다. 내 딸들을 믿는 마음은 흔들리지 않기 때문에 진심이었다. 내 딸들은 활짝 웃으면서 "알겠어. 엄마 걱정 마."라고 했다.

둘째가 일곱 살 때다. 어린이집에 다닐 때다. 토요일이었지만 우리 집은 여전히 동네 아이들의 놀이터였다. 전날 어린이집에서 다양한 직업에 대해서 배웠던 모양이었다. 세 명의 아이들이 직업을 하나씩 맡아서 소꿉놀이를 하고 있었다. 마침 친정엄마가 김치를 담아서 남동생 차로 싣고 오셨다. 남동생은 둘째의 친구들에게 다정하게 말을 건넸다. 그리고 이런 질문을 했다.

"너는 커서 어떤 일하는 사람이 되고 싶니?"

그러자 J라는 아이가 대답했다.

"저는요, 서울대학교에 가고요. 의사가 될 거예요."

우리 모두는 기암을 했다. 아니 일곱 살 된 아이가 서울대를 어찌 아는지 궁금했다.

"서울대를 어떻게 아니?"

"우리 엄마가 서울대에 가야 한다고 했어요. 그래서 알아요." 라고 하지 않는가.

남동생은 "와, 의사가 되고 싶구나. 꼭 의사가 될 거야."라고 격려해 주었다. 나는 내 딸들에게 연세대학교라는 말은 한 번도 하지 않았다. 그저 '잘 먹고, 안전하게만 놀아다오.'라고만 했던 나는 띵하고 머리를 한 대 맞은 기분이었다. 그때 둘째 딸이 갑자기 친정엄마를 쳐다보면서 "할머니, 그런데요. 할머니는 왜 하필 할머니를 선택했어요? 우리 엄마도 회사 다니는데요."라고 말하는 것이었다. 요즘 말로 빵 터졌었다. 그 많은 직업 중에 왜 하필이면 할머니를 선택했느냐는 둘째의 말에 한바탕 웃었었다. 그리고는 "엄마는 너희들을 믿는다."라는 말만 끊임없이 했다.

일본에 관상용 비단잉어 중에 '코이'라는 신비하고 특이한 물고기가 있다. '코이'는 보통 어항에서는 5~8센티밖에 자라지 않지만, 수족관에서는 15센티, 연못에서는 25센티까지 자란다. 그리고 강물에 방류하면 최대 120센티까지 자란다고 한다. 주변 환경에 따라서 15배까지 크는 것이었다. 노는 물에 따라 성장하는 크기가 다르다고 하는데 이것을 코이의 법칙이라고 한단다. 사람도 노는 물이 달라야 한다는 말이 있다. 그 물이 그 물인지는 모르지만, 참 신기한 법칙이다. 코이라는 물고기 이야기를 듣고, 내 딸들도 주변 환경과 꿈을 가지는 만큼 얼마든지 성장할 수 있겠다고 믿어 의심치 않았다. 내 딸들은 금 수저를 물고 태어나지 못했다. 부자도 아니고, 머리가 좋은 부모를 둔 것도 아니었다. 좋은 환경은 없었다. 하지만 내 딸들의 '마음의 크기'만은 키워주려고 했다. 움직이지도 못할 만큼 비좁은 닭장이 아닌, 푸른 초원같이 넓은 마음만 갖게 하고 싶었다. 엄마가 내 딸들을 무조건 믿어주고 있다는 환경, 그리고 아무것도 해주지 않는 환경, 이것뿐이었다. 만약 내 딸이 최악의 상황에 빠져있다면 그 상황을 헤쳐 나갈 수 있도록 함께할 마음의 준비만 하고 있었다. "어쩜 이렇게 잘 컸니?" 뜬금없이 내가 물었다. 내 딸은 말했다.

"다른 엄마들처럼 참견하고 잔소리하지 않고, 엄마가 아무것도 안 해줘서. 그래서 잘 컸어."라고. 아무것도 해주지 않아서 잘 컸다고? 비어있다는 것은 가득 차 있다는 건가? '텅 빈 충만'이라는 단어가 떠오른다.

6.

공부하는 엄마, 열 과외 선생 부럽지 않다

친구들과 모여 앉아서 "나는 스스로 하게 둔다. 내가 바쁘다 보니 일일이 챙겨주지 못해. 그리고 언제까지 챙겨줄 수 있겠어? 제 인생 제가 사는 거지 뭐."라고 말한다. 아이들 공부에 목숨을 건 친구들은 아이들 대학만 보내놓고 나면 본인들이 알아서 하게 할 거라고들 말한다. 막상 대학을 보내놓고 나면 택 도 없는 일이라는 것을 그때는 상상하지 못했을 것이다. 그다음에는 또 말한다. "결혼만 시키고 나면 정말 끝이야. 저희끼리 알아서 살라고 하고, 그때는 내 생활을 즐길 거야."라고 말한다.

실제로 그렇게 되던가? 절대라는 말은 아무 데서나 쓰는 말이 절대 아닌 줄 알면서 쓴다. 절대 아니었다. 결혼하고 나니 또 손주를 봐줘야 하는 일이 생겼다. 인생은 하나를 마무리하고 나면 그다음 것이 또 기다리고 있었다. 산 넘어 산이었다. 그래서 그 순간을 즐기면서 살아야 한다. 지금 이 순간, 행복해야 된다. 돈은 저축하면 이자가 붙지만, 행복은 저축하는 것이 아니었다. 순간순간 행복하다고 느껴야 하는 거였다. '아이들 다 키워놓고 나서 여행 다닐 거야.' 했던 사람들은 막상 여행 가기가 어렵다는 걸 안다. 고기도 먹어본 놈이 먹을 줄 안다는 식상한 말을 늘어놓지 않아도 대번에 알 수 있다.

팔순이 넘은 친정엄마를 봐도 드러난다. 평생을 밥하고, 청소하고, 빨래하는 것만 하다 보니 나이 들어서도 할 줄 아는 게 없다. 젊어서 여행도 다녀보고 해야 하는데, 여행의 즐거움을 모른다. 딸로서 안타깝다 못해 그런 엄마를 보면 울화가 치밀 때도 있다. 나의 인생 목표 중에 두 가지가 있다. 하나는 "나는 우리 엄마처럼 안 살거야."였다. 그리고 또 하나는 내 딸이 "나는 우리 엄마처럼 살 거야."라고 말하게 하는 것이었다. 보고 배운다고 하지 않던가. '그 엄마를 보고 자랐으니 어쩔 수 없지 않을까?'라고 생각하는 엄마들이 있다면 말해주고 싶다. 내 딸들이 지금 나처럼 친정엄마 때문에 안타깝다 못해 울화가 치밀게 하지 말아야겠다고 생각하면 된다. 내 딸들이 나이 들어가는 나를 보면서 안심하고, 편안하고, 걱정 덜고, 자랑스럽게 생각한다면 이보다 더 좋은 수는 없다. 바로 그거다. 그렇게 살고 싶었다.

옛날에 꽃게 한 마리가 있었다. 어느 날 자식 꽃게들이 노는

내 딸들, 자존감 부자로 키웠다

모습을 보니 흐뭇했다. 그런데 한 가지 아쉬운 점이 있었다. 바로 옆으로 기어가는 모습이었다. 아버지 꽃게는 자식 꽃게들을 불러 모았다. "얘들아, 비록 이 아비는 평생 옆으로 기어갈지언정, 너희들은 똑바로 한번 걸어봐라." 이야기를 들은 자식 꽃게들은 알겠다고 대답하면서 똑바로 걸어가려 했지만, 역시나 옆으로 기어가고 말았다는 이야기다. 친정아버지가 살아생전 해주신 이야기다. 부모가 1등을 못 했으면 자식들도 1등을 할 확률이 적다는 것을 친정아버지는 이미 알고 계셨다. 이런 부분에서는 나도 아버지의 영향을 많이 받았다. 내 딸들에게 공부하라고 다그치지 않았다. 공부할 아이는 하라는 말을 하지 않아도 알아서 한다. 사춘기 시절에 공부 잘하게 하고 싶다면 공부하라는 말 빼고 다 하라고 하지 않던가?

누구나 공부 잘하고 싶다. 클릭 하나만 하면 공부에 집중하는 법 등 방법은 널려있다. 그런데 다양한 방법이 있음에도 아무나 공부가 잘되는 것은 아니다. 왜냐하면 공부는 성과가 빨리 나지 않는 것도 있지만, 내가 이 공부를 해야 할 목적의식이 있어야 되는 거였다. 내가 그랬다. 뒤늦게 시작한 대학 공부를 어렵게 마치고 나니까 성취감이 있었다. 그런데 그게 끝이 아니었다. 졸업장만 있으면 될 줄 알았다. 졸업을 하고 나니까 그것은 또 다른 시작이었다. 내가 하고 있는 일과 관련하여 또 필요한 것이 있었다. 인생은 끝없이 공부하지 않으면 안 되는 거였다. 내가 이걸 일찍이 깨달았다는 사실이 다행이었다. '아이들을 공부하라고 성화대며, 개 목줄하고 끌다시피 했으면 어쩔 뻔했나.'라고 생각만 해도 끔찍하다. 사실 내가 바쁘게 사느라고, 내 딸들에게 아무것도 못 해준 것이기도 했다. 어쩜 나같이 성질 더러운 엄마는 바쁜 편이 다행이었을 수도 있었다며 친구들과 수다 한판 벌이기도 한다. 그때마다 그런 내가 고맙다.

사회생활을 시작하면서 끊임없이 공부가 필요하다는 것을 알았다. 그저 공짜로 되는 것은 없었다. 어쩌면 콩나물시루 안에 콩나물처럼 자란 내가 이제서야 단단해지고 내 앞가림을 하고 있었다. 사회생활을 하면서 내 안에 숨어있던 잠재력이 하나하나 드러나고 있었다. 나는 원래 약하고, 못난 사람이 아니었다는 것을 깨닫게 되는 희열은 이루 말할 수 없었다. 내가 그랬듯이 누구나 자기 안에 잠재력이 있었다. 그 잠재력은 남이 꺼내주는 것이 아니었다. 내 안에 잠재력은 내가 꺼내는 것이었다. 다만 꺼낼 수 있도록 주변의 자원이 없었던 것이다.

열심히 해내는 나에게 선배들은 말했다. "잘했다." "이런 점이 정말 좋았다." "이렇게 하면 더 잘할 것 같다." "일하는 거 보니까 성장 가능성이 많아 보인다." 애 둘 낳고, 준비도 없이 시작한 사회생활에서 나는 칭찬만 들었다. 그 희열을 내 딸들에게도 나

누고 싶었다. 그래서 대학공부도 시작했었던 것이다. 나에게는 1
년, 3년, 5년, 10년 세월이 갈수록 실전 경험이 쌓였다. 그 경험
은 나에게 또 다른 공부를 계속하게 했다. 자격을 갖추는 데는
실전 경험과 같이 라이센스가 같이 가야 했다. 사회복지사 공부
를 시작했다. 자격증을 땄다. 또 끝이 아니고 시작이었다.

이 세상에 상담전문가라고 하는 대가들이 많다. 나는 감히
그 전문가들과 어깨를 나란히 하고자 공부를 한 것은 아니었다.
만약 그랬다면 나는 공부를 끝까지 하지 못했을 거다. 훌륭한
상담가들 중에 나는 미약한 점 하나일 뿐이었다. 미약한 점이라
고 한 것은 겸손도 아니고, 자학도 아니다. 나는 나만의 해답을
가진 '정애숙이라는 전문가'로 거듭나고 싶었다. 그래서 대학원에
진학해서 공부를 했다. 대학원을 마치고 공로상으로 대학원장상
도 받았다. 시간을 쪼개서 일과 공부와 아이들을 키우는 일은
바쁘고 힘들었다. 이제 공부를 더 할 체력도 없었다. 이젠 그만
해야지 맘먹고 있었다.

아는 교수가 박사과정을 추천했다. 박사과정에 들어오면 강
의할 기회도 생길 수 있다고 했다. 그때는 도저히 계속할 힘이
없었다. 대학에서 강의할 수 있다는 말은 솔깃했다. 그런데 우선
체력이 안 되었다. 그러고는 생각했다. 내가 이 나이에 박사를
해서 어디에 써먹을 수 있을까? '그동안 너무 힘들었는데 이젠
그만해야지.'라는 생각도 있었다. "좀 쉬어서 체력을 키운 후에

이번 학기 말고 다음 학기에 할게요."라며 시작하지 않았었다. 역시 내가 마음먹은 대로 되었다. 결국 박사과정은 시작하지 못했다. 지금 후회가 된다. 그때 기회가 왔을 때 시작할걸. 그때 늦었다고 생각했었는데, 그건 오산이었다는 것을 지금 절실히 느끼고 있다. 아쉬운 부분이다. 지금 대학에서 시간강사를 하고 있다. 그때 내가 박사과정까지 마쳤다면 시간강사에서 또 다른 모습이 되었을 지도 모른다.

공부를 할수록 또 다른 공부가 보였다. 계속 공부하고 싶었다. 나이 들어 은퇴 이후에 자원봉사라도 하려면 평생교육사가 필요했다. 또 평생교육사 자격증을 땄다. 이제부터는 미래를 준비하는 것이 필요했었다. 문해 교육 초등학년 인정 교원연수도 이수했다. 나중에는 직장을 다니는 첫째 딸과 함께 한국어교원 2급자격증도 취득했다. 끊임없이 현재를 즐기면서 미래를 준비했다.

내 딸들에게 공부 안 하면 훌륭한 사람 못 된다고 협박하지 않았다. 내가 내 인생 열심히 살아냈다. 그걸 보고 자란 내 딸들도 살아가면서 필요하다고 생각되면 그때 열심히 해낼 거라고 나는 믿었다. 지금도 주변에 지인들이 사회복지 공부를 시작하면 나는 적극 도움을 준다. 내가 공부할 때 도움을 받았던 것처럼, 나도 그들에게 도움이 되고 싶기 때문이다.

노느니 염불 외운다고 하지 않던가? 살아있기에 감사하다.

지금까지 천지에 깔린 인생어록만 읽으면서 위로만 받고 살았다면, 이제는 아주 쉬운 것이라도 자격증 하나 준비하면 어떨까? 성취감을 느낀다. 계속 도전하게 된다. 도전하는데, 이 작은 성취감은 아주 확실한 쥐약이다.

선생님의 칭찬을 이긴 엄마의 칭찬은?

내가 중학교에 입학하고 있었던 일이다. 초등학생 때 선생님들에게 한 번도 칭찬을 받아본 기억이 없다. 있는 듯 없는 듯 조용한 아이였다. 선생님들의 손이 가지 않았기 때문이다. 나의 교복은 3년 동안 입으라고 발목까지 오는 치마 길이였다. 하교길에 초등학교 4학년 때 담임선생님을 만났다. "안녕하세요?" 인사를 했다. "애숙이구나. 치마가 너를 입었구나. 밥 많이 먹고 키 좀 커야겠다." 지금도 생생히 기억나는 선생님의 말씀이었다. 내가 그때 엄청 큰 교복을 사 입었다는 것을 그날 알게 되었다. 그래도 선생님께서 내 이름을 불러주시고 밥 많이 먹고 학교 다니라는 말씀에 행복했던 기억이 있다. "치마가 너를 입었구나."라는 말씀에 조금 부끄럽긴 했지만, 내 이름을 불러주고 밥 많이 먹으라는 그 말씀에 가슴이 콩닥콩닥 뛰며 좋았다. 유일하게 기억

　　　　　　　　　　　　내 딸들, 자존감 부자로 키웠다

에 남는 선생님의 칭찬이다.

친정엄마에게 들은 칭찬은 딱 한 가지 있다. 엄마가 지인들과 모여서 이야기할 때다. "우리 애숙이는 첫돌 지나고 걷기 시작하면서 방 안에 등잔불을 한 번도 건드리지 않았어요. 얼마나 얌전하고 착했는지 몰라요." 어렸을 때 친정엄마에게 들은 유일한 칭찬이었다. 나는 얌전했다는 칭찬 속에서 계속 얌전해야 하는 거라고 생각했었다. 이 말이 나에게는 칭찬이 아니었다는 것을 알게 된 것은 세월이 흐르고 내가 엄마가 되고 나서였다. 내가 내 딸들에게 칭찬을 많이 할 수밖에 없는 이유이기도 했다.

가끔, 과거에 부모님이 나에게 상처를 주었기 때문에 내가 이럴 수밖에 없었다고 한탄하는 사람들을 만난다. 과거에 내가 상처를 받게 된 원인을 알아보는 이유가 있다. 이제 와서 그 사람에게 탓을 돌리기 위함이 아니다. 내가 원래 못난 사람이 아니었다는 것을 알게 함이다. 내가 지금 이럴 수밖에 없는 것은 내 잘못이 아니라는 것을 알기 위해서다. 만약 나에게 상처를 준 부모님이 돌아가셨다면 이제 와서 어쩌겠는가? 나는 원래 부족한 사람이 아니었다는 것을 확인하면 된다. 그래야 내가 다시 설 수 있는 거다.

세계적인 음악가 정트리오(정명화, 정경화, 정명훈)의 어머니인 이원숙 여사의 자녀교육법에 대해서 감동을 받은 적이 있다. 나중에 정트리오의 관련기사도 보게 되었는데, 어느 날 국제적인 음악콩쿠르에서 1등을 하면서 세계적으로 명성을 날릴 무렵, 바이올리니스트 정경화 씨는 울면서 "엄마, 나 이제 못하겠어요. 너무 힘들어요. 바이올린 그만둘래요."라고 말했다고 한다. 그 말을 들은 이원숙 여사는 "그래. 지금 당장 그만두자. 너를 위해 바이올린을 해야지, 바이올린을 위해 바이올린을 해서야 되겠니? 너는 정말 넘치도록 이룬 거야. 엄마는 네가 정말 자랑스럽다. 그러니 이제 그만두자."라고 하였단다. 훗날 "그 말을 듣고 울음을 멈출 수밖에 없었다."며 "어머니는 자식의 마음을 꿰뚫어보고 움직이는 남다른 재주를 가진 분이세요. 어머니가 '그만두자'고 하시는 순간, 오히려 '내가 왜 바이올린을 그만두지?' 하는 생각이 들더라고요. 그날 이후 다시는 바이올린을 그만두겠다는 말을 입 밖에 내지 않았습니다. 실은 바이올린을 마음 깊이 사랑하고 있다는 걸 깨달았으니까요."라는 기사였다. 이원숙 여사는 자녀를 키우면서 한 번도 '안 된다.'는 말을 한 적이 없다는 것이다. 어떻게 그럴 수 있을까. 대단하다고 느꼈었다. '안 된다.'는 말을 어떻게 안 할 수가 있지? 그건 신의 경지에 올라야 하지 않을까 생각했었다. 그래서 나는 '믿는다.'라는 말을 하기로 했었다. 그때 내 수준에서 내가 할 수 있는 것이 그것뿐이었다.

두 딸들에게 어려서부터 당부하는 것이 또 하나 있었다. 일하는 엄마를 둔 아이들은 집에 아이들을 데리고 와서 놀기도 하지만, 또 친구들 집에도 자주 갔다. "친구들 집에 가면 우리 집에 없는 물건도 많이 있을 거야. 갖고 싶은 것도 있을 거야. 아무리 갖고 싶어도 절대로 남의 물건에 손을 대는 일은 없어야 해."라고 했다. 친구들 집에 가면 거실장 위에, 또는 방바닥에, 눈에 보이는 곳에 천 원짜리도 놓여 있을 수도 있고, 10원짜리, 100원짜리 동전도 보일 거야. 절대로 손대지 않아야 한다고 했다. "어쩌면 친구네 엄마가 일부러 그 돈을 거기에 놓아서 친구들을 테스트 하는 것일 수도 있어."라고까지 했다. 나는 좀 더 강하게 어필하고 싶어 상상력을 발휘해서 딸들에게 무장을 시켰다. 그래서인지 단 한 번도 돈과 관련한 사고는 없었다.

둘째가 고등학생 때이다. "엄마, 오늘 선생님께 칭찬받았다."며 자랑을 한다. "복도에서 만난 사회 선생님께 마주칠 때마다 인사를 했더니 칭찬해 주셨어."라고 했다. "엄마, 국어선생님께서 딸이 둘 있는데 나를 선생님 딸 삼고 싶으시대."라며 신이 나서 말했다. 또 어느 날은 "음악선생님께서 나를 칭찬해 주셨어. 그 음악선생님 정말 너무 멋있으셔."라고 했다. 무슨 일이었는지 기억이 나진 않지만, 학교에 갔었다. 교무실을 지나는 데 마침 둘째가 말하던 그 음악선생님이 보였다. 용기를 내서 노크를 하고 교무실로 들어갔다. 고개를 숙여 목례 인사를 하면서 "누구 엄마입니다."라고 했다. 그 음악선생님은 무척 화가 난 얼굴이었다.

나의 인사에도 쉽게 인상이 펴지지 않는 모습이었다. 나는 "둘째가 음악선생님 멋진 분이라고 자랑을 많이 해서요. 칭찬도 많이 해주신다고 해서 감사인사 드립니다."라고 했다. 그제야 학부모에 대한 경계심을 내려놓는 듯 느껴졌다. 의자에 앉지도 않고, 서서 몇 마디 주고받고는 이내 교무실을 나왔다. '부모들은 한두 명의 자녀들도 키우느라 힘든데, 선생님들은 몇천 명의 아이들과 학부모를 상대하고 있으니 얼마나 힘이 들까.' 하는 생각을 하면서 교문을 나섰다.

다음 날 학교에서 돌아온 둘째는 편지 한 장을 들고 와서 보여줬다. 어제 엄마가 만난 음악선생님께서 손 편지를 써서 둘째에게 주었다. 대충 내용은 '네가 예쁜 이유를 알았다. 엄마가 이렇게 미인이시구나. 모든 학부모가 너희 엄마만 같으면 좋겠다.'라는 내용이었다. 그러면서 편지 마지막에 「눈 내린 들판을 걸어갈 때는 함부로 어지러이 걷지 마라. 오늘 내가 걸은 발자국은 뒷사람의 이정표가 될 것이다.」라는 시 한 편이 적혀 있었다. 그시를 보는 순간, 나도 내 딸들을 위해서 함부로 어지럽게 걸어가지 말아야겠다고 생각했다. 시간이 지나면서 "내가 걸은 발자국이 내 딸들에게 이정표가 되어야겠다."고 다짐하게 되었다. 잘살아 내야 하는 이유가 또 생긴 것이다.

한번은 이런 일이 있었다. 학교에서 있었던 일이라며 바쁜 나를 식탁에 주저 앉혔다.

"지난번에 내 딸 삼고 싶다고 하신 그 국어선생님께서 '너는 똥밖에 버릴 것이 없구나.'라고 하셨어."

"그래? 무슨 일이 있었어?"

"아니, 수업시간에 수업태도가 좋다고 하셨어. 나는 선생님이 묻는 말에 대답을 한 거밖에 없어."

"칭찬받을 만하네. 학생이 수업태도가 좋다는 것은 훌륭한 일이지."

나는 불난 집에 부채질하듯이 맞장구를 쳤다. 평소에 '대답 잘해라. 말할 때는 말끝을 흐리지 말아라. 바른 자세로 인사 잘해라.' 내가 강조했던 이 세 가지를 따라 주던 딸들이었다. 칭찬은 칭찬을 낳고, 또 다른 칭찬을 낳는다. 아주 작은 행동에도 믿고 칭찬하면 된다. '너는 똥밖에 버릴 것이 없다.'는 선생님의 칭찬에 신이 난 내 딸에게 한마디 안 할 수가 없었다. "연주야, 엄마가 보기에 너는 똥도 버리기 아까운 딸이야."라고. 이 일이 있은 후로 조금만 잘하는 일이 있으면 "똥도 버리기 아까운 내 딸"을 입에 달고 살았다. 숙녀가 된 둘째가 화장실을 사용하고 나오면 나는 일부러 놀린다. "화장실 환풍기 켜세요."라고. "똥도 버리기 아깝다고 하신 그 어머니는 어디 가셨나요?"라고 둘째도 웃으며 나를 놀린다. 지나가 버린 울고 웃었던 수많은 추억을 꺼내며, 오늘도, 내일도 웃고 또 웃는 날들이 이어진다. 추억은 또 다른 추억을 낳는다.

　개똥도 약에 쓰려면 없다는 말을 많이 들었었다. 누에의 똥은 동의보감에 약으로 기록되어 있다고 한다. 특히 피부염에 좋다고 한다. 그것은 누에가 뽕잎만 먹고 살아서 그렇단다. 똥도 버리기 아깝다는 말을 듣고 자란다면 그 자존감은 과연 어디까지 깊어질까? 많은 아이들이 듣고 자랐으면 좋겠다. 거름으로 충분히 귀한 것이 똥이다. 옥토가 되게 하는 그것이 내 딸의 마음 밭에도 충분히 귀한 것이 될 것 같다.

존엄한 내 딸, 존경받는 엄마

오래전에 본 일이 생각난다. 좁은 이면도로의 횡단보도 앞에 서 있었다. 아직 초록불로 바뀌지 않았다. 물론 달리는 차는 없었다. 그때 대여섯 살 정도 되어 보이는 아이를 데리고 횡단보도를 급하게 건너는 엄마가 있었다. 한눈에 봐도 엄마가 매우 바쁘게 보였다. 엄마의 걸음걸이 보폭을 미처 따라가지 못하는 아이는 질질 끌려가다시피 뛰었다. 엄마는 아이에게 큰소리로 말했다.

"오늘은 엄마가 바빠서 빨리 가는 거야. 너는 혼자 횡단보도 건널 때 절대로 빨간 신호등에 건너면 안 돼, 알았지?"

아이는 엄마의 빠른 보폭을 따라가느라 대답할 겨를도 없어 보였다.

"대답해, 엄마 말 알았어? 몰랐어?"

아이의 대답소리가 들릴 듯 말 듯 엄마와 아이는 멀리 사라졌다. 그들이 사라진 그 자리에는 늘 바쁘다며 동동거리는 내 모습이 보였다. 부모는 자식에게 거울이라는데, 나는 내 딸들에게 어떻게 비춰질까? 내 딸들은 무엇을 배울까? 상담가가 되기 위한 관련 독서와 공부를 하느라고 바빴다. 자격증을 따느라고 바빴다. 바쁘다는 핑계로 여러 가지 놓치지만, 내 딸들을 믿어주는 마음만은 늘 놓치지 않으려고 했다.

딸들이 성장하는 만큼 나도 성장하려고 발버둥을 쳤다. 딸들을 위해서 발버둥을 친 게 아니다. 내 삶을 내가 책임지며 살기 위한 발버둥이었다. 백점 엄마가 되려고 하지 않았다. 빵점 엄마였지만 엄마이기 이전에 한 인간으로 열심히 살았다. 백점 짜리 잘난 엄마를 따라가다가 빵점이 되는 딸이 아니었다. 빵점 엄마를 채워 주기 위해 백점짜리 딸이 되어 주었다고 생각한다. 내가 내 삶을 열심히 살아갈 때, 저절로 좋은 엄마가 되었다. 엄마 자신의 삶은 뒷전으로 하고, 엄마인 내가 딸들의 삶에 '감 놔라 대추 놔라' 하면서 시간을 허비하고 싶지 않았다. 자칫하면 내 의도와 상관없이 나쁜 엄마가 될 수도 있었기 때문이다.

딸들과 대화를 하면서 소통이 잘되니 관계도 좋았다. 나는 이 좋은 관계를 우정이라고 표현했다. 모든 인간관계에는 우정이 있으면 더 좋을 것 같았다. 친구 사이에만 우정이 중요한 게

내 딸들, 자존감 부자로 키웠다

아니었다. 자식과의 관계에서도 우정이 있으니 더 좋았다. 늦은 퇴근으로 늘 미안해하던 나에게 "엄마도 엄마의 사생활이 있는 거니까, 미안해하지 않아도 돼."라고 한 둘째의 말은 지금도 잊지 못한다. 어느 날 둘째가 말했다.

"엄마는 할 줄 아는 게 콩나물무침, 시금치무침밖에 없어?"

"응, 미안해. 뭐 먹고 싶어?"

"스파게티 먹고 싶어"

"알았어. 해줄게"라며 스파게티를 해준 적이 있다.

"엄마는 언니가 학교 다닐 때는 김밥도 싸주고 샌드위치도 많이 해주더니 나는 왜 안 해줘?"라고 묻는 날도 있었다.

어느 날은 친구 집에 갔는데 친구 엄마가 맛있는 음식을 해주었다고 한다. 그때마다 바쁜 나는 "미안해!"하면서 할 수 있는 만큼 해줬다.

"엄마도 다 잘하지 못해. 잘하는 것도 있고, 못 하는 것도 있단다."

난 언제나 솔직해야 했다. 나는 밥하고, 청소하는 '살림'을 열심히 하지 못했다. 부끄럽지만 죽지 않을 만큼 하고 살았다. 하지만 내 삶을 살리는 '살림', 내 딸들을 살리는 '살림'은 열심히 했다고 자부한다. 이 땅의 엄마들의 살림 솜씨는 최고다. 그 살림 솜씨를 이제는 '사람을 살리는 살림'으로 하면 좋겠다.

몸이 건강해지는 따뜻하고 맛있는 음식은 많이 못 해줬다. 대신 마음이 건강해지는 따뜻한 말은 많이 해줬다. 잠재력을 믿어주고, 생각을 믿어주고, 행동을 믿어줬다. 따뜻한 밥이 중요한 것처럼 따뜻한 말로.

엄마의 역할은 끝이 없다. 때에 따라서 해줘야 하는 역할이 많다. 엄마이면서 때론 상담가가 되어야 하고, 때론 친구가 되기도 한다. 인생의 선배도 된다. 수많은 역할 중에 엄마라는 존재는 나이 들어보니 등대 같다. 인생이라는 배를 타고 항해하다가 안전하게 돌아오는 길을 밝혀주는 등대의 역할을 하면 되는 거였다. 등대는 배를 쫓아다니지 않는다. 배를 대신 운전해 주지도 않는다. 등대는 늘 그 자리에 있으면서 밝게 비춰준다. 비바람이 친다고 해도, 파도가 높다고 해도 등대는 그 자리를 이탈하지 않는다. 배는 언제나 등대의 불빛을 믿고 들어온다. 누구에게나 '회복탄력성'은 있다. 특히 내 딸들에게도 있다고 믿어줘야 한다. 노래는 좋지만, 〈남자는 배 여자는 항구〉라는 제목은 왠지 불편하다. 그런데 딸들은 배, 엄마는 항구라는 말로 바꾸어보니 기분 나쁘지 않다.

많은 사람들이 딸 하나 있었으면 좋겠다고 한다. 부럽다고 말한다. 나는 부럽다는 그 말을 어느 정도는 사실일 거라고 믿는다. 많은 사람들이 부러워하는 딸이 나에게는 둘이나 있다. 참 감사하다. 자매가 없는 나에게 신이 주신 축복이라고 생각한다.

역시 신은 다 주지는 않는가 보다. 나는 딸이라는 단어를 좋아한다. 어감이 참 좋다. 군더더기가 없다. 졸졸졸 따라올 듯하고, 똑 떨어지는 느낌이기도 하다. 이런 어감 속에는 따뜻함과 친근함이 묻어있다. 아름답기까지 하다. 물 위에 아름다운 색깔의 물감 한 방울 떨어뜨렸을 때, 화려하게 번지는 그림이 그려지기도 한다. 딸들이 곁에 있어도 딸들이 그립다. 딸이라는 글자 속에는 엄마의 마음을 움직이는 힘이 들어있다. 엄마의 숨결이 들리기도 한다. 적어도 나에게는 그렇다. 엄마의 인생에서 참 중요하고 귀한 존재이다.

어느 유명한 강사가 한 말이 기억에 남는다. 이 세상에 있는 단어 중에서 귀하고 중요한 것은 모두 한 글자로 되어 있단다. 물, 불, 땅, 돌, 숲, 해, 달, 별... 그리고 딸! 이라고 한다. 나는 그때는 그 말을 재미로 들었었다. 그런데 막상 딸을 낳고, 딸을 키워보니 그 말은 맞는 말이었다. 나는 한때 아들을 낳고 싶었었다. 둘째 딸을 낳은 다음부터는 단 한 번도 아들을 낳고 싶다는 생각을 해본 적이 없다. 아쉬움 1도 없다. 때론 친구 같고, 때론 연인 같고, 때론 엄마 같은 딸이다. 아들만 있는 친구들을 만날 때도 당당하게 말한다. "내가 너희들한테 다 지는데, 딱 하나, 딸 있는 것은 내가 이겼다."라고. 대부분 그 말에 토를 달거나 부정하지 않는다.

내가 힘들 때, 도나 힉스의 《일터의 품격》이라는 책을 선물 받았다. 단숨에 읽었다. 태어나면서 부여받는 가장 큰 선물은 '존 엄'이라고 한다. 누구나 자기의 리더십에 조금 더 자신감을 가지라고 한다. '신뢰에는 안전이 필요하며, 사람들을 안전하다고 느끼게 만드는 확실한 방법은 그들을 '존엄'하게 대하는 것이다.'라고 한다. 엄마들이 내 딸을 믿어주는 확실한 방법이 여기에도 있었다. 존엄은 사랑이라고 한다. 나는 책을 읽으면서 내 딸들을 믿은 나를 안아주고 싶었다. 존엄은 어떤 행동을 하든 상관없이, 우리 모두가 마땅히 받아야 하는 것인 반면에, '존경'은 스스로 쟁취해야 하는 것이다. 존경을 받으려면 존경받을 만한 일을 해야 한다는 것이다. 나는 존경받을 만한 엄마까지는 아니다. 다만 내 딸들에게 끊임없이 믿어주며, 사랑한다고 말했다. 누군가는 '말로만 하는 사랑이 무슨 사랑이냐'고 할 수도 있다. 나는 말로 해야 한다고 생각한다. 오히려 사랑을 글로만 가르치는 것이 더 위험하다고 생각한다. 이런 나의 마음이 통했는지 둘째가 말했다.

"엄마, 엄마는 나를 어떻게 키웠어? 나도 엄마 같은 엄마가 될 거거든."

보고 있어도 보고 싶은 내 딸의 말이 지금 이순간도 고맙다.

요즘 도서관에서 '사람책'으로 활동하는 사람들이 있다. 책은 저자의 경험과 생각을 전달한다. 그러나 종이책은 딱딱하고 지루

하다면, 살아있는 책이 바로 사람책이다. 참 기발하다. 사람책은 경험과 지식과 생각을 나누는 사람이다. 한 사람이 곧 한 권의 책이 될 수 있다는 거다. 나도 내 딸들에게 사람책이 되고 싶다.

내 딸을 위해서 좋은 엄마, 멋진 엄마, 최고의 엄마가 되고 싶은 마음은 당연합니다. 내가 내 딸의 인생에 어떤 가치관을 심어주고, 어떤 엄마의 모습을 보여 주느냐도 중요합니다. 이 책에서는 엄마의 역할만을 열심히 하기 위한 노력을 하라고 강조하지 않습니다. 엄마이기 이전에 한 사람으로 자기 인생을 정성껏 살아가는 모습이 더 중요합니다. 그래야 내 딸도 자기 인생을 정성껏 살아갑니다. 언제, 어디서, 누구와, 무슨 일을 하더라도 믿어주면 됩니다. 저는 무조건 내 딸을 믿어주었습니다. 예를 들면, 이렇게 믿어주었습니다. 규칙 1. 내 딸은 옳다. 규칙 2. 만약 내 딸이 옳지 않다면 규칙 1로 돌아가라. 어떤가요? 무조건 믿는다는 것이 어떤 것인지 보이지요? 어느 호프집에서 본 글귀인데요. 프랑스 철학자이자 수학자인 르네 데카르트에게서 유래되어 탄생한 신조어인 데카르트 마케팅이라고 합니다. 고객에게 신뢰감을 줄 수 있는 브랜드를 만들기 위해 적용시킨 것이랍니다. 바로 내 딸에게도 의심 없이 적용해도 됩니다. 그때는 데카르트가 한 말인지 몰랐지만, 저는 무조건 믿어주는 전략으로 힘 덜 들이고 키웠습니다. '믿는다'라는 '말로만 교육법'으로 내 딸들은 자존감 부자가 되었습니다. 아주 강력한 효과가 있었다는 것을 자랑합니다.

많은 엄마들이 더 좋은 엄마가 되지 못하는 것에 아쉬워합니다. 더 좋은 것을 해주지 못해 미안해합니다. 그럼에도 불구하고 미안해하지 않고, 불안해하지도 않으면서 온전히 믿어주기 위해서는 어떻게 해야 할까요? 이 책을 읽으면 아쉬워하고 미안해하지 않게 됩니다. 내 딸이 성공해서 잘 살지 못하게 될까 봐 불안해하고 걱정도 하지 않게 됩니다.

첫째, 독립적인 딸로 키우기 위한 엄마의 비밀병기가 있습니다. 그것은 삶을 열심히 살아내는 엄마의 당당함이고, 따뜻한 엄마의 말입니다. 네이버 지식인에는 모든 것이 다 들어있습니다. 예를 들어, 딸을 위대하게 키우는 법이라고 검색하면 다 나옵니다. 그 글을 읽고 외운다고 해서 딸이 저절로 위대해지지 않습니다. 엄마가 독립적이고 당당해지는 것이 먼저입니다. 내가 어린 시절 어떻게 자랐는지를 먼저 돌아보며 나의 결핍을 찾아야 합니다. 나의 결핍이 부모 때문이었다면, 이제라도 부모에게 따지든지, 사과받기 위함이 아닙니다. 나의 결핍은 그러저러한 이유가 있었다는 것을 알아야 하는 이유가 있습니다. 바로 원래 내 속에 숨어있는 잠재력을 믿어주기 위해서입니다. 그리고 당당해지기 위해서입니다. 내 인생을 정성스럽게 살기 위해서입니다. 왕자를 만나는 것만이 인생의 탈출구라고 생각하는 예쁜 공주로만 키우지 않게 됩니다. 씩씩하고 용감하게 자기 인생을 개척하고 도전하며 살아내는 용기 있는 공주가 되는 주인공이 더 멋집니다.

딸들에게는 엄마의 말과 행동이 미치는 영향력은 절대적입니다. 부모로부터 "너는 뭐든지 할 수 있어."라는 말을 들은 아이보다 "너는 이래서 안 돼."라고 부정당한 아이일수록 부모의 말을 더 믿는 경향이 있다는 결과가 나왔다고 합니다. 무서운 결과입니다. "너는 뭐든지 할 수 있어."라는 말을 얼마나 많이 해야 믿을 수 있을지 상상이 갑니다. 무조건 믿어줘야 합니다. 인공지능이 판을 치는 세상입니다. 하지만 인공지능도 엄마의 따뜻함이 묻어있는 말은 흉내도 내지 못할 겁니다. 내 딸이 "엄마!"하고 부르면 엄마는 왜, 무엇 때문에 부르는지 엄마는 단박에 알 수 있습니다. 하지만 인공지능 AI는 거기까지는 모를 겁니다. 금수저로 밥 열 스푼 먹는 것보다 흙수저로 내 딸의 마음을 건강하게 해주는 엄마의 따뜻한 말 한 스푼이 더 영양가 있고 배부릅니다.

둘째, 엄마표 성교육은 유아기부터 성인이 될 때까지 내 딸과

내 딸들, 자존감 부자로 키웠다

의 관계를 좋게 하는 강력한 도구입니다. 21세기는 여성의 시대입니다. 우리 딸들이 이 땅에서 꼭 필요한 사람으로 삶을 행복하게 살아가길 바라는 것은 모든 엄마의 바람입니다. 우선 행복한 딸로 키우려고 애쓰지 말고, 엄마가 먼저 행복이 무엇인지 보여주어야 합니다. 행복, 성공, 사랑을 글로만 가르치면 효과가 없습니다.

행복한 딸 뒤에는 반드시 행복한 엄마가 있습니다. 이상적인 엄마의 역할에 연연하지 않아도 됩니다. 웃음소리만 가득한 집보다 내 딸이 언제든지, 무슨 고민이든 말할 수 있는 집을 만드는 엄마가 되어야 합니다. '나는 딸 가진 엄마로서 자격이 충분한가?' 고민하지 않아도 됩니다. 엄마의 자궁 속에서 나온 그 순간부터 딸은 나의 일부가 아닙니다. 딸이라는 이름을 가진 한 인간입니다. 딸이라는 이름을 가진 인생의 후배입니다. 딸이라는 이름을 가진 친구입니다. 엄마표 성교육은 내 딸과 우정을 나누는 친구가 되게 합니다. 이 세상에 '의미 있는 타인'으로 든든히 자리매김하고 있는 사람이 바로 엄마와 딸입니다. 엄마 배 속에서 나와 탯줄을 자르는 그 순간부터 내 딸은 삶의 주인공으로 결정되었습니다. 엄마표 성교육은 주인공임을 한순간도 잊지 않게 해줍니다. 간혹 조연이나 주인공의 친구 역할, 지나가는 단역으로 착각할 때도 엄마표 성교육은 주인공임을 깨닫게 해줍니다. 남자친구를 만날 때도, 배우자를 고를 때도 간택 받기만을 기다리지 않습니다. 직접 간택해도 된다는 것을 알게 합니다. 엄마표 성교육을 받은 당당한 내 딸은 타인의 당당함도 인정할 줄 알게 됩니다. 안전하고 행복한 데이트는 물론입니다. 나 자신이 소중하다는 것을 아는 사람은 타인에게 함부로 하지 않기 때문입니다.

셋째, '엄마처럼 안 살 거야.'가 아니라 '엄마처럼 살 거야.'라고 말하게 키워야 합니다.

지금까지 살면서 '나는 우리 엄마처럼 살 거야' 보다 '우리 엄마처럼 안 살 거야.'라는 말을 더 많이 들었습니다. '엄마처럼 살 거야.'라는 말을 듣고 싶다면, 엄마도 딸과 함께 성장해야 합니다. 아무것도 해주지 않고, 돈 한 푼 들이지 않았는데 '엄마 같은 엄마가 되고 싶다.'는 고백을 들었습니다. 엄마가 아무것도 안 해줬는데 어찌 이렇게 잘 컸느냐고 물었더니 '엄마가 아무것도 안 해줘서' 잘 컸다고 합니다. '이거 해라, 저거 해라' 잔소리하지 않고 믿어줘서 잘 컸다고 합니다.

존엄한 내 딸임을 인정해야 존경받는 엄마가 됩니다. 내 딸이 엄마를 신뢰하게 만들어야 합니다. 내 딸이 우리 엄마는 안전하다고 느끼게 해줘야 합니다. 신뢰에는 안전이 필요합니다. 사람들을 안전하다고 느끼게 만드는 확실한 방법은 그들을 '존엄'하게 대하는 것입니다.

내 딸들, 자존감 부자로 키웠다

이 세상에 있는 단어 중에서 귀하고 중요한 것은 모두 한 글자로 되어 있다고 합니다. 물, 불, 땅, 돌, 숲, 해, 달, 별…, 그리고 딸! 이라고 합니다. 해는 모든 빛을 다 묻고 홀로 밝지만, 달과 별은 다른 빛도 빛나게 하면서 빛을 냅니다. 딸들도 인생을 살아가면서 힘들고 시련을 겪을 때도 있겠지요. 바로 그때 더욱 반짝이게 될 것입니다. 내 딸들의 마음속에 있는 수많은 별들이 언제 어디서나 누구와 함께 무슨 일을 하더라도 반짝반짝 빛이 날 겁니다. 그 별을 보여 주는 엄마가 여기 있습니다. 귀하고 귀한 내 딸에게 별을 따주려고 온 힘을 쓰느라 내 인생을 소비하지 않아도 됩니다. 마음속에 별이 부족한 듯 보인다고 별을 빌려다가 심어주려고도 하지 않아도 됩니다. 이미 내 딸의 마음속에 영원히 빛나고 있는 별이 있음을 믿고 또 믿고 믿어주면 됩니다. 엄마의 믿음은 내 딸의 선택을 오답으로 만들지 않게 됩니다. 항해하는 딸에게 등대가 되어 주는 엄마, 아무것도 보이지 않는 칠흙같이 어두운 밤에 작지만 하얀 가로등 같은 엄마, 모든 빛을 살려주면서 언제나 그 자리에서 환하게 비추는 달 같은 엄마, 바로 당신입니다.

부족한 이 책이 엄마들에게 행복한 동행이 되어 주었으면 좋겠습니다.

엄마처럼 살고 싶다는 딸의 고백

내 딸들, 자존감 부자로 키웠다

초판인쇄	2023년 10월 12일
초판발행	2023년 10월 17일

지은이	정애숙
발행인	조현수, 조용재
펴낸곳	도서출판 프로방스
기획	조용재
마케팅	최관호, 최문섭
교열·교정	이승득

주소	경기도 파주시 산남동 693-1
전화	031-942-5366
팩스	031-942-5368
이메일	provence70@naver.com
등록번호	제2016-000126호
등록	2016년 06월 23일

정가 17,000원
ISBN 979-11-6480-337-8 (03810)